# 散落星河的記憶

第四部 璀璨（下）

桐華 著

# 目錄

Chapter 14

# 生命之歌

以我的姓氏為妳的名。
剛剛才明白多麼想一輩子這樣稱呼妳，
卻已經是此生的最後一聲呼喚。

阿麗卡塔星。

阿麗卡塔軍事基地。

棕離面色鐵青、氣急敗壞地從阿麗卡塔生命研究院裡走出來。

他當然知道基因研究很重要，但敵人已經打到家門口，生死存亡關頭，楚墨卻依舊待在實驗室裡做實驗。

他完全無法理解楚墨的所作所為。

難道不是應該先率領軍隊抵禦阿爾帝國的進攻，保衛奧丁聯邦嗎？

楚墨卻好像完全不關心戰爭，只想爭分奪秒地完成他的研究。

棕離疾步走上飛船。

隨扈問：「去哪裡？」

「啟明號！」

啟明號是統領阿麗卡塔所有軍艦的指揮艦，此時正在前線指揮戰役，棕離的言下之意就是他要上前線。隨扈想要問一聲，可看了眼棕離的臉色，一聲不敢吭地下令啟動飛船。

＊＊＊

飛船進入啟明號戰艦。

棕離換上作戰服，走進指揮室。

所有人期待地看著他。

棕離克制著心裡的怒火和難受，盡量若無其事地說：「執政官有事走不開，要我來協助指揮戰役。」

大家明顯地流露出失望，但都控制住了。每個人依舊恪盡職守，專心工作，為即將到來的生死決戰做準備。

棕離站在指揮檯中央，仔細查看四周的全螢幕作戰星圖。

上面顯示著阿麗卡塔星的地面防衛和太空防衛據點，各個據點交織成網，嚴絲合縫，能把任何來犯的敵人絞殺。

但是，經過小雙子星的戰役，棕離已經知道，不管這張防衛網多麼強大，如果沒有一個合適的人指揮，它終歸是一張死網，只能任由阿爾帝國的軍隊把它一塊塊切碎。

阿爾帝國這次戰役的指揮官以前籍籍無名，最近一年來才聲名鵲起，可能力非常強悍，在戰場上應變迅速，總能見微知著、洞察先機，奧丁聯邦必須要有一個能力卓越的指揮官才能與他抗衡。

左丘白被阿爾帝國的元帥拖在了其他星域，現在危急關頭還有誰能擔此重任？

棕離覺得滿腹辛酸、滿嘴苦澀。

奧丁聯邦以武立國，是眾所公認的星際第一軍事強國，可居然有一天會淪落到找不到指揮官來指揮戰役。

如果殷南昭和辰砂還在，應該不會允許今天的一切發生吧？

「棕部長？」一個軍官看他臉色不對，擔憂地叫。

棕離揮揮手，示意自己沒事。

他收斂心神，仔細地研究星圖。

棕離知道自己不擅長打仗，但是他知道哪些人擅長打仗。

他打開軍隊的將領目錄，一個個挑選著人。

哥舒譚將軍、古里將軍、言靳將軍……大部分是在北晨號上服過役的軍人，都是辰砂的下屬，還有一些是殷南昭的下屬。

因為楚墨的忌憚，這些人現在都沒有真正的指揮權，基本處於閒置狀態。棕離把他們一股腦地全部挑出來，放到各個戰艦上，下令他們接管戰艦指揮權。

博楊將軍看到他的調令名單，眼睛都直了，「這……這……行嗎？」

棕離陰沉著臉質問：「現在還是想這些的時候嗎？」

看著窗外一直沒有停息過的炮火，博楊將軍無話可說，只能簽字同意。

棕離又開始細細查閱其他星域趕來志願支援奧丁聯邦的民間武裝力量，看看該怎麼使用他們。猝不及防間，他看到了兩個熟人的照片。

紅鳩和宿一。

當年殷南昭和辰砂身亡後，殷南昭和辰砂都有一支心腹勢力不知去向。

楚墨企圖勸降安達，從他嘴裡問出他們的去向，但安達居然飲彈自盡，讓一切隨著他的死亡畫上了句號。

幾十年過去，紅鳩和宿一他們應該早已在別處安家立業，有了平穩的新生活，但現在他們居然都回來了。當年，一個完好的奧丁聯邦容不下他們；如今，一個殘破的奧丁聯邦卻讓他們歸來，用命守護。

一瞬間，一直冷眼冷心、性毒行獨的棕離竟然鼻子發酸，眼眶發澀，眼淚差點掉下來。

紅鳩和宿一不是不恨，但大丈夫恩怨分明。他們恨的是楚墨、是左丘白、是他，不是奧丁聯邦。

第一次，棕離開始懷疑自己是不是做錯了。

連殷南昭帶出來的人都鐵骨錚錚、赤膽忠心，何況殷南昭自己？

當年，楚天清告訴他殷南昭是複製人，為了隱瞞自己的祕密，勾結外敵賣國，甚至不惜撞毀南昭號。

他雖然對後半句話存疑，但性格向來是眼睛裡揉不進沙子，認定殷南昭是複製人就是最大的錯，罪無可赦。

現在，他忍不住問自己殷南昭究竟做錯了什麼？在他執政期間，奧丁聯邦是比後來好，還是比後來差？

＊ ＊ ＊

在棕離的強硬推動下，不到二十四小時，阿麗卡塔星的各個重要軍職都換成了實戰經驗豐富的將領——絕大部分是辰砂的直系下屬，曾經在北晨號上服役；小部分是殷南昭的直系下屬，南昭號太空母艦炸毀後的倖存者。

棕離還下令以艾斯號和獨角獸號兩艘戰艦為主，成立兩支特別機動隊，負責前鋒。

棕離的一連串動作讓博楊將軍眼花繚亂，悄悄向楚墨彙報，徵詢意見，可訊息發出去後如石沉大海，沒有收到任何回覆。

博楊將軍是指揮阿麗卡塔星戰役的總將領，但是見識過小雙子星的戰役後，他清楚地知道自己能力有限，抵擋不住阿爾帝國指揮官的進攻。在沒有楚墨明確的指示前，只能老老實實地聽從棕離的安排。

當新上任的軍官接管戰艦指揮權後，整個戰場的局勢不再是奧丁聯邦被阿爾帝國壓著打。

在哥舒譚將軍的掩護下，艾斯號和獨角獸號兩艘戰艦甚至進行了兩次強而有力的反攻。

啟明號戰艦的指揮室內響起久違的歡呼聲，連一向神色陰沉的棕離都嘴角微微上翹，眼睛中流露出一絲滿意。

博楊將軍滿懷期待地問：「棕部長覺得他們能擋住阿爾帝國嗎？」

棕離的心情極其沉重，苦澀地說：「他們都是最優秀的戰士，但還缺一個帶領他們作戰的將軍，就像沒有了頭狼的狼群，並不能發揮出最強的戰鬥力。我現在只希望他們能暫時擋住阿爾帝國的進攻，拖延到左丘白趕回來。」

＊　＊　＊

相較於阿麗卡塔星的戰役，英仙二號星際太空母艦和北晨號星際太空母艦的戰役打得極其慘烈。

左丘白一心想趕回奧丁聯邦，支援阿麗卡塔星。

林堅卻拚了命地要把他留住，雙方竟然在一個沒有絲毫爭奪意義的星域展開血戰。

洛蘭第一次見識到左丘白的手段。那個眉眼清淡，總喜歡獨自一人看書的男人，不但精通法典，也擅長殺戮。

幸虧林堅不是庸才，步步為營、穩紮穩打，阻擋住左丘白一次又一次的猛攻。

但是，左丘白技高一籌，又不惜一切代價，硬是被他找到突破點，把林堅的防禦網撕開，衝出了包圍圈。

林堅只能改變戰術，重新布局，想要把左丘白再次圍困住。

因為缺覺少眠，長時間殫精竭慮，林堅臉色發灰，眼睛裡滿是血絲，聲音沙啞，但發布每一道命令時依舊堅強有力。

「大陵號戰艦攔截，捲舌號戰艦掩護。」

不管是發出命令的林堅，還是即將執行命令的大陵號，都知道這是一個必死的任務。

在龐然大物的北晨號母艦面前，大陵號戰艦的攔截根本不可能扭轉形勢，只不過是用必死的決心拖延時間。

但是，林堅下達命令時沒有遲疑，大陵號戰艦執行命令時也沒有遲疑。

一架又一架戰機起飛，義無反顧地衝著北晨號飛去。它們像是迎戰死神的火烈鳥，竭盡全力後身軀化作流火，在浩瀚太空中奏出最後一曲生命之歌。

漫天流火，光芒絢麗。

大陵號戰艦和北晨號太空母艦正面交鋒，像是一個侏儒在和巨人對抗。

它奮力堅持，直到精疲力竭，被炮火化為盛開的血色煙花，湮滅在茫茫太空中。

林堅的聲音難掩悲痛，卻依舊堅毅果決：「捲舌號戰艦攔截，積水號戰艦掩護。」

捲舌號戰艦毫不猶豫地向前疾馳，阻擋北晨號母艦前進，為英仙號母艦爭取時間，讓它能在北晨號趕到空間躍遷點前，重新布置火力網，形成包圍圈。

突然，通訊器響起蜂鳴音，一直監測通訊信號的通信兵說：「來自敵方。」

林堅下令接通。

左丘白出現在螢幕上，「元帥閣下。」

「指揮官閣……」林堅突然語塞，直愣愣地盯著出現在左丘白身旁的女子。

竟然是邵茄公主！

她穿著阿爾帝國的作戰服，像是剛剛經歷過劇烈打鬥，樣子十分狼狽，頭髮凌亂，雙手被束在身後。

林堅滿臉難以置信和錯愕。邵茄不是應該陪他母親去海邊度假嗎？怎麼會出現在這裡？

左丘白似乎十分滿意林堅的震驚、意外，微笑著說：「公主殿下駕駛著飛船企圖悄悄接近戰場，被我們的隱形戰艦發現，活捉了回來。」

林堅問：「閣下想做什麼？」

左丘白無奈地攤攤手，說：「你和我都知道，我會不惜一切代價地突圍，你何必再浪費時間做無謂的犧牲？命令所有戰艦後退，否則我就把這個女人殺了。」

林堅看上去表情沒有任何變化，可只有他知道自己手腳冰涼，整顆心像是被放在烈火上煎烤。

他定定地看著邵茄，眼中滿是痛苦。

邵茄眼眶發紅，眼淚一顆顆滾落。

她知道這裡是戰場，自己不應該任性地跑來，但是，她也知道林堅已經打算把命留在這裡。

她不能阻止他為阿爾帝國犧牲，不能阻止他為了責任捨棄她，可她也沒辦法若無其事地看著他死在遙遠的星域，自己卻坐在海灘邊曬太陽。

邵茄抱歉地說：「對不起！」

因為她的任性無能，竟然把他逼到最痛苦的境地，要做這樣不管怎麼選都是錯的艱難抉擇。

林堅溫和地搖搖頭。他明白她的心意，應該說對不起的是他。身為帝國元帥，職責是守護帝國安全，守護每一個帝國公民，此時此刻他卻沒辦法守護他愛的女人。

左丘白心思剔透，看到兩人的表情眼神，立即猜到前因後果，不禁笑著鼓掌，「難怪公主殿下不好好地待在阿爾帝國喝下午茶，要跑到前線來送死，原來是想見元帥閣下。」

邵茄和林堅都沉默不言。

邵茄不說話是因為在生命最後一刻，不想否認自己的心意，恨不得大聲說出來，讓全世界都知道她愛林堅！

林堅懂她的心意，所以用沉默回應，當眾承認他和邵茄的確有私情。

左丘白笑看著林堅，「只要元帥閣下命令戰艦後退，我就把你的情人毫髮無損地還給你。」

林堅眼神悲痛欲絕，語氣卻沒有絲毫遲疑，一字字下令：「積水號戰艦攔截，天讒號戰艦掩護。」

「既然元帥不憐香惜玉，我只能殺了邵茄公主。」左丘白看著邵茄公主，眼裡滿是譏諷和哀憫，「妳為林堅元帥冒死跑來戰場，他卻絲毫沒把妳當回事，值得嗎？」

邵茄公主壓根兒不理他，只是專注地看著林堅，似乎一秒時間都不願浪費。她甚至硬生生地擠出一個燦爛的笑，用偽裝的堅強告訴林堅：沒關係，我不怕死！

林堅眼睛眨也不眨地盯著她，滿腔柔情毫無保留地透過眼神表露出來。

「今日，我請在場各位，阿爾帝國和奧丁聯邦的所有戰士見證，我林堅願以妳英仙邵茄為我的合法妻子，並許諾從今以後，無論順境逆境、疾病健康，我將永遠愛慕妳、尊重妳，終生不渝。」

左丘白愣一愣，不知想起什麼，眼裡閃過一絲悵惘，明明已經抬起手要下令射殺邵茄，卻暫時停住，任由他們把話說完。

邵茄公主又驚又喜，霎時間淚如雨下，臉上卻滿是開心喜悅的笑，「今日，我請在場各位，阿爾帝國和奧丁聯邦的所有戰士見證，我英仙邵茄願以你林堅為我的合法丈夫，無論順境逆境、疾病健康，我將永遠愛慕你、尊重你，終生不渝。」

左丘白揮揮手，示意士兵擊斃英仙邵茄。

士兵舉槍，對準邵茄公主的太陽穴。

邵茄公主衝林堅俏皮地笑笑，「林先生！」似乎在得意自己終於心願得逞，把林堅追到手，變成了自己的丈夫。

林堅也笑笑，「……林夫人！」

以我的姓氏為妳的名。剛剛才明白多麼想一輩子這樣稱呼妳，卻已經是此生的最後一聲呼喚。

林堅雙眼充血，身體都在發顫，卻始終沒有下令撤兵，依舊讓積水號戰艦和天讒號戰艦配合著阻擊北晨號。

士兵按下扳機。

砰一聲，子彈飛射而出。

左丘白突然閃電般出手，把英仙邵茄拽到懷裡，子彈貼著邵茄公主的額頭飛過，臉上擦出一道長長的血痕。

剎那間，生死驚魂，劫後餘生。

邵茄公主臉色煞白，全身簌簌直顫，抖得猶如篩糠，直接暈死過去。

林堅雖然沒有昏倒，可也頭暈目眩，要雙手撐在指揮檯上才能站穩。

「邵茄……」

林堅完全不知道左丘白為什麼會臨時變卦，讓邵茄公主死裡逃生，只看到他表情詭異，眼睛直勾勾地盯著螢幕。

英仙洛蘭的聲音響起：「林堅元帥，請你繼續指揮戰役，這裡交給我處理。」

林堅這才明白是女皇陛下強行插入他們的通話中。雖然女皇陛下什麼都沒說，可是他對陛下有著盲目的信任，立即認定邵茄的命已經保住，毫不遲疑地退出了通話。

剛才身臨絕境，要眼睜睜地看著邵茄死在自己面前時，他沒有落淚，這會兒知道邵茄能活下來，他卻滿眼都是淚意，怎麼控制都控制不住。

林堅低頭盯著作戰星圖，遲遲沒有開口說話。

指揮室內的軍官和士兵各忙各的，裝作什麼都不知道，可嘴角都禁不住微微上翹，眼神分外柔和。

他們可是剛剛參加完元帥的婚禮，都是元帥的證婚人呢！等這場戰役結束時，他們都可以向元帥討杯喜酒喝。

只要他們都活著，只要大家都活著！

＊　＊　＊

左丘白眼睛直勾勾地盯著面前的全螢幕虛擬人像——

一個穿著白色研究服、戴著黑框實驗眼鏡、頭髮綰在腦後盤成髮髻的少女。她打扮得和封林一模一樣，長得也有點像封林。

英仙洛蘭一臉漠然地用槍指著她的太陽穴，似乎完全沒把她當成一個活人。

左丘白聲音發顫，「她是誰？」

洛蘭用槍頂了下女子的頭，示意她開口。

少女怯生生地開口：「我是封小莞。」

「封小莞？」左丘白喃喃低語，表情似悲似喜，「封林的女兒？」

他記得很多年前，英仙洛蘭就說過封林有一個孩子，後來楚墨和他都追查過，卻絲毫沒有這個孩子的蹤跡，就都認定孩子早已死了。

左丘白突然發現孩子的年齡不對，清醒了幾分，對洛蘭說：「我不相信，她不可能是封林的女兒！」

洛蘭把一個檔案夾傳給左丘白。

左丘白看到裡面有兩個影音檔，立即點擊播放——

寬敞的屋子裡空空蕩蕩，沒有窗戶，只屋子正中央的桌子上放著一盞節能燈，四周一片昏暗。

一個披著白色裹屍布，全身上下遮蓋得嚴嚴實實的人藏身在黑暗中，和陰影融為一體，不但看不見面目，連身形的高矮胖瘦都看不清楚。

吱呀一聲，屋門推開了。

一個衣著樸素，裹著長頭巾的女子走進來。

她坐在屋子正中央的椅子上，看向藏身於黑暗中的神之右手。

「拿下頭巾，我不喜歡和看不到臉的人對話。」藏身在裹屍布中的神之右手發出的聲音男女莫辨、粗糲暗啞，猶如鈍鈍的鋸子在鋸骨頭。

女子打開頭巾，露出了左丘白這麼多年來一日都未曾忘懷的臉。

「你是神之右手？」封林臉色蒼白、表情緊張，卻強自鎮定。

她雙手放在腹部，能明顯看到她的小腹隆起，應該已經有七八個月的身孕。

……

洛蘭的聲音淡漠空洞，沒有絲毫起伏，像是在講別人的故事。

「那一年，我二十二歲，以神之右手的名義在星際間旅行，四處蒐集研究基因。有一天，一個年輕的女人來找我，希望我能救她肚子裡的孩子一命。短暫的交談中，我發現她也是基因專家，研究的方向是基因修復，可惜她的孩子攜帶的異種基因過於強大，已經完全超出她的修復能力。絕望中，她只能向我求助。我本來沒興趣救異種，但孩子的基因實在特別，連我都是第一次見到。出於研究目的，我答應她的請求。當然，還有另外一個原因，因為我已經認出她，知道了她的身分。」

……

左丘白看著影片裡的封林痛苦絕望地哀求神之右手，答應了神之右手的所有條件，為了救孩子不惜和魔鬼做交易。

左丘白覺得心口窒痛，連喘氣都艱難，「妳和封林是什麼時候見面的？」

洛蘭冷淡地說：「影片左下角不是有時間嗎？」

左丘白立即看向左下角的時間顯示。

霎時間，他如遭雷擊，那個時候……他和封林分手也恰好七八個月。

左丘白再看向影片裡大腹便便、焦灼痛苦的封林時，恍然頓悟，明白了讓封林悲傷絕望、走投無路的人不是神之右手，而是他！

洛蘭說：「檔案裡還有個影片，會說明封小莞為什麼看起來剛成年不久。因為她是蛋生，不是胎生。」

左丘白已經不需要任何證據了，因為他的記憶已經清楚地告訴他英仙洛蘭說的全是真話。

當年，封林並不是沒有流露出異樣。

只不過，他因為嫉妒、難過、負氣……各種莫名的情緒，從沒仔細想過封林異樣背後的原因。

他記得，封林曾經來找過他，試探地問他是否想要孩子。

他也記得，深夜中接過好多次封林的音訊通話。她總是期期艾艾、欲言又止。他以為是因為楚墨，時不時地譏嘲幾句，叫她有心事去找楚墨，不要半夜騷擾前男友。

他還記得，封林後來請了一個長假，要去別的星球散心。他本來可以好言好語地詢問她，為什麼工作狂會捨得拋下工作去玩幾個月，可是，因為內心莫名的情緒，他非要譏諷地問她是不是又向楚墨表白被拒絕了，覺得沒臉見人才要躲出去。

……

所有的追悔莫及、悲痛自責，最後都變成一句話迴盪在腦海裡。

封林有一個孩子，他是孩子的父親！

左丘白悲喜交加，專注地看著封小莞。

這就是他和封林的女兒！

左丘白的語氣溫柔到近乎小心翼翼：「妳叫小莞？莞寓意微笑，小小的微笑，妳媽媽從來都不是一個貪心的人。」

封小莞的表情沒有絲毫變化，眼神疏遠冷淡，完全是打量陌生人，「你是我的生物學父親？」

左丘白覺得錐心刺骨地悲痛，一句話都說不出來，只能點點頭。

洛蘭抬手，一個軍人抓住封小莞的手臂，把她押下去。

＊　＊　＊

左丘白怒瞪著洛蘭，眼睛裡像是要噴火。

洛蘭漠然地說：「你不可能用英仙邵茄要挾我退兵，我也不可能用封小莞要挾你退兵。做個交易，你把邵茄公主交給我，我把封小莞交給你，戰爭的事就交給戰爭去決定。」

左丘白看了眼暈倒在地上的邵茄公主，乾脆地說：「好！」

「兩天後，我會把封小莞送到北晨號。無論你生死，只要邵茄公主活著，封小莞就活著。」

左丘白明白，英仙洛蘭的重點是沒說出的後半句話，只要邵茄公主死了，封小莞就死！

他譏嘲地說：「女皇陛下，妳是我見過的最會演戲的人，妳是怎麼裝出駱尋的？我竟然一絲破綻都沒有看出來，完全就是截然不同的兩個人，難怪殷南昭會愛妳愛得命都不要！」

洛蘭表情漠然。

左丘白露出一絲詭異的笑，「有一件事妳應該還不知道。雖然我的槍法非常好，但面對殷南昭，我依舊沒有絲毫信心。當年，來自死神的那一槍我是瞄準妳開的。我在賭，賭殷南昭能躲過射向自己的槍，卻會為了保護妳，自願被我射中。」

洛蘭一言不發地看著左丘白。

左丘白笑瞇瞇地說：「來而不往非禮也。今日妳送我這麼一份大禮，我豈能讓妳空手而歸？」

洛蘭冷淡地問：「廢話說完了？」

左丘白一愣，英仙洛蘭已經切斷訊號，結束了通話。

左丘白第一次親身感受到英仙洛蘭的冷漠強硬、乾脆俐落，她似乎一絲多餘的情緒波動都沒有，只有目的和手段。

＊　＊　＊

洛蘭安靜地站在窗前，專注地看著窗外的茶樹。

暗夜中，一朵朵碗口大的白色茶花壓滿枝頭。

累累繁花，雪色晶瑩，霜光瀲灩，明明是十分皎潔清麗，月光下，平添一分驚心動魄的濃艷。

良久後，洛蘭終於回過神來，面無表情地走出辦公室，看到封小莞呆呆地坐在走廊的長椅上。

她面前的虛擬螢幕上是一張封林的照片，她正盯著照片發呆。

這就是她的母親？給了她生命的人？

封小莞覺得像是在做一個荒誕離奇的夢。

她本來在床上好夢正酣，洛洛阿姨突然衝進來，抓起她就走。兩個化妝師匆匆趕來，給她穿衣化妝，把她打扮成另一個人的樣子。

時間倉促，洛洛阿姨只來得及告訴她，邵茄公主偷偷溜去前線找林堅元帥，不小心被奧丁聯邦俘虜了。

奧丁聯邦的指揮官左丘白威脅林堅元帥退兵，否則就當著林堅元帥的面殺死邵茄公主，洛洛阿姨需要她配合演一場戲，保住邵茄公主的性命。

洛蘭走到她旁邊，沉默地坐下。

封小莞低聲問：「妳給那個男人看的影片資料都是真的？」

「嗯。」

「那個男人真是我受精卵的精子提供者？」

「嗯。」

「他是奧丁聯邦的指揮官？」

「嗯。」

「我媽媽叫封林？」

「嗯。」

「她是個什麼樣的人？」

「正直、善良、堅定、勤奮，可惜智商堪憂。所以，不但在基因研究上沒有大的建樹，還識人不明，被兩個男人給活活拖累死了。」

封小莞斜著眼睛看洛蘭，表情哀怨淒楚。

洛蘭面無表情，「我是客觀評論。」

封小莞癟嘴，「洛洛阿姨！我現在很難過，不想聽客觀評論。」

「她很愛妳，為了妳，她願意付出所有。」

封小莞眼眶發紅，聲音沙啞地問：「我媽媽是怎麼死的？」

洛蘭像是政治評論家一般客觀陳述，語氣沒有一絲起伏：「當時，奧丁聯邦有七位公爵，在對待異種和人類的問題上，執政官殷南昭、第一區公爵指揮官辰砂、第二區公爵科研教育署署長封林、第六區公爵信息安全部部長紫宴是主和派。其他四位公爵和他們政見相反，是主戰派。兩派的政治鬥爭中，主和派落敗，死的死、傷的傷。主戰派掌權，楚墨出任奧丁聯邦的執政官、左丘白出任指揮官。」

封小莞不滿地瞪著洛蘭，「我不是想聽這個，我想知道我媽媽到底是怎麼死的！」

「我也是當事人，陳述會很主觀偏頗。」

「我就是想聽妳主觀偏頗的陳述！」

「封林和楚墨、左丘白很小就認識，算是一起長大的朋友。封林一直喜歡楚墨，楚墨卻因為清楚自己和封林選擇的道路不同，沒有接受封林的感情。左丘白一直喜歡封林，封林被楚墨拒絕後，稀里糊塗和左丘白發生性關係，兩個人就在一起了，卻因為年少氣盛，不會處理感情，兩個人又分開了。後來，楚墨和左丘白的父親楚天清為了剪除殷南昭的勢力，對封林下藥，促使封林突發性異變。封林變成的異變獸想要殺死駱尋，辰砂為了救駱尋，斬殺了異變獸。」

「駱尋……就是洛洛阿姨？」封小莞看過女皇陛下的八卦新聞，知道她去奧丁聯邦當間諜時化名駱尋。

洛蘭沉默。

封小莞問：「駱尋和我媽媽是什麼關係？」

「駱尋是妳媽媽的學生，也是妳媽媽的好友。」

封小莞發現洛洛阿姨說起駱尋時，不用自稱，而是直呼其名，疏離得像是在談論另一個人。她突然想到一個可能，試探地問：「洛洛阿姨當時真的失憶了？」並不是像新聞中說的為了隱藏身分而假裝失憶。

「嗯。」

原來是這樣啊！封小莞仔細回想一遍洛蘭說的話，覺得十分荒謬，「我生物學上的爺爺殺死了我媽媽？」

「嗯。」

「楚天清現在在哪裡？」

「被殷南昭殺了。」

封小莞智商很高，迅速就把一塊塊散落的拼圖拼湊到一起，推斷出前因後果，「楚天清是基因學家，又有能促使異變的藥劑。他就是絜鉤的創造者？」

「嗯。」

「楚墨和左丘白支持絜鉤計畫？」

「嗯。」

封小莞苦笑著搖頭。難怪洛洛阿姨以前聽到她說不支持絜鉤計畫時，目光那麼意味深長。

她突然挽住洛蘭的手臂，堅定地說：「我的親人只有阿晟、妳和邵逸心叔叔。」

洛蘭冷冷地說：「我用妳交換了邵茄公主。」

封小莞親暱地摟著她的手臂，頭靠在她肩膀上，不在意地說：「我正好想去見見左丘白，還有楚墨。」她生命另一半基因的來源，害死她母親的凶手。

「阿晟和紫宴會殺了我。」

「邵逸心叔叔就是紫宴？」

「嗯。」

封小莞突然抬起頭，眼裡藏著驚慌懼怕，「阿晟是誰？」總覺得洛洛阿姨、邵逸心叔叔，還有自己，不可能平白無故地出現在阿晟身邊，冥冥中應該有一條線牽引著他們相會。

「他……就是阿晟。」

封小莞感覺洛洛阿姨沒有說真話，但聰明地沒再追問。因為有時候隱瞞也是一種保護。

洛蘭說：「楚墨已經研究出絜鉤。對絕頂聰明又瘋狂偏執的人，我總是不放心。這次妳過去，可以看看他們究竟想做什麼。」

封小莞想到那些博大精深的研究，驚嘆：「他真是個天才，難怪看不上我媽媽。」

「雖然我對楚墨深惡痛絕，但這件事妳誤會他了。楚墨很愛妳媽媽，如果不愛，當年更有利的做法是接受妳媽媽的感情，畢竟妳媽媽是第二區的公爵，有利用價值。楚墨知道自己走的是一條絕路，拒絕就是他選擇的保護，只不過他低估了自己的父親。楚天清怕兩個兒子被感情牽制，索性殺了妳媽媽。」

封小莞眼裡滿是淚花，在眼眶裡滾來滾去，「他父親的立場不就是他的立場嗎？反正我媽媽就是他們父子三個害死的！」
洛蘭沉默了一會兒，說：「我為了救紫宴的朋友，騙楚墨妳是他的女兒，他相信了。」
「是不是那次妳叫我鑽到籠子裡，吃下迷幻藥假裝實驗體的時候？」
「嗯。」
「騙得好！」封小莞長得有點像封林，個性卻一點也不像，比她母親心腸硬，行事也更果決俐落。她問：「左丘白知道楚天清害死我媽媽嗎？」
「和楚墨一樣，剛開始不知道，但那是他父親，就算知道了又能怎麼樣？」
是嗎？封小莞若有所思地發了會兒呆，用頭親暱地蹭蹭洛蘭，「那邊可是有我的兩個真假父親，所謂的血緣至親。妳要不要給我注射點藥劑？萬一我到奧丁後，突然叛變呢？」
洛蘭不耐煩地推開封小莞的頭，「阿晟還在我手裡。」
封小莞無奈地嘆氣，「洛洛阿姨，妳肯定沒有男人緣！一點甜言蜜語都不會說。就算妳心裡這麼想，妳也可以告訴我妳相信我，這樣我才會感激涕零地為妳辦事啊！」
洛蘭沒理會她的調侃，站起來說：「邵逸心還醉著，妳去和阿晟告別，飛船半個小時後出發。」說完轉身回辦公室。
封小莞目送著洛蘭的背影。
真是個口是心非的女人！如果真想用阿晟來控制她，壓根兒不該給她時間去見阿晟。不過，想到洛洛阿姨剛才面對左丘白的那一幕，封小莞完全理解。
洛洛阿姨肩上的擔子太重了，面對的敵人也太強大了，一點軟弱都不可以流露。
林堅元帥、邵茄公主，甚至她，都可以依賴洛洛阿姨，似乎不管出什麼紕漏，洛洛阿姨都能面不改色地解決掉。

可洛洛阿姨能依賴誰呢？她只能穿著鎧甲去戰鬥！

＊　＊　＊

洛蘭坐在辦公桌前，一邊處理工作，一邊等候。

嘀嘀。

蜂鳴音響起。洛蘭看了眼來訊顯示，立即接通。

林堅出現在她面前，雖然鬍子拉碴、臉色憔悴，但看上去精神還好。他敬了一個軍禮，說：「雖然代價慘重，但成功攔截住了北晨號。」

洛蘭鬆了口氣，說：「我和左丘白達成了交換人質的協議。別的事你不用管，譚孜遙將軍會處理，你就等著安心接收林夫人吧！」

林堅臉色發紅，愧疚地說：「本來說好了，等戰役勝利後再公布我們解除婚約的事，當時一著急，我……我完全忘記了。」

洛蘭不在意地說：「當年我要借助你的聲望，不得不和你訂婚，現在我是人人愛戴的女皇，威望如日中天，早就不需要你了。等邵茄公主回來，我會陪她一起發表聲明，祝福你們的婚姻。」

「謝謝！」林堅感激地說。

現在，不管是內閣還是民眾都十分擁戴尊敬女皇陛下。他和邵茄的感情一個處理不當，就會對邵茄造成毀滅式的打擊。本來他還在擔心怎麼善後，沒想到女皇已經爽快地把事情攬了過去。以陛下的手段，肯定會處理得乾淨漂亮。

洛蘭半真半假地開玩笑：「我不接受口頭感激，等我有一天需要你的時候，你拿出實際行動就行了。」

林堅誇張地鞠了一躬，笑說：「是，我尊敬的陛下！」

洛蘭看了眼時間，已經凌晨四點多。她關閉工作檯螢幕，「我去休息了，你也稍微睡一下。」

✵ ✵ ✵

洛蘭一夜沒睡，十分疲憊。

回到臥室後連衣服都沒脫，就躺倒在床上迷糊了過去。

天蒙蒙亮，洛蘭正在酣睡，突然一聲怒吼傳來。

「英仙洛蘭！」

紫宴一腳踹開洛蘭臥室的門，衝了進來。

洛蘭無奈地坐起，看了眼時間。六點多一點，她才睡了兩個小時。

「邵逸心……」阿晟氣喘吁吁地跑進來，滿臉無奈，顯然是勸了沒勸住。

洛蘭淡定地撫撫衣服，沒等紫宴開口，就坦然地說：「是！我是把封小莞送給了左丘白。」

「妳這冷血怪物！」紫宴似乎恨不得一把掐死洛蘭。

阿晟急忙張開雙臂擋在洛蘭身前，「小莞是自願的！」

「自願去送死嗎？」紫宴不耐煩地想推開阿晟，「你什麼都不知道就不要瞎摻和！」

阿晟死死地拽住紫宴的手，拚命地擋在洛蘭身前。

洛蘭神情恍惚，盯著阿晟的背影，耳畔迴盪著左丘白的話，「當年，來自死神的那一槍我是瞄準妳開的。」

阿晟被紫宴狠狠推開，摔倒在地上。

洛蘭回過神來，「左丘白是封小莞的父親。」

紫宴的手剛剛掐到洛蘭的脖子上，又立即收住力。

洛蘭譏嘲地問：「你有什麼資格阻止封小莞去見親生父親？」

「妳從一開始就知道？」

「是。」

「你從一開始就想好了要利用小莞去對付左丘白？」

「是。」

她派人去曲雲星接封小莞時，就想過封小莞會有用，只是沒想到會這麼有用。

紫宴氣怒攻心，忍不住想要動手狠狠掐下去。

一把槍抵在他額頭上。

洛蘭握著槍，冷淡地說：「你有三顆心，但只有一個腦袋吧？」

兩個人面對面站立。

一個捏著對方的咽喉，一個用槍抵著對方的腦袋。

阿晟急得渾身直冒冷汗，生怕他們一衝動就真把對方弄死了，「有話好好說！好好說！小莞說了她自願！」

他看看邵逸心，又看看洛蘭，發現兩個人都把他當空氣。他一咬牙，突然橫掌劈到紫宴後頸，把紫宴敲暈了。

洛蘭詫異地看著阿晟，似乎沒想到謹小慎微的他會做這種事。轉而又想起他的經歷。當年他也是混跡街頭、胡作非為的小流氓，怎麼可能沒有幾分戾氣？只不過在生活的重重磨難下，所有稜角都磨掉了。

阿晟擦擦額頭的冷汗，對洛蘭討好地笑：「小莞叫我放心，說她一定平平安安回來，妳肯定不會讓她有事，那個……那個……我相信妳！」

洛蘭的目光停留在他臉上。

阿晟心頭又浮現出那種古怪的感覺，似乎他的臉上有無盡的沉重歲月、無數的悲歡離合。他下意識地揉了揉臉。

洛蘭收回目光，淡然地說：「既然身體變好了，就努力鍛鍊一下體能，至少練到A級吧！」

至少練到A級？她以為是個人就都能是A級體能嗎？阿晟不敢當面反駁，只能一邊尷尬地傻笑，一邊扛起紫宴朝門外走去。

「一個小時後，體能老師在重力室等你，退役的老兵，要求很嚴。」

什麼？她認真的？阿晟驚詫地回頭，不敢相信地瞪著洛蘭。

洛蘭譏嘲：「不是說不想成為封小莞的累贅嗎？看來你是想一旦有事就躲到封小莞的背後，哭哭啼啼求她保護！」

「妳……」阿晟深吸口氣，告訴自己千萬別和這個神經病較真。他皮笑肉不笑地說：「謝謝陛下關心，我會努力的！」

Chapter 15

# 洛洛愛小角

基因能決定我們身體的好壞，
卻不能決定我們靈魂的好壞。

奧丁星域。

阿麗卡塔星。

對所有阿麗卡塔星的居民來說，這段日子十分難熬。

每個晚上，仰望星空，都能看到色彩絢麗的流光紛紛揚揚、劃過天空，就像是一場永不停歇的流星雨。

生死存亡關頭，幾乎每個家庭都有人參軍，每個人抬頭看到「流星雨」時，心頭都瀰漫著悲傷、恐懼和迷惘。

他們既盼望流星雨早日停止，戰爭結束，親人平安，又害怕流星雨真的停止。

現在的形勢下，當「流星雨」停止的那天，奧丁聯邦是否依舊存在？等待他們的命運是什麼？

全星際異種的命運又是什麼？

棕離已經幾天幾夜沒有闔過眼，眼窩下都是深深的青影。

他自小接受的是強者教育。靠著自己的努力，踏著失敗者的身軀，一步步脫穎而出。做為勝利者，他很有自信，堅信自己的能力能守護奧丁聯邦，但現在他的自信正在被炮火一點點擊潰。

左丘白那邊的戰場依舊處於膠著狀態，沒有絲毫戰役結束、成功撤退的跡象，阿麗卡塔已經岌岌可危。

他起用辰砂和殷南昭的舊部指揮戰役後，的確暫時扭轉了戰爭局面。

但不過幾天時間，阿爾帝國的指揮官就好像摸透了他們每個人的作戰思路和作戰風格，竟然立即改變戰術，將阿爾帝國的艦隊拆分，以點對點的方式圍剿奧丁聯邦的每一艘戰艦。

他似乎完全知道奧丁聯邦看似凶猛，實際卻群龍無首。只要抓到他們配合上的漏洞，就可以各個擊破。

從宿一、紅鳩到哥舒譚、言靳將軍，每個人都覺得自己像是沒穿衣服裸奔，似乎一舉一動都被對方洞若觀火地預知。

他們像是被一圈看不見的力量包圍住，那力量就像是一個在慢慢收縮的氣泡，漸漸將他們束縛住，直到他們無力反抗。

剛開始只有當事人能感覺到，後來連旁觀者棕離都感到不對勁。

棕離不敢相信。

對方竟然能這麼快就制伏奧丁聯邦眾多的優秀軍人？比他預估的時間少很多。難道奧丁聯邦真要覆滅？

他走投無路下再次聯絡楚墨，將戰場的嚴峻形勢彙報給他，希望他能想想辦法。

楚墨卻只是回覆一句「知道了」，就切斷了訊號。
棕離無奈下，又聯絡左丘白，催問：「你還要多久才能回來？」
左丘白目光沉重：「楚墨給了我新的命令。」
棕離譏諷地問：「什麼命令？難道叫你也去實驗室做實驗嗎？」
左丘白沒有正面回答棕離的質問：「楚墨說辰砂還活著，我們必須更改作戰策略。」
棕離愣一愣，不相信地說：「當年我親眼看到你用光劍處決那隻異變獸，砍掉了牠的腦袋。」
「我只是殺死一隻實驗室裡製造出來的野獸。」
「你的意思是……你殺死的那隻野獸不是辰砂？」
「我們被殷南昭和安教授騙了，或者應該說，所有人都被他們騙了。」
辰砂沒死?!棕離居然一下子又驚又喜，期待地問：「辰砂現在在哪裡？」
「這段時間，你一直在和他作戰。」
「不可能！」棕離忍不住大叫。
那可是辰砂！剛毅耿直、黑白分明的辰砂！
棕離不願相信，心裡卻知道左丘白沒有說錯，因為很多疑點都有了答案。
難怪對方能訓練出專門針對奧丁聯邦的雙人戰機的作戰方式！
難怪對方能短短幾天就突破小雙子星的太空防線！
難怪對方現在對他們的一舉一動瞭如指掌！
一瞬間，棕離理解了楚墨的做法。
如果阿爾帝國的指揮官是辰砂，奧丁聯邦就像一隻已經落入蜘蛛網的小昆蟲，所有努力和反抗都徒勞無功，只不過白白增加犧牲而已。

棕離滿心絕望、寒意徹骨，不得不扶著工作檯坐下來。

既然辰砂在阿爾帝國那邊，紫宴是不是也已經投靠阿爾帝國？

棕離憤怒地說：「奧丁聯邦是辰砂和紫宴的祖國！」他們應該是守護奧丁聯邦的戰士，怎麼能變成摧毀奧丁聯邦的元兇？

左丘白淡淡地說：「那是五十年前的辰砂和紫宴。」

棕離無言。

是啊！已經五十多年了！

五十多年前，並不是他們先拋棄奧丁聯邦，而是奧丁聯邦先拋棄他們。

棕離平靜了一會兒，問：「你有什麼計畫？」

「我會為異種死戰到底，絕不讓異種成為被奴役的低等種族。」左丘白表情淡然、目光平靜，似乎死亡沒什麼大不了，只是小事一樁。

棕離以前最討厭他這副裝腔作勢的樣子，現在卻覺得很親切。他聽明白了，左丘白說的是異種，不是奧丁聯邦，某種意義上，他已經放棄了阿麗卡塔。

棕離眼眶發澀，堅定地說：「我會死戰到底，縱然聯邦覆滅，阿爾帝國也必須付出代價。」

兩個男人都在對方的眼睛中看到了死志。

他們從小到大都不對頭，卻在這一刻不約而同地抬起手向對方敬軍禮，傳遞著無聲的尊敬。

阿爾帝國，奧米尼斯星，議政廳。

阿麗卡塔星的戰役，阿爾帝國已經占據絕對優勢，把奧丁聯邦打得毫無還手之力，帝國軍隊攻陷阿麗卡塔星指日可待。

林樓將軍向洛蘭彙報：「蕭郊艦長已經摸清楚阿麗卡塔的軍事力量，三十個小時後，我們會發動最後的進攻。我有信心，這場戰役結束時，星際中將再無奧丁聯邦！」

整個議政廳裡爆發出雷鳴般的歡呼聲，人人喜笑顏開地向洛蘭致敬。

洛蘭卻沒有一絲輕鬆的感覺。

只要楚墨還活著，即使攻下阿麗卡塔星，也不代表人類安全了。

只要異種和人類的衝突與對立還存在，即使殺了楚墨，仍然會出現第二個楚墨。

✵　✵　✵

洛蘭離開議政廳，安步當車，一邊走路，一邊思考問題。

到眾眇門時，刺玫已經等在那裡。

洛蘭走到欄桿前，眺望著遠處說：「我想讓妳去曲雲星。」

「好。」

「不用再回來了。」

刺玫太過驚訝，反倒不知該說什麼，只是疑惑地看著洛蘭。

洛蘭說：「葉玠就死在這裡，我現在站立的位置。」

刺玫沉默不言，因為她知道沒有任何語言可以安慰洛蘭。

她比洛蘭年長，親眼看著洛蘭和葉玠相互扶持著一步步走來，他們不僅是血緣至親，還是並肩戰鬥的生死之交。

洛蘭說：「妳一直跟著我做研究，應該已經猜到我的最終目的，我想知道妳的真實想法。」

刺玫安靜地思索了一會兒，回答：「我一出生就有嚴重的基因缺陷，如果想要治好病，必須去經濟發達的星球做基因修復手術，治療費是一個天文數字。父母無力為我治病，絕望下把我遺棄了。在遇見您的母親前，我碰過各式各樣的人，有普通的人類，也有體貌異常的異種。我的經歷讓我非常肯定，基因能決定我們身體的好壞，卻不能決定我們靈魂的好壞。」

洛蘭不置可否：「繼續。」

刺玫索性大著膽子把心裡的想法全部倒出來：「人類有一句古老的話『人生而平等』，其實不是，基因讓我們生而就不平等。不要說原生家庭的貧富貴賤，就算最普通的身體健康，都不是人人擁有。我以前沒想過這輩子要做什麼，畢竟我這樣的人，能活下來已經很幸運，但這幾年，在研究藥劑的過程中，我突然明白了自己想做什麼。身為曾經被遺棄的一員，我願用畢生之力去減少這種寫在基因裡的生而不平等。」

洛蘭轉身，目光灼灼地看著刺玫，「妳願意出任我在曲雲星設立的基因醫院的院長嗎？」

刺玫像是還在傭兵團中，雙腿啪一聲併攏，站得筆挺，對洛蘭敬軍禮：「我願意！」

引擎轟鳴聲中，一架運輸機降落在眾眇門上。

洛蘭嚴肅地警告：「現在整個醫院只有妳一個正式的醫生，但這間醫院以『英仙葉玠』的名字命名，如果妳做得不好，會讓這個名字蒙羞。」

刺玫自信地笑了笑：「我是神之右手的學生，請不要低估我的能力。」

洛蘭伸出手。

刺玫和她重重握了一下，乾脆俐落地轉身，小跑著跳上運輸機，奔赴一段全新的人生。

洛蘭目送著運輸機冉冉升空，漸漸遠去。

英仙葉玠基因醫院的院長已經赴任，現在就差英仙葉玠基因研究院的院長了。

譚孜遙已和左丘白成功交換人質，封小莞肯定已見到左丘白，不知他們「父女」相處如何。

洛蘭一邊琢磨，一邊離開眾眇門。

剛剛走出升降梯，譚孜遙音訊聯絡她。

洛蘭問：「邵茄公主回來了？」

「是。但媒體已經知道殿下和元帥結婚的事，居然全部潛伏在元帥安排的住宅附近，現在殿下被記者困住了。」

左丘白做事向來陰狠，肯定不會替林堅保守祕密，媒體知道他和邵茄公主結婚的事在洛蘭的預料中，只是不知道哪個手眼通天的記者居然查到了林堅安排的祕密住所。

譚孜遙問：「要不要調集軍隊驅散記者？」

「你想讓林堅被民眾指著鼻子罵嗎？原地等著！」

洛蘭結束通話後，立即吩咐隨扈：「準備出宮。」

＊　＊　＊

十幾分鐘後。

女皇的飛車出現在林家的私宅外。

隔著車窗，洛蘭看到上百個記者圍著邵茄公主，把道路擠得水洩不通，四周停滿了飛車，連車頂上都趴著記者。

譚孜遙和兩個隨扈帶著僵硬的微笑，護在邵茄公主周圍，能幫她阻擋記者的衝撞，卻沒辦法阻擋記者尖銳的提問。

「林堅元帥是女皇陛下的未婚夫，殿下知道嗎？」

「殿下剛才已經承認了是您先追求林堅元帥，我們是不是可以說是您勾引元帥？」

「殿下讓元帥聲名受損，是非常自私的愛，殿下同意嗎？」

「殿下橫刀奪愛，想過女皇陛下的心情嗎？」

……

邵茄公主臉色慘白，只知道一遍遍重覆「不是林堅的錯」。

這個世界已經完美到只剩下男女緋聞可以報導了嗎？

洛蘭摸著槍，克制住了腦海裡的第一個念頭。這時候她真懷念做龍心的時候，可以肆無忌憚、隨心所欲。

她打開車門，把車裡的音響開到最大。

劈劈啪啪。

密集的子彈聲霎時間把所有聲音都壓了下去。

倉皇間，記者們真以為有人開槍掃射，紛紛尖叫著躲避，趴倒在地上。

邵茄公主心神恍惚，壓根兒沒有反應過來，依舊呆呆站著。

洛蘭把聲音調小，走下飛車，溫和地問：「聽到子彈聲的那一刻，你們在想什麼？第一反應是奪路逃生，還是謙讓排隊？」

記者們聞聲抬頭，發現是女皇陛下。

洛蘭彎下身親手扶起一位女士，又伸手去扶另一位女士。

「謝謝！謝謝陛下。」

洛蘭禮貌地笑笑，意味深長地說：「林堅他們每天都聽著比這更恐怖的聲音，不但要聽聲音，還要親眼看著自己的戰友被炸成灰燼。」

記者們陸陸續續地站起來，狼狽地看著女皇陛下。

洛蘭說：「我從來沒有愛過林堅，林堅對我有尊敬、有仰慕，卻沒有男女的愛戀。我們是因為都愛阿爾帝國，為了帝國利益志同道合，才決定訂婚。做為和他並肩作戰的戰友，我很高興他能遇到邵茄公主，一位即使緊張害怕，依舊會竭盡全力維護他的女人。」

記者們看向邵茄公主，想起剛才不管他們多麼刁鑽地逼問邵茄公主，邵茄公主都應付得不卑不亢，但是因為他們開始攻擊林堅元帥，邵茄公主才陣腳大亂，可即使慌不擇言，她也寧可承認都是自己的錯，不願讓林堅元帥背負罵名。

洛蘭說：「我不知道你們收到的爆料消息說了什麼。林堅和邵茄結婚的確出乎所有人意料，甚至出乎他們自己的意料，但是，他們的婚禮是迄今為止我見過最感人、最堅貞的婚禮。」

洛蘭按了下個人終端機，把事先剪輯好的影片全像投影到所有人面前。

……

左丘白笑看著林堅，「只要元帥閣下命令戰艦後退，我就把你的情人毫髮無損地還給你。」

林堅眼睛眨也不眨地盯著邵茄，「今日，我請在場各位，阿爾帝國和奧丁聯邦的所有戰士見證，我林堅願以妳英仙邵茄為我的合法妻子，並許諾從今以後，無論順境逆境、疾病健康，我將永遠愛慕妳、尊重妳，終生不渝。」

邵茄公主又驚又喜，霎時間淚如雨下，臉上卻滿是開心喜悅的笑，「今日，我請在場各位，阿爾帝國和奧丁聯邦的所有戰士見證，我英仙邵茄願以你林堅為我的合法丈夫，無論順境逆境、疾病健康，我將永遠愛慕你、尊重你，終生不渝。」

士兵舉槍，對準邵茄公主的太陽穴。

邵茄公主衝林堅俏皮地笑笑，「林先生！」

林堅也笑笑，聲音哽咽：「……林夫人！」

……

隨著砰一聲槍響，洛蘭關閉了影片。

因為牽涉到軍事機密，影片被剪輯得支離破碎，還有不少地方做了圖像處理，但所有記者都看明白了前因後果。

他們心驚膽戰，為之動容，連看邵茄公主的眼神都變了。

洛蘭說：「林堅元帥為帝國已經付出很多，甚至做好了準備，隨時付出自己的生命。邵茄公主以自己的生命理解並支持他。我想像不出比這更感人、更堅貞的婚禮了！」

洛蘭對邵茄公主招招手，示意她過來。

邵茄公主在譚孜遙的護衛下，穿過沉默的人群，走到洛蘭身邊。

洛蘭安撫地抱抱她，讓邵茄公主先上車。

記者們反應過來，急忙七嘴八舌地問：「請問是誰救了邵茄公主？」

洛蘭沒有說話，邵茄公主回身說：「陛下！尊敬的女皇陛下！」

記者們發出驚嘆聲。

洛蘭坐上車後，又探出身子，微笑著說：「林堅元帥守護了我們的安全，我們即使不能守護他的家人，但至少可以祝福他的婚姻。諸位覺得呢？」

車門關閉，飛車起飛。

洛蘭彬彬有禮地對著車窗外揮手道別，邵茄公主翻白眼，譏嘲：「妳比以前會演戲了！」

「攝影機。」洛蘭微笑著提醒。

邵茄公主立即端坐不動，維持淑女姿勢。

等飛車飛到高空後，邵茄公主問：「妳帶我去哪？」

「皇宮。等林堅的母親回來後，妳直接搬進林府住。」

邵茄公主硬邦邦地說：「今天這事本來就是妳惹出來的，我不會感謝妳。」

「我也不是為了妳，我是為了林堅。」洛蘭側頭盯著她，「希望妳記住，蕭郊救過妳兩次，我救過妳一次。」

「什麼意思？」

「野獸群、死亡大峽谷、左丘白，妳已經死了三次。」

邵茄不喜歡洛蘭，可即使明知蕭郊是洛蘭的人，依舊很敬佩蕭郊。尤其死亡大峽谷那次，蕭郊背著她爬懸崖時，她自己都認定絕不可能逃生，哭著叫蕭郊放下她，蕭郊卻始終沒有放棄她。洛蘭從左丘白槍下救了她也是事實，她從沒打算否認。

「是，你們救了我三次。」邵茄公主咬了咬唇，問：「妳想要我做什麼？」

「我想要妳什麼都不要做。」

邵茄公主愣住了。

洛蘭拍拍邵茄公主的臉，警告地說：「將來妳想做什麼之前，想想妳欠了我們三條命。已死之人，心平氣和一點，否則我是無所謂，但林堅會難過。」

邵茄約略明白了洛蘭的意思，沒好氣地推開洛蘭的手，「卑鄙！總是用林堅要挾我！」

「我不卑鄙，妳怎麼會變成林夫人？」

邵茄聽到「林夫人」，忍不住抿唇想笑，又立即忍住，繃著臉嘟嘟囔囔地念叨：「林堅說什麼就是什麼，我才捨不得讓他為難呢！」

洛蘭眼裡掠過一絲笑意，沉默地看向窗外。

她的確無所謂，但邵茄公主身分特殊，為了小角和兩個孩子，做朋友肯定比做敵人好。沒指望邵茄公主能回報救命之恩，只希望將來有什麼事時，她能袖手旁觀，不要落井下石。

＊　＊　＊

突然，個人終端機振動了一下。

洛蘭低頭查看，是艾米兒傳來的訊息。

「小夕今天情緒低落，我問不出原因。妳方便的時候，和他說說話。」

洛蘭回到官邸，立即聯絡艾米兒。

訊號接通後，艾米兒衝她擺擺手，到屋外迴避，讓她和小朝、小夕單獨說話。

洛蘭彎身抱抱兩個孩子，手搭在他們頭頂比畫了一下，竟然已經到她胸口了，兩個小傢伙長得可真快。

小朝笑眯眯地說：「我比小夕高了。」

洛蘭拍拍小夕的頭，安慰他：「女孩子發育早一點，再過幾年，你就會趕上姊姊。」

小夕悶悶地不說話。

洛蘭詢問地看看小朝。

小朝吐吐舌頭，說：「今天在學校吃飯時，餐廳裡正在播放新聞，小夕傻呼呼地指著新聞說：『姊姊，是媽媽。』結果被周圍的人嘲笑了。他們認為我們痴心妄想，不配做媽媽的孩子。」

「……然後呢？」

小朝一臉長姊風範，「然後我就把小夕拖走了。艾米兒阿姨說了不能在學校打架，也不能告訴別人妳是我們的媽媽。」

「然後呢？」洛蘭盯著小朝。

小朝看瞞不過，低垂著頭，對著手指說：「然後……我趁他們上廁所時，把他們揍了，沒讓他們看到臉。」

小夕不滿地瞪小朝，「妳沒叫我！」

「我一個就夠了，再說了，兩人一起去容易被發現。」

「那為什麼是妳去，不是我去？」

洛蘭打斷他們的爭吵：「你們現在應該討論這個問題嗎？」

小朝、小夕看著洛蘭，不敢說話了。

洛蘭屈膝，平視著小朝和小夕，「他們說的肯定不對，妳去打人也不對，但這件事歸根結柢是媽媽的錯，對不起！」

小朝和小夕立即搖頭，他們都知道媽媽有不得已的原因。

洛蘭說：「戰爭就要結束了，我會盡快告訴爸爸你們的存在，我會讓所有人都知道我是你們的媽媽，然後……我們一家人在一起。」

小朝和小夕興奮地相視一眼，一起開心地點頭。

＊　＊　＊

洛蘭陪兒子、女兒說完話，一邊思考將來的計畫安排，一邊在廚房裡烤薑餅。

兩個烤盤。

一個烤盤的薑餅上面繪製著可愛的動物圖案，一個烤盤的薑餅上面什麼都沒有畫。

洛蘭就要把烤盤放進烤箱時，盯著一整盤光禿禿的薑餅看了看，臨時起意，又拿起工具，在一個薑餅上寫下五個字。

洛洛

愛

小角

洛蘭等薑餅烤好後，開始裝盒。

她把有小動物圖案的薑餅依次裝進一個盒子，其他光禿禿沒有任何裝飾的薑餅放進另一個盒子，其中就有那枚寫了字的薑餅，放在最上面的正中間。

最後封盒時，洛蘭把一張音樂卡放進盒子裡，是小朝和小夕的手工作業，打開卡片後會唱歌。

她告訴小角，會送他一份特別的禮物慶祝相識，其實她壓根兒不在意這些事。因為這張特殊的音樂卡，所以她才找藉口送他禮物。

洛蘭叫來清初，吩咐她一盒薑餅快遞給艾米兒，一盒薑餅送去前線給小角。

清初拿著兩盒薑餅剛剛離開，紫宴的聲音突然響起：「用一盒薑餅就換取了阿麗卡塔星，您可真會做生意。」

他形容憔悴地歪坐在輪椅上，懷裡抱著一瓶酒，滿身都是酒氣。

洛蘭沉默地看著紫宴。

紫宴喝了口酒，問：「聽說要發動最後的進攻了？」

「是。」

「勝利後妳打算怎麼對異種？下令士兵在阿麗卡塔星上大肆屠殺，進行種族大清洗，還是像以前一樣規定所有異種只能從事特別工作，像畜生一樣為人類服務？」

洛蘭走到紫宴面前，居高臨下地盯著他，「戰爭結束後，如果你還沒醉死，自然就知道了。」

紫宴瞇著眼睛醉笑，「妳不要用這種眼神看我！我不日日灌醉自己，難道我要天天和你們一起歡慶阿爾帝國節節勝利，奧丁聯邦即將覆滅嗎？」

洛蘭嘴唇微張，似乎想要說什麼，最終卻什麼都沒說，緊抿著唇，沉默地從紫宴身旁走過。

紫宴猛地抓住她的手腕，打了個酒嗝，醉醺醺地說：「妳還沒回答我！」

洛蘭譏諷：「你長著眼睛、長著耳朵，卻不看不聽，每天一心求醉，我為什麼要回答你？」

她手腕略施巧勁，就輕輕鬆鬆甩掉紫宴的手，頭也不回地快步離去。

紫宴醉眼迷離，拿起酒瓶，咕咚咕咚地灌酒。

Chapter 16

# 不是演戲

她可以被欺騙，可以被愚弄，可以被打敗，卻絕不可以倒下！
她可以悲傷，可以痛苦，可以哭泣，卻絕不可以軟弱！

夕陽西下。

脈脈餘暉映照著歷經風雨的古堡。

門窗半掩，紗簾飄拂，悠揚悅耳的鋼琴聲從屋子裡流淌出。

漫天晚霞。

火紅的玫瑰花開滿花園。

一個長髮披肩、眉目含笑的女子坐在玫瑰花叢中，正在翻揀玫瑰花，準備做玫瑰醬。腳邊、膝上都是玫瑰花，連頭上都沾了幾片紅色的花瓣。

他滿心歡喜地朝她走過去。

開滿玫瑰花的小徑卻猶如迷宮，道路百轉千回，無論他怎麼走，都走不到她身邊。

好不容易，他越過重重花牆，跑到她面前，叫了一聲她的名字。

她抬頭的一瞬間，城堡和玫瑰花園都化作流沙，消失不見。

四周剎那間變成了金色的千里荒漠。女子也變成了短髮，眉目依舊，卻冷若冰霜。

……

小角猛地坐起，一頭冷汗地從噩夢中驚醒。

他走到保鮮櫃前，隨手拿了一瓶飲料，坐在舷窗前，靜默地看著窗外。

即使漫天繁星璀璨，炮火不斷，阿麗卡塔星依舊是最耀眼的存在，沒有任何光芒能掩蓋它。

小角喝了一口飲料，下意識地看向瓶子。

上面寫著四個小字，如果不看圖案的話，既可以從左往右讀成「朝顏夕顏」，也可以從右往左讀成「夕顏朝顏」。

朝顏夕顏、夕顏朝顏。

小角記得是洛蘭養在露臺上的兩種花的名字，一個朝開夕落，一個夕開朝落，兩種花種在一起，倒是正好湊成朝朝夕夕、夕夕朝朝都有花開。

突然，通訊器響起蜂鳴音。

小角定定地看著來訊顯示上的名字——辛洛。

發了一會兒呆，才像是突然反應過來，急忙接通訊號。

洛蘭出現在他面前，「林樓將軍說要發動最後的進攻了？」

「我已經摸清楚阿麗卡塔的所有軍事布置，是時候決一勝負了。」

洛蘭說：「我送了一盒禮物給你，應該快要送到了。」

小角打趣地問：「我打敗奧丁聯邦的獎勵？」

「只是一個小禮物。」洛蘭自嘲地笑笑，「你如果想要獎勵，我有一個巨大的驚喜或者驚嚇正等著你。」

這不是洛蘭第一次說這句話，小角突然很想問究竟是什麼樣的驚喜或驚嚇，但話到嘴邊，卻始終沒有說出口，只是默默地喝了兩口飲料。

「不打擾你休息了。」

洛蘭正要切斷訊號，小角突然說：「我現在的休息艙房有一個窗戶，能看到星空。」

洛蘭唇角微微上翹，含笑問：「你覺得我會喜歡？」

「妳很喜歡眺望星空。」

「我爸爸去世後，我媽媽帶我和葉玠搬到藍茵星定居。剛去一個陌生的環境，媽媽卻常年不在家，我難過時，常常看著星空發呆，盼望她快點回來。後來，媽媽死了，我和葉玠又分開了。身處不同的星球，我會看著星空，擔憂他在別的星球上過得好不好，有沒有生命危險。」

小角明白了洛蘭的意思，常年累月的行為已經變成一種融入生命的習慣，「現在即使沒有人需要掛念，也已經喜歡上眺望星空。」

洛蘭溫和地說：「現在依舊有人讓我掛念。」

疲憊至極時，她會坐在露臺上，眺望星空吃著薑餅，思念著曲雲星的孩子和奧丁星域的小角。

洛蘭的眼睛裡流淌著言語未曾表述的東西，如同舷窗外的星光般閃耀動人，令人禁不住想要沉醉其間。

小角身子前傾，抱住洛蘭，在她耳畔說：「晚安。」

＊　＊　＊

決戰前夕。

林榭號戰艦。

空氣中瀰漫著緊張忙碌的凝重和令人激動興奮的期待，所有人各就各位、各司其職，為最後的決戰做著準備。

雖然戰爭形勢一直有利於阿爾帝國，所有帝國將士都堅信最後的勝利屬於阿爾帝國，但對手畢竟是奧丁聯邦。

這是一個既令人畏懼，又令人敬佩的敵人，面對滅國的失敗，異種不會鬥志消弭、逃跑求生，反而會以獻祭般的勇敢無畏，爭取和人類同歸於盡。

所有士兵都清楚，攻克阿麗卡塔必定要付出慘重的代價，自己的性命或者戰友的性命。

艦長休息室。

小角換上作戰服，拿起作戰頭盔，一切準備就緒，準備出門。

叮咚。

門鈴聲突然響起。

他看了眼門上的顯示螢幕，一個送貨機器人站在門外。

「進來。」

艙門自動打開，機器人滾進來，把一個方形的禮盒遞給小角，「蕭艦長，請查收，來自女皇辦公室的快遞。」

小角接過後，機器人離開。

小角把禮盒放到桌上，身子站得筆挺，目光注視著禮盒。

過一會兒，他轉身，頭也不回地離開艙房。

伴隨著輕微的咔嗒聲，艙門關閉。

艙房內人去屋空，寂靜冷清、乾淨整齊，所有東西紋絲不亂，就像是從沒有人住過，只有桌上擺著一個沒有拆封的禮盒。

＊ ＊ ＊

小角步履從容地走著。

「艦長！」

「艦長！」

……

此起彼伏的問候聲中，所有官兵看到他時都立即恭敬地讓路，自發敬禮，目光裡飽含發自內心的尊敬和愛戴。

小角忽然想起他第一次去奧米尼斯軍事基地的事。

一隊隊英姿矯健的軍人從他身旁經過，一架架戰機從他頭頂飛掠過，他羨慕地看著他們，渴望成為他們其中一員。

從奧米尼斯軍事基地的教官到林榭號戰艦的艦長，已經十年過去。

他真正變成了他們其中的一員。

和他們一起生活，軍隊裡除了睡覺，吃穿住行幾乎都在一起，每個隊友最後都變成嬉笑無忌的兄弟。

和他們一起戰鬥，分擔危險、分享榮譽。

和他們一起慶祝活著，聆聽他們對家人的思念。

和他們一起悲泣死亡，哀悼並肩戰鬥的戰友。

戰場是人世間最特殊的空間。在這裡，死亡無處不在，生命既脆弱又堅強，情感既短暫又永恆，時光變得格外厚重，所有經歷都會被命運的刻刀一筆一畫重重刻入記憶。

……

小角腳步不停，一直疾步往前走。

周圍熟悉的一切慢慢向後退去，正在漸漸遠離。

本來應該拋棄遺忘的人和事，卻在腦海裡清晰地一一浮現。

——維護支持他的上司，林樓將軍、閔公明將軍……

——和他並肩作戰的戰友，霍爾德、林堅……

——他親手訓練、悉心指導的學員。

——無數尊敬他，愛戴他的下屬。雖然交集不多，但他的每一個命令，他們都無可挑剔地盡力完成。

十年時光、點點滴滴，經過炮火的淬鍊，分外清晰。

一幕又一幕記憶像利刃一般撲面飛來。

小角面無表情，迎著利刃一步步往前走。

他以為只是褪下偽裝，沒有料到，竟然像是在剝皮。一層又一層血肉被剝下、一根又一根經脈被剔除。

十年記憶，隨著每一次呼吸，每一次心跳，早已融入生命，他割捨的不是偽裝，而是他的一段生命。

小角走到戰機起降甲板。

周圍有戰機陸陸續續起飛，也有戰機陸陸續續歸來，一派忙忙碌碌的景象。

小角命令：「準備戰機。」

監控室的軍官看到他十分詫異，卻因為信任和愛戴，什麼都沒問，立即按照命令為小角準備最好的戰機。

小角跳上戰機，戴上頭盔。

十年之後，他終於走到這裡，可以再次做回自己，但代價是剝皮割肉剔骨，他已經變得面目全非，連他自己都要不認識自己了。

他究竟是誰？

如果是蕭郊，為什麼他要冷酷地背叛誓言、辜負信任、捨棄現在？

如果是辰砂，為什麼他會覺得撕下偽裝時有剝皮之痛？

小角握住推桿，緩緩啟動引擎。

戰機順著甲板滑行了一段後，驟然加速，飛入茫茫太空。

浩瀚蒼穹下，繁星閃爍。

他駕駛著戰機，一直向前飛。

戰機飛躍過茫茫星河，飛躍過廣袤蒼穹，飛躍過時光的長河，飛向過去的自己。

＊ ＊ ＊

炮彈劃過天空，無數流光驟然亮起、驟然熄滅。

越靠近正在交戰的前線，炮彈越密集，閃耀的火光幾乎湮沒了星辰的光芒。

戰機一往無前。

在交織的密集炮火中，靈敏快捷、從容游弋，穿破雙方的火力網，進入奧丁聯邦的防守區域。

就像是一隻羊耀武揚威、大搖大擺地闖入狼群，這架阿爾帝國的戰機立即引起所有人的注意。

奧丁聯邦的軍人被激怒了，周圍的戰機全部鎖定它，朝它發動猛攻。

阿爾帝國的戰機沒有迎戰，只是閃避，卻沒有一架戰機能成功攔截住它。

負責防守這個區域的戰艦是獨角獸戰艦，艦長是宿一。

他眼睛一眨不眨地盯著監控螢幕，表情越來越凝重。

紅鳩的聲音從通訊器裡傳來：「兄弟，看上去你們攔截不住阿爾帝國的這架戰機，要不要我們協助？」

宿一像完全沒有聽到紅鳩說什麼，只是盯著監控螢幕上的戰機，觀察著它的每一個飛行動作。

監控螢幕上的畫面和腦海裡的記憶漸漸重疊，融為一體。

突然，宿一下令：「停止進攻！」

正在圍剿阿爾帝國戰機的特種戰鬥兵接收到命令後立即停止了攻擊。

奧丁聯邦的戰機沒有再進攻阿爾帝國的戰機，但也沒有撤退，反而越聚越多，四周密密麻麻都是飛旋盤繞的奧丁聯邦的戰機。

阿爾帝國的戰機猶如一隻勢單力薄的鳥兒被群鷹環繞，卻夷然不懼地依舊朝獨角獸號飛來。

宿一目光灼灼地盯著戰機，呼吸越來越急促，聲音顫抖地下令：「讓路！」

所有戰機向兩側讓開，讓出一條通道。

在奧丁聯邦無數戰機的「夾道歡迎」中，一架阿爾帝國的戰機如同飛鳥歸巢般朝獨角獸號戰艦迅疾飛來。

當戰機靠近獨角獸號戰艦時，宿一、宿二、宿五、宿七已經全部等在甲板上。

戰機徐徐降落在甲板上。

奧丁聯邦的士兵緊張地舉起槍，對準戰機。

宿一滿臉焦灼期盼，目不轉睛地盯著戰機。

戰機的艙門打開，一個男人身手俐落地跳下戰機。

宿一、宿二、宿五、宿七霎時間站得筆挺，目光都落在男人身上。

男人抬手要摘頭盔，一個士兵竟然緊張地想要開槍，宿一聲音嘶啞地大喝：「住手！」

男人摘下頭盔，臉上居然還有一個鉑金色的面具。

眾人屏息靜氣。

男人又摘下面具，終於露出自己的真實面目。

五官英挺，眉目犀利。

眉梢眼角的滄桑將原本的犀利掩去，平添了剛毅沉穩，像是一把鋒利的寶劍經過漫漫時光的淬鍊已經返璞歸真、光華內斂。

宿一、宿二、宿五、宿七熱淚盈眶，聲音堵在嗓子眼裡，一句話都說不出來。

男人朝宿一他們走過去。

一個年輕的士兵緊張得握著槍的手不停發抖，大聲喝問：「你是誰？」

男人掃了他一眼，平靜地回答：「我是辰砂。」

宿一、宿二、宿五、宿七眼淚奪眶而出，齊刷刷地抬手敬禮，周圍的士兵一臉震驚，也紛紛收起槍，抬手敬禮。

＊＊＊

林榭號戰艦。

已經到了預定的進攻時間，指揮官蕭郊卻不知去向。

指揮室內，人心惶恐。

因為是最後的決戰，女皇陛下正在辦公室內即時觀看戰役，也就是現在蕭艦長的突然失蹤，女皇完全知道。

林樓將軍站在角落裡，正在質詢戰艦上最後一位見到蕭艦長駕駛戰機離去的軍官。

「戰機離開後，再沒有回來？」

「沒有。」

「能鎖定戰機在哪裡嗎？」

「不能，已經完全失去訊號。」

「沒有軍事任務，你怎麼會放行？」

「他……是蕭艦長！」

林樓將軍還想再問，他的個人終端機突然響起，林樓將軍看來訊顯示是女皇，立即接通。

洛蘭的全螢幕影像出現在眾人面前。她臉色發白，眼神異樣地冰冷，就好像整個人都變成了一塊寒冰。

洛蘭問那位軍官：「你說蕭艦長駕駛戰機離開後就再沒有回來？」

「是！」

「戰機最後的定位在哪裡？」

「兩國正在交火的前線。」

林樓將軍擔心地說：「蕭艦長為什麼會突然跑去前線？會不會遇到了危險？」

洛蘭斷然下令：「取消進攻計畫，所有艦隊撤回小雙子星，放棄蕭艦長制定的作戰策略，重新布置軍事防務。」

林樓將軍不解，著急地說：「這次的進攻機會千載難逢，如果放棄這次機會，就是給奧丁聯邦喘息的機會……」

「林樓將軍！」洛蘭的聲音驟然提高，打斷了林樓將軍的爭辯。

林樓將軍看著洛蘭。

洛蘭注視著他，強硬地說：「所有艦隊立即撤退！立即！」

林樓將軍緩緩抬手敬禮：「是！」

林樓將軍快步走到指揮檯前，下令：「所有艦隊聽命，全線撤退，回小雙子星。」

洛蘭看到阿爾帝國的戰艦開始撤退，奧丁聯邦卻沒有乘勢追擊，知道辰砂還沒有完全收復軍權，暫時顧不上反擊，讓他們有了逃生機會。

等所有艦隊撤退到安全區域，洛蘭把通訊信號切換到私密頻道，對林樓將軍說：「蕭郊已叛逃到奧丁聯邦。」

「什麼？」林樓將軍大驚失色。

「你只需堅守在小雙子星，後面的事我會想辦法。」

林樓將軍下意識地看了眼作戰星圖，想到剛才如果貿然進攻，很有可能就是羊入虎口，禁不住渾身直冒冷汗。

林樓將軍悲憤地質問：「為什麼蕭郊會叛逃到奧丁聯邦？」

「我會給你們一個交代，目前請以戰事為重。」洛蘭匆匆關閉了通訊螢幕。

✷ ✷ ✷

洛蘭怔怔地站著，眼前一片黑暗。

因為她的愚蠢，辰砂在阿爾帝國的軍隊裡待了十年。

尤其奧丁星域的艦隊，這些年完全在他的掌控下。他熟悉每艘軍艦，瞭解每艘軍艦的艦長，知道所有的軍事力量。如果辰砂掌握了奧丁聯邦的軍隊，這些艦隊豈不是任由他屠殺？

清初擔憂地看著洛蘭，試圖寬慰洛蘭：「也許……真有什麼意外。」

洛蘭煞白著臉衝出辦公室，往臥室跑。

她衝進臥室，打開衣櫃，從最裡面拿出一個長方形的金屬盒。

盒子裡裝著一套舊衣服——她去英仙二號太空母艦見小角時，就穿著這套衣服。

那天，小角承諾了她一個未來，她承諾了小角一個永遠。

因為一種莫名其妙的小女人心思，她把這套衣服原封不動、珍而重之地收了起來。

洛蘭從衣服口袋裡摸出一個隨身碟。

她打開隨身碟，啟動隱藏的自檢程序。

螢幕上滾動過一連串綠色代碼後出現三條訊息，顯示出隨身碟最近三次打開使用的記錄。

洛蘭盯著最後一條訊息。

她清楚地記得，她在去見林堅前，打開檢查過一次隨身碟，之後她再沒有碰過這個隨身碟，現在卻有一條新的記錄，顯示有人啟動複製資料。

算時間應該是她見完林堅後的事。

那時，她坐著交通車去自己的戰艦，打算返回奧米尼斯星。小角急匆匆地追上來，為她送行。

洛蘭摸著嘴唇慘笑。

原來這就是那一吻的目的。

她意亂了，他卻並未情動，只是趁機竊取隨身碟裡的資料。

這一切究竟是從什麼時候開始的？

洛蘭看向露臺。

時光回溯，往事一幕幕浮現在眼前。

那個晚上，他就是辰砂！

她喝醉了，忘記了自己的初衷，他卻一直很清楚自己要什麼。

……

洛蘭突然覺得胃裡翻江倒海，衝進廁所，一陣狂吐。

她似乎回到了七歲那年，因為解剖父親的屍體，即使什麼東西都沒吃也一直噁心想吐。

她分不清是胃痛還是心痛，五臟六腑像是被一隻手揉來抓去，一直在劇烈抽痛。

原來，那個時候小角已經死了！

她所感受到的一切都是辰砂的偽裝！

洛蘭覺得全身發冷，如同身體被裹在層層寒冰中，胸膛裡卻有一把熊熊烈火在燃燒，似乎要把她的五臟六腑燒成粉末。

整個人內外交攻、冰浸火炙，一時冷一時熱，心神在崩潰的懸崖邊上搖搖欲墜。

七歲那年，解剖完父親，她高燒了三天三夜，葉玠一直守在她床畔，現在卻沒有人會守護她，會悉心照顧她。

她一遍遍告訴自己「我是英仙洛蘭」！

她可以被欺騙，可以被愚弄，可以被打敗，卻絕不可以倒下！

她可以悲傷，可以痛苦，可以哭泣，卻絕不可以軟弱！

洛蘭把盒子放到露臺上。

她拿出一瓶烈酒，直接對著酒瓶喝了幾口，然後把酒倒向盒子裡的衣服。

她點著了火。

霎時間，火焰熊熊燃燒起來。

洛蘭把所有辰砂穿過、用過的東西都蒐羅出來，一邊喝酒，一邊陸陸續續地往盒子裡丟。

火越燒越旺，照亮了夜色。

屋裡的紫宴、阿晟被驚動，屋子外的隨扈也被驚動，都圍聚到露臺外來查看發生了什麼事。

清初吩咐隨扈退下。

隨扈聽話地離開了。

女皇的行為雖然怪異，但她表情平和，面帶笑容，沒有一絲異樣，像是在處理一些廢棄物，只是處理方法比較特殊，也許裡面有什麼祕密不欲人知。

清初又對紫宴和阿晟嚴厲地呵斥：「離開！」

一直以來，清初舉止溫和、言談有禮，阿晟第一次碰到她用這種口氣說話，不禁關切地問：「發生什麼事？」

「立即離開，回你們自己的房間！」清初毫不留情地命令。

洛蘭站在露臺邊，衝清初揮揮手，笑著說：「讓他們留下，我還有話問他們。等我問完話，把他們倆送去監獄，沒有我的命令，誰都不可以探視。」

清初沉默地離開，到屋子裡面迴避。

洛蘭往盒子裡又扔了幾件衣物，轉身看向紫宴。

紫宴從屋裡出來時，應該正在頹廢地喝酒，手裡還拿著半瓶酒。

洛蘭手臂搭在欄桿上，半彎著身子趴在欄桿邊，對紫宴說：「放下手中的酒瓶吧！不用再故作姿態地演戲了，辰砂已經回到奧丁聯邦。」

紫宴看著洛蘭。

漆黑的夜色中，明亮的火焰在她身後熊熊燃燒，映得她整個人都好像散發刺眼的紅光。

洛蘭笑問：「辰砂什麼時候恢復記憶的？」

紫宴面無表情地回答：「小角去奧米尼斯軍事基地試駕新戰機後暈倒了。那天晚上，從昏迷中醒來的人是辰砂，不是小角。」

洛蘭仰起頭，望向星空。

今夜雲層厚重，無月亦無星，天空中只有層層堆疊的鱗雲，一種怪異的灰黑色，壓迫在頭頂。

洛蘭卻像是看到了什麼美景，雙眸晶瑩，脣角上彎，對著天空微笑。

——「我屬於妳，是妳的奴隸，只為妳而戰」是小角說的，不是演戲。

——那枚薑餅是小角做的，不是演戲。

——暗室夜影中，肩膀上重重嚙咬一口的是小角做的，不是演戲。

……

洛蘭撫了撫肩膀，低頭看著紫宴，嘲諷地說：「看來那晚你們就商量好一切。你明知自己心臟有問題，卻故意日日給自己灌酒，還真是用生命在演戲！」

紫宴冷漠地說：「辰砂恢復身分時，我注定會死。我殺了自己和妳殺了我有什麼區別？前者至少還可以幫到辰砂。」

洛蘭笑著搖頭，像是在感嘆自己的愚蠢。

紫宴對洛蘭舉舉酒瓶，示威地喝一大口，冷笑著說：「英仙洛蘭，只要辰砂活著一日，就絕不會讓妳毀滅奧丁聯邦。」

洛蘭沉默地轉過身，把地上還剩下的衣物一件件丟進火裡。

火越燒越旺，像是要把站在火旁的洛蘭吞噬。

轟隆隆的雷聲從天際傳來，洛蘭像是什麼都沒聽到一樣，怔怔地看著熊熊燃燒的火焰。

一陣又一陣雷聲過後，狂風忽起，暴雨傾盆而下。

霎時間，火焰被澆滅，只剩下一盒灰燼。

大雨如注。

洛蘭一動不動地站著，任由綿綿不絕的雨水擊打在身上。

阿晟看雨越下越大，擔憂地叫了幾聲「陛下」，洛蘭都沒反應。

他求助地看向紫宴。

紫宴卻拿著酒瓶在灌酒，目光定定地看著洛蘭，滿頭滿臉的雨水都沒有絲毫知覺。

阿晟無奈，只能從一樓爬上去，翻過欄杆，跳到露臺上。

本來做好了被洛蘭厲聲斥罵的心理準備，沒想到洛蘭什麼都沒有察覺，依舊呆呆地盯著燒得焦黑的盒子。

她臉色潮紅、目光迷離，整個人明顯不對勁。

「陛下！」阿晟一把抓住她的手，發現觸手滾燙。

洛蘭怔怔地扭過頭，滿臉的雨水，頭髮貼在臉上，十分狼狽。

她凝視著阿晟，似乎在努力辨認他是誰，迷離的目光漸漸有了焦距，一雙眼睛亮得嚇人，「為什麼？」

「什麼為什麼？」阿晟十分茫然，不知道洛蘭在問什麼。

「你愛駱尋，紫宴愛駱尋，辰砂愛駱尋，為什麼你們都愛駱尋，卻都想要我死？」

阿晟不知道洛蘭到底在說什麼，疑惑地看向紫宴。

紫宴站在大雨中，一言不發地凝視著洛蘭。

洛蘭突然大笑起來，似乎想到了什麼好玩的事，笑得不可抑制，「我讓駱尋消失，辰砂讓小角消失，還真是一個公平的報復遊戲！」

阿晟覺得洛蘭的臉色越來越紅，連眼睛都有點發紅，著急地把她往屋裡拽，「妳生病了，不能再淋雨。」

洛蘭用力推開他的手，瞪著他說：「我不是駱尋，不需要你的關心！」

她的表情明明十分倔強，語氣也十分決絕，阿晟卻就是感覺到她十分心酸委屈、悲痛無奈，一瞬間，他竟然莫名其妙地難受，第一次意識到璀璨的皇冠之下，她也是血肉之軀。

洛蘭背脊挺得筆直，捶著自己的胸膛說：「我是英仙洛蘭！阿爾帝國的皇帝！你心中認定的毀滅者！」

阿晟意識到洛蘭根本不是對他說話，卻忍不住順著她的話柔和地安慰她：「妳不是毀滅者。」

洛蘭悲笑著搖搖頭，「你設計了一切，對她像天使，對我像魔鬼！把甜蜜都給了她，把苦難都給了我！」

阿晟下意識地反駁：「我沒有。」

「你有！」洛蘭雙目發紅，淚光閃爍，像一個受盡委屈的孩子，「你帶著她一起走了，捨不得讓她承受一點磨難，卻把所有痛苦、所有艱難都留給我！」

「我……我……」阿晟想說不是，可又不敢再刺激洛蘭。

洛蘭搖搖晃晃地朝屋裡走去，腳步踉蹌了一下，整個人直挺挺地往地上摔去。

阿晟急忙衝過去想要扶住她，可她即使神志不清，依舊掙扎著在躲閃，寧願摔到地上，也不要他的攙扶。

阿晟沒有扶住她，只能眼睜睜地看著洛蘭摔倒在自己腳邊。

阿晟彎下身，想把昏厥的洛蘭抱起來放到沙發上，可想到她的倔強和決絕，又縮回手，大聲叫：「清初！」

清初應聲出現，看到暈倒在地的洛蘭，急忙撲過來查看。

她一邊緊急傳召醫生，一邊召喚隨扈，下令把邵逸心和阿晟都抓起來，關進監獄。

一隊荷槍實彈的隨扈衝進來，抓起紫宴和阿晟，把他們押走了。

阿晟被帶出女皇官邸時，下意識地回頭望去——

屋裡燈火通明，一桌一椅無不熟悉。

阿晟忽然意識到，不知不覺中，他竟然在這個屋子裡住了十年。

身為異種，居住在最歧視異種的奧米尼斯星，可這十年竟然是他生命中過得最平靜、最安定、最愉悅、最充實的歲月。

有親人相伴，有朋友相陪，有喜歡的工作，每天都能見識到新鮮有趣的事情。

他的腿疾治好了，他臉上的傷疤淡了，他虧空的身體康復了，他的體能提升到B級，學會了射擊和搏擊。

體能老師說他天賦佳，雖然年齡有點大，但好好努力，還是有希望突破到A級。

生命第一次對他露出了燦爛明媚的笑容。

自小流離動盪的生活讓他明白，命運從來不仁慈，一切美好都不可能憑空而降。

阿晟看向樓上的臥室，是這個強悍的女人一力撐起了這片小天空。

她給予的生活，她要收回了嗎？

# Chapter 17 恢復記憶

我是最初的你，不是曾經的你，但是現在的你。
你是最終的我，不是過去的我，但是未來的我。

啟明號戰艦。

棕離仔細查看前線的交戰情況，總覺得哪裡有些不太對勁。

他正想聯絡哥舒譚將軍，叫他提高警覺，以防阿爾帝國突然發動總攻，指揮室的門突然打開，一隊全副武裝的軍人衝進來，持槍對準指揮室內的所有官兵。

指揮室內的軍人匆忙拔槍時，已經落於下風。

雙方對峙中。

辰砂在宿二和宿七的陪同下走進指揮室。他像以前一樣穿著聯邦軍服，身邊陪同的人也和以前一樣。

棕離恍惚間，覺得時光好像倒流，回到了以前。

那時候，殷南昭還是執政官，辰砂還是指揮官，整個聯邦欣欣向榮，傲然屹立於星際。

可是，窗外連綿不絕的炮火提醒著他，奧丁聯邦早已不是過去的奧丁聯邦，辰砂也不再是以前的辰砂。

奧丁聯邦已經失去整個奧丁星域的控制權，只剩下阿麗卡塔星在苦苦支撐，國破家亡就在眼前，而辰砂正是這一切的始作俑者。

棕離百感交集，憤怒地質問：「你還好意思穿聯邦軍服？」

辰砂平靜簡潔地說：「棕部長，我要報案。」

棕離愣住。完全沒想到幾十年不見，辰砂的第一句話居然是要報案！他出於職業習慣，下意識地詢問：「什麼案？」

「楚天清從事非法基因研究，利用激發異變的基因藥劑，謀殺了我的父親辰垣、我的母親安蓉和第二區公爵封林。楚墨用同樣的方法謀殺我，還勾結英仙葉玠挑起星際戰爭，嫁禍給殷南昭。」

棕離目瞪口呆。

當年接二連三地發生異變，還有楚墨對基因實驗的偏執瘋狂，他早已察覺出事情不像表面上看到的那樣，裡面一定別有內情，卻沒想到是這樣的內情。

棕離內心已經相信了辰砂的話，卻舊習難改，陰沉著臉質問：「你有證據嗎？如果是以前的辰砂，他敢說，我就敢信，但現在的辰砂，你敢說，我不敢信。」

「棕部長，我是受害者，不是行凶者，你身為執法者，應該去找楚墨要證據。」

辰砂抬手，揮了一下。

宿二和宿七上前，持槍對準棕離，示意棕離解除武裝。

棕離問：「你想幹什麼？」

辰砂說：「棕部長，疾惡如仇是一個好品德，但因為疾惡如仇，變得剛愎自用、一葉障目，就是愚蠢。你身為聯邦治安部部長，卻偏聽偏信，聽信楚天清和楚墨的一面之詞，無視殷南昭的所作所為，對發生在眼皮底下的凶殺案毫無所覺，甚至成為凶手的幫凶。你就算不是元凶，也難辭其咎，我希望你暫停所有職務，好好反省一下。」

棕離摸出武器匣，正要啟動武器，辰砂已經站在他面前，槍抵著他的腦門。

棕離壓根兒沒看清楚他的動作，立即意識到辰砂已是4A級體能。

他毫無勝算，卻沒有一絲畏懼。

棕離把腦門用力往前頂，示意辰砂儘管開槍。

「殷南昭是複製人，我抓捕殷南昭錯了嗎？你說我愚蠢時，檢討過自己嗎？楚天清已經殺了你父母，你居然還認賊作父、認仇為兄，把自己送上門去讓人害。因為你的愚蠢，奧丁聯邦才變成今天這樣，是你當眾屠殺了阿爾帝國的皇帝！是你引發了人類和異種的戰爭！多少異種因為你流離失所？多少異種因為你而死？」

辰砂沒有迴避棕離的質問，平靜地說：「我用了十年的時間去反思自己的錯誤，所以，今天我站在這裡來彌補自己的錯誤。」

棕離將信將疑地盯著辰砂。

辰砂坦然地回視棕離。

突然，一個軍官不敢置信地盯著前線的監控螢幕，失態地大叫：「阿爾帝國撤兵了！」

所有人的注意力被吸引得看向監控螢幕。

阿爾帝國居然真的全線撤兵。

明明勝利已經近在眼前，只差最後一擊，所有士兵都做好以身殉國的準備，阿爾帝國居然撤兵了！

所有人都滿臉震驚，不知道為什麼阿爾帝國會突然放棄毀滅奧丁聯邦的大好機會，棕離卻立即明白了原因。

因為辰砂！

因為他回到了奧丁聯邦！因為他熟知阿爾帝國的兵力！

阿爾帝國知道自己受騙了，為了保全自己，只能立即撤退，重新部署作戰方案。

棕離真正意識到，眼前的男人不再是那個高傲耿直、光明磊落的辰砂，可也絕不是左丘白口裡的叛徒。

他也許在現實面前學會了低頭彎腰，可他的脊梁骨沒有折斷；他也許不再黑白分明，懂得權術和欺騙，行事開始不擇手段，可他心中的熱血沒有冷。

棕離問：「你是誰？」

辰砂說：「辰砂，奧丁聯邦的軍人。」

棕離揚眉而笑，眼中隱有淚光。

他知道自己沒有能力挽救奧丁聯邦，但辰砂能！

他把武器匣拋給宿二，舉起雙手，下令：「從現在起，解除棕離一切職務，所有人聽從辰砂的指揮，如有違抗者，視同違抗軍令，可以當場擊斃。」

指揮室內的其他軍人紛紛收回武器，宿二和宿七給棕離戴上鐐銬，把他押走。

辰砂站在指揮檯前，所有人各就各位、各司其職地開始工作。

辰砂按下通訊器，對奧丁聯邦所有軍艦的艦長說：「我是辰砂，曾經是奧丁聯邦的指揮官，現在是奧丁聯邦的一名普通軍人。從現在開始，由我接管全軍指揮權，願意和我並肩戰鬥的軍人留下，不願意的可以離開。」

通訊器裡沉默了一會兒，突然爆發出此起彼伏的歡呼聲。

辰砂回來的消息如同長了翅膀，沒多久就傳遍整個聯邦軍隊。從戰艦到軍事基地，每個軍人都在興奮地說「指揮官回來了」。

國將破、家將亡，但他們的指揮官回來了！

雖然整個奧丁星域幾乎盡落敵手，只剩下阿麗卡塔星在苦苦支撐，但他們的指揮官回來了！

他們是最英勇的戰士，不怕流血、不怕死亡，願意用自己的血肉之軀為異種築起唯一的家園。

七百年前，游北晨能在一片荒蕪上創建奧丁聯邦，今日，辰砂就一定能帶他們守護住奧丁聯邦。

＊　＊　＊

四周一片漆黑，一個女人悲傷的哭泣聲一直不停地傳來。

洛蘭履險如夷，鎮定地走著。

那哭泣聲聽著十分耳熟，似乎名字就在嘴邊、呼之欲出，但洛蘭內心十分抗拒，始終沒有去探尋，就像什麼都沒聽到一樣。

她走到一扇門前，摸索著推開門。

突然之間，光華大作。

洛蘭走進去。

一個恢宏寬敞的大房間裡，參差錯落、高高低低，滿是人眼形狀的鏡子。

洛蘭舉目四顧，到處都是玻璃「眼睛」，就像是有無數人在審視她。

每面鏡子裡映照出的她都不一樣，有的邪惡、有的正義，有的冷酷、有的仁慈，有的倔強、有的溫柔……

洛蘭想要離開，卻發現本來是門的地方也變成了眼睛形狀的鏡子。

這不合乎邏輯！

洛蘭的過度理智讓她即使在夢中都明白這是一個夢境，忍不住譏笑。

原來，在她的潛意識裡，所有人都是冷冰冰的鏡子，不同的人的眼睛裡，映照出的她是不同的面孔。不知道哪面是代表辰砂眼睛的鏡子，哪面是代表紫宴眼睛的鏡子。

一個和她長得一模一樣的女子出現在房間盡頭，長髮披肩、笑意盈盈。

洛蘭盯著她，冷漠地說：「妳已經死了。」

駱尋搖搖頭，溫柔地說：「我就是妳。」

「妳不是我。」

「我是最初的妳，不是曾經的妳，但是現在的妳。妳是最終的我，不是過去的我，但是未來的我。」

洛蘭譏嘲：「一段憑空而生的記憶也敢在我面前賣弄口舌打機鋒？妳是不是還想說但凡發生，必留下痕跡？可惜妳是木塊，我是利劍，我們相撞，結果很清楚。」

「沒有人會是利劍。」駱尋微笑著朝她走來。

洛蘭下意識地要後退，卻又強迫自己站住不動，像是要看清楚駱尋究竟想做什麼。

駱尋越走越近，兩個人貼站在一起。

眼睛對眼睛、鼻子對鼻子、嘴巴對嘴巴，一模一樣的五官，截然不同的表情。

駱尋說：「我就是妳，妳就是我。」

洛蘭反駁：「我是我，妳是妳！」

駱尋溫柔地抱住她，悲傷地哀求：「不要否定我，因為我就是妳，妳否定我，就是否定自己。」

洛蘭驚恐地發現駱尋像是水滴融入泥土般在漸漸融入她的身體，她試圖用力推開她，卻像是在推空氣，根本無處著力。

……

洛蘭猛地睜開眼睛，一頭虛汗。

她躺在自己的臥室裡，剛才的夢只是一場夢。

洛蘭起床，去浴室沖澡。

她從浴室出來時，清初已經守在外面，鬱悶地抱怨：「陛下的燒剛退，應該多休息。」

洛蘭一邊穿衣服，一邊冷淡地說：「不過是突然接到噩耗，一時情緒失常引發的短暫昏厥，都已經昏厥完了，還要怎麼樣？」

清初看不出洛蘭是心情真平復了，還是假裝若無其事，只能配合地說：「陛下睡了八個小時，不用擔心，沒有耽誤任何工作。」

「八個小時，可以發生很多事，足夠發動軍事政變，讓一個星國的執政官下臺。」

洛蘭穿好衣服，立即聯絡林堅。

幾乎訊號剛接通，林堅就出現在洛蘭面前。他滿臉焦灼，顯然已經從林樓將軍那裡聽說了蕭郊的叛變。

「究竟怎麼回事？蕭郊為什麼會突然叛變？」

洛蘭說：「我之前告訴過你，小角失去了記憶，現在他的記憶恢復了。」

林堅十分憤怒：「恢復記憶就要背叛我們嗎？他和妳朝夕相處了幾十年，他在阿爾帝國的軍隊裡待了十年，這些難道不是記憶嗎？我們哪裡虧待他了？究竟奧丁聯邦給了他什麼好處……」

洛蘭不得不打斷他沒有意義的憤怒：「小角失去記憶前的名字是辰砂。」

林堅一下子忘記了所有想說的話，半張著嘴，震驚地瞪著洛蘭。

洛蘭說：「抱歉。」

林堅回過神來，結結巴巴地問：「妳把奧丁聯邦的指揮官當寵物養了幾十年，還在他身上蓋了奴印？」

「他那時候不是奧丁聯邦的指揮官。」

林堅跳了起來，揮舞著雙臂，失態地大叫：「他是辰砂！辰砂！大名鼎鼎的辰砂！所有軍人都知道的辰砂！」

洛蘭發現辯解「他那時候不是辰砂、是小角」已經沒有任何意義，不如讓林堅把情緒發洩完。

「妳居然還把他送到阿爾帝國的軍隊裡來訓練士兵！」

「他訓練得很好。」

「妳居然還讓他指揮攻打奧丁聯邦的戰役！」

「他指揮得很好。」

林堅一臉崩潰：「我居然任命辰砂幫我訓練士兵，幫我管理軍艦，幫我指揮戰役！我一定是瘋了！」

「我會承擔後果，不會拖累你。」洛蘭已經做好最壞的打算。

「妳把我看成什麼人了？」林堅怒瞪著洛蘭，似乎想一拳打到她臉上，「尊敬的女皇陛下，如果您不明白什麼是同盟、什麼是戰友，今天我就好好給您上一課！不是您會承擔後果，而是我們一起承擔後果，明白了嗎？」

洛蘭沉默。

林堅朝她晃晃拳頭，咬牙切齒地問：「尊敬的女皇陛下，明白了沒有？」

洛蘭鼻子發酸，點點頭，「明白了。」

這一路走來的確艱難，但只要有林堅、清初、譚孜遙……他們這些並肩作戰的戰友，不管多艱難，都一定要堅持走下去。

林堅在房間裡一邊踱步，一邊思索。

當年，奧丁聯邦發生政壇劇變，辰砂管轄的第一區是鬥爭失敗的一方，被楚墨瓦解吞併。現在，面對執掌一國的楚墨，辰砂再厲害，也只是一個人，根本無法撼動奧丁聯邦這個龐然大物，可他居然利用阿爾帝國的軍隊打敗了楚墨。

讓林堅和所有阿爾帝國將軍驚嘆的小雙子星戰役也是辰砂有意為之，憑借自己強大的指揮能力，速戰速決，把對奧丁聯邦的傷害降到最低。

在沒辦法和外界傳遞訊息的情況下，辰砂指揮重兵圍攻阿麗卡塔，卻又放慢進攻節奏，吸引流落星際的舊部為了阿麗卡塔回歸，逼迫楚墨那邊不得不起用辰砂以前的下屬。

辰砂居然利用所有敵人召集齊了自己的勢力！

當他確定所有人全部到位後，才從容不迫地離開阿爾帝國、回歸奧丁聯邦。

林堅越想越心驚。在訊息完全封閉的情況下，辰砂竟然靠著自己一人的謀算，讓每個人、每股勢力都按照他的意願行動。

這個男人的指揮能力太可怕，已經遠遠超越戰場！

林堅一邊往嘴裡塞糖果，一邊焦慮地說：「軍隊裡的將軍都知道蕭郊是陛下的人，如果辰砂把他是蕭郊的事抖出來，陛下的威望和我的名望都會遭受重創。」

「不用擔心，至少目前不用擔心。辰砂把這事抖出來，對他和奧丁聯邦的傷害更大。他不是當年那個完美無瑕的辰砂，奧丁聯邦也不是當年那個國力強盛的奧丁聯邦。辰砂異變過，不但當眾屠殺過奧丁聯邦的軍人，還引發了人類和異種的全面大戰，如果再讓奧丁聯邦的軍人知道他幫我們打了十年仗，打得奧丁聯邦節節敗退，一定會軍心渙散，對現在的奧丁聯邦雪上加霜，也許就是壓垮駱駝的最後一根稻草。」

林堅又吃了一顆糖果。

奧丁聯邦那邊只有辰砂自己知道實情，阿爾帝國這邊只有他和洛蘭知道實情，瞬間他做了決定。

林堅停住腳步，說：「立即對外公布，蕭郊艦長駕駛戰機偵察敵情時不幸遇難，已經亡故。反正沒有人見過蕭郊的臉，以後不管對方說什麼，我們都一口咬定是謠言中傷就行了。」

洛蘭沉默。

林堅不解地看著洛蘭。

洛蘭脣角浮起一絲苦澀的笑，「好！」一天之前，她還計畫著，憑借小角打下奧丁聯邦的輝煌戰功，憑借軍隊對他的愛戴和擁護，再爭取到林堅和邵茄夫婦的支持，只要巧妙運作，他就能以蕭郊的名字光明正大地和她在一起。

林堅無賴地說：「現在的狀況是辰砂非常熟悉我們的軍隊，對我們瞭若指掌，我們卻對他幾乎一無所知，這仗我們該怎麼打？告訴我，妳有挽救的方法。」

洛蘭看著林堅。

林堅雙手合十，祈求地盯著洛蘭。

洛蘭只能說：「我有。」

林堅如釋重負地鬆了口氣。

洛蘭說：「還有一件事。」

林堅滿臉戒備，驚恐地看著洛蘭。

洛蘭笑了笑，說：「算是好事。如果辰砂控制了奧丁聯邦，左丘白不會再急著趕回奧丁星域，他甚至有可能永遠不會再回去，你這邊的戰事會輕鬆很多。」

「難怪呢！」林堅也覺得最近的仗打得很輕鬆，他都有時間睡個完整的覺了，原來是左丘白已經放棄原本的作戰計畫。

洛蘭叮囑：「楚墨那邊的動態，我現在一無所知，猜不到他會做什麼，你務必小心。」

「明白！」林堅很清楚，這場戰爭並不僅僅是為了打敗奧丁聯邦。他擔憂地問：「如果辰砂知道了楚墨的實驗，會不會和楚墨合作？」

洛蘭沉默地搖搖頭。

林堅也不知道她是表示不知道，還是說不會。

✷ ✷ ✷

阿麗卡塔星軍事基地。

祕密實驗室。

楚墨推著一個醫療艙走出門禁森嚴的實驗室。

醫療艙裡躺著昏迷的紫姍。楚墨對自己的學生潘西說：「運輸機會帶你去烏鴉海盜團的飛船，他們會送你們去找左丘白。」

潘西問：「老師不離開嗎？」

楚墨說：「我等著見一個老朋友。」

潘西依依不捨地看著楚墨。曾經他是一個飽受歧視，在生死線上掙扎的異種，得到楚墨的幫助，才擺脫貧賤的生活，進入學校讀書。後來他立志從事基因研究，有幸被楚墨收為學生，看到了基因研究的另一種可能。

楚墨拍拍醫療艙，對他微笑著說：「異種的未來交給你了。」

潘西哽咽地說：「我一定不辜負老師的期望。」

他對楚墨彎腰，深深鞠躬，然後推著醫療艙走向運輸機。

楚墨命令智腦打開天頂，目送著運輸機冉冉升空離去。

楚墨微笑著返回辦公室。

他沖了個澡，修剪頭髮，剃去鬍子，換上剪裁合身的衣服。

他收拾整理辦公室，銷毀文件、擦拭桌面，拿出鎖在抽屜深處的電子相框，放到案頭。

裡面記錄著他的年少時光，有他和辰砂的照片，他和封林的照片，還有他們七個人的合影。百里蒼、紫宴、棕離、左丘白、辰砂、封林、他。

楚墨含笑凝視著相片，目光眷戀溫柔。

那時候，他還什麼都不知道，不知道未來究竟有什麼等著他。

那時候，天正藍、樹正綠，整個世界都只是一個溫柔地等著他們長大的樂園。

那時候，大家都還活著。

如果異種沒有面臨生存危機，父親不會鋌而走險地進行極端研究，左丘白不會一出生就變成孤兒，母親不會患上抑鬱症自殺，他會有個健全幸福的家庭。功成名就的父親、溫柔慈祥的母親、聰明睿智的哥哥。

如果他沒有選擇這條路，他就可以向封林坦陳心意，告訴她他愛她，他會有一個新的家庭，有摯愛的妻子，可愛的女兒。

……

楚墨撥打左丘白的通訊號碼。

左丘白看到他仍舊坐在辦公室裡，震驚地問：「我以為你已經在飛船上了，你為什麼沒有離開？」

楚墨微笑著說：「我留下，他們才能離開。」否則，辰砂會追到天涯海角。

左丘白意識到什麼，心情沉重地看著楚墨。

楚墨說：「我想和小莞說幾句話。」

「好。」

左丘白立即叫人把封小莞找來。

封小莞梳著高馬尾，穿著短袖衫、軍裝褲、厚底靴，看上去一點都不像封林。她手插在褲袋裡，上下打量著楚墨，「你就是楚墨？」

「我就是楚墨。」楚墨苦澀地笑，「英仙洛蘭應該講了不少我的事給妳聽。」

「錯！她不喜歡說話，從不談論別人是非，唯一一次提到你，也是我強烈要求的。她說你害死了我媽媽，真的嗎？」

楚墨沉默。

左丘白呵斥：「小莞！」

封小莞翻了個白眼，鄙夷地嘟囔：「不喜歡我說話，就不要找我說話！」

楚墨問：「妳可以叫我一聲爸爸嗎？」

「叫你爸爸？」封小莞嗤笑，指著表情錯愕的左丘白說，「他也要我叫他爸爸。你們都有當爸爸的癖好嗎？」

楚墨看著左丘白，左丘白看著楚墨。

當時，左丘白告訴楚墨他用邵茄公主交換了封林的女兒封小莞。因為兩個人在封林的事情上有心結，一個沒有多說，一個沒有多問，沒想到當著封小莞的面居然鬧出這樣的烏龍。

兩個人都是聰明人，立即明白他們被英仙洛蘭戲弄了。

其中肯定一真一假，但到底誰是真、誰是假，卻查不出來。因為封小莞的基因已經被英仙洛蘭編輯過，和出生時的基因不一樣。她不管是和楚墨，還是和左丘白，都有血緣關係，可到底是什麼關係，卻無法根據編輯過的基因確定。

左丘白把翻湧糾結的複雜心情壓抑住，對封小莞說：「叫楚墨一聲爸爸，就算是道別。」

封小莞盯著楚墨，滿臉不屑，「你在希冀我媽媽的原諒嗎？那我代表她告訴你，不原諒！絕對不原諒！你死了也不會原諒！」

封小莞說完，轉身就跑掉了。

左丘白叫了幾聲都沒叫住，抱歉地看著楚墨。

楚墨微笑著搖搖頭，表示沒事。

當年就已經知道，不管是成功，還是失敗，這都是一條孤獨絕望的路。

楚墨說：「謝謝你，哥哥。」

左丘白一言不發地盯著楚墨。

兩人明明是親兄弟，幾十年相處，卻面對面都不相識。

剛知道真相時，左丘白也曾經憤怒過，為什麼是他被遺棄？但後來他明白了留下的那個才承受得最多。

……

刺耳的警報音傳來，楚墨對左丘白說：「告訴小莞，我沒有祈求過被原諒，因為我從沒打算原諒自己。」說完立即切斷訊號。

左丘白怔怔地看著楚墨的身影消失不見。

良久後，他抬手朝楚墨消失的方向敬軍禮。

＊　＊　＊

祕密實驗室的金屬門打開，辰砂走進去。

他非常謹慎，害怕有陷阱，沒允許其他人進入，除了作戰機器人，只有他一人進入實驗室。

楚墨一邊看著監視器畫面，一邊拿起桌上早已準備好的注射劑，幫自己注射藥劑。

幾分鐘後。

辰砂站在辦公室外。

楚墨說：「請進。」

門自動打開。

五十多年後，兩個人重逢。

四目相對，熟悉的面容上滿是無情時光留下的滄桑和陌生。

白駒過隙、電光石火。

無數往事從兩人心頭掠過。

辰砂六歲時到楚墨家。楚墨牽著他的手帶他去他們的房間，指著所有東西說「我的就是你的」。

辰砂因為失語症，不會說話。被紫宴、百里蒼他們嘲笑欺負時，楚墨總是從天而降，像個守護天使般擋在辰砂身前。他後來總開玩笑地說自己能順利突破到2A級體能，都是那時候以一敵多，打架打出來的。

辰砂再次能說話時，楚墨比辰砂自己還高興，激動地不停逗辰砂說話，結果把自己嗓子說啞了。

辰砂第一次上戰場，楚墨比辰砂還緊張。腦子裡胡思亂想，準備了一大箱特效藥。如果不是殷南昭不同意，他都差點混進軍隊，把自己變成特種兵，好方便隨時幫辰砂療傷。

辰砂當上指揮官時，楚墨大宴賓客。他醫術高、醫德好，在阿麗卡塔人緣十分好，但平時喜歡清淨，很少參加宴會，難得一次主動辦宴會，所有人都來捧場，幾乎把整個斯拜達宮變成了舞場。

……

在辰砂灰黑色的年少記憶中，楚墨是最燦爛的色彩。

記憶剛剛恢復時，辰砂非常憤怒不甘、痛苦悲傷，想不通為什麼會是楚墨，但過了十年，所有的憤怒不甘、痛苦悲傷都被戰火淬鍊乾淨了。

他沒想到自己再次面對楚墨時，心情平靜到沒有一絲波瀾，完全不想追問過去。

所有事已經發生了，今日只需做了斷，不需要問為什麼。

辰砂平靜地說：「你看上去很憔悴。」

楚墨微笑，「你變了！我以為你一見到我就要用光劍怒氣沖沖地砍我。」

辰砂淡然地說：「在我變了之前，你已經變了。」

楚墨辯解：「我沒有變，只是你從不知道我的志向。」

辰砂譏嘲地問：「謀殺兄弟，成為執政官的志向嗎？」

楚墨微笑著站起來，風度翩翩地抬手，做了一個邀請的姿勢，「想參觀一下我的實驗室嗎？」

辰砂沒吭聲。

楚墨走進升降梯，辰砂默默跟隨在後。

＊　＊　＊

升降梯門打開。

走過三重金屬門，進入一個宏大的地下空間。

氣溫很低，幾乎呵氣成霜。

四周有無數巨大的圓柱形透明器皿，裡面裝著各式各樣已經死亡的實驗樣本。

楚墨邊走邊說：「很多年前，我父親統計聯邦的基因病變率時，發現高於星際平均數值，而且這個數值還有逐年升高的趨勢。他和安教授探討這件事，安教授說他也有類似的發現，在研究突發性異變時，發現A級體能以上的異變率在漸漸升高，你知道這意味著什麼嗎？」

辰砂沒有吭聲。

楚墨說：「意味著異種有可能最終死於基因病。從那時開始，我父親和安教授開始祕密做違禁實驗，希望能拯救異種，只不過他們選擇了兩條截然不同的道路。我曾經反覆論證過治癒異變的可能性，發現微乎其微，需要天時地利人和，缺一點都不行，最終安教授的失敗證明了我的論證。他即使用游北晨的複製體殷南昭做實驗，依舊沒辦法治癒異變。」

辰砂的目光從一個個圓柱形的透明器皿上掠過。

剛開始，器皿裡只是各種動物的屍體，後來陸陸續續開始有人，到後面已經全部是各種形態異常的異種基因人類。

辰砂後知後覺地意識到前面那些也不是動物，而是變成了異變獸的異種基因人類。

即使歷經戰火、見慣死亡的他也依舊覺得心悸，猛地停住腳步，冷冷質問：「這就是你的研究？把活生生的人變成封存的標本？」

楚墨走到一個圓柱形的器皿前，讚嘆地看著裡面的實驗體，「這才應該是異種的進化方向。」

器皿裡面有一個似人非人的屍體，像是處於半異變狀態的異種。他有著鋒利的犄角、堅硬的頭顱、銳利的牙齒、魁梧的軀乾、強壯的四肢，全身上下覆蓋著細密的鱗甲，一看就知道體格健壯、力量強大。

楚墨撫摩著器皿，遺憾地說：「可惜他只存活一個小時就死了。如果是你，結果肯定會不一樣。」

楚墨回身看著辰砂。

4A級體能，人類的大腦，野獸的身體，智慧和力量完美結合，最完美的異種！

辰砂和他保持三公尺多遠的距離，顯然在提防他。

楚墨無奈地攤攤手，笑說：「我知道你不會再給我下藥的機會，這次，我給自己下了藥。」

他的臉部肌肉抽搐，笑容越來越詭異，像是忍受著巨大的痛楚，整個人都在簌簌直顫。

辰砂鎮靜地拿出武器匣，一把黑色的光劍出現在他掌中。

不同於以前的異變，楚墨一直神志清醒，頭和上半身沒有絲毫變化，下半身卻開始像糖漿一般在慢慢融化。骨頭血肉扭曲交融，如同是被攪拌機打碎後雜糅到一起，然後在一灘黏稠的血肉中，以肉眼可見的速度從裡面長出一隻又一隻粗壯的黑色觸手，最後一共長出了八隻觸手，像是一條條長蛇般強壯靈活。

每條觸手和腰部相連的地方十分粗壯，越往下越細，到尖端時，已經猶如劍尖般尖細。

楚墨用一個觸手尖捲起一把手術刀，另一個觸手拿起一根人骨，兩隻觸手猶如人手般靈巧，短短一瞬間就把一根白骨雕刻成一朵怒放的花。

他優雅地展了展手，一條觸手捲著白骨花放到辰砂面前，「借花獻佛。」

他又隨意地揮了下觸手，一個裝著實驗體的堅硬器皿應聲碎裂，變成粉末。

楚墨揮舞著觸手，微笑著說：「這才應該是我們！星際中最聰明的大腦，最強壯的體魄，人類在我們面前不堪一擊。」

在他身後，一個個圓柱形的透明器皿裡裝著各式各樣的異種基因人類，從弱到強，就像是一部活生生的異種進化史。

「只是你，不是我們。」辰砂重重一劍劈過去。

楚墨的一隻觸手鉤住屋頂的橫梁，瞬間騰空而起，避讓開辰砂的攻擊。他雖然沒有腿，但行動絲毫不慢，比人類更敏捷快速、靈活多變。

「為什麼不能是我們？」楚墨的觸手攀在金屬橫梁上，人懸掛在半空中盪來盪去。

辰砂用劍指著所有標本器皿，裡面裝著已經死亡的實驗體，「你問過他們嗎？你問過我嗎？我們從沒同意過，哪來的我們？」

楚墨無奈地嘆氣，「我以為你已經明白成大事者不拘小節，沒想到你還是辰砂。」

辰砂又是一劍重重劈過去。

楚墨鬆開觸手，翻落在地上，「你已經是4A級體能，為什麼不化作獸形？只憑借人類的脆弱身體，你可打不贏我！」

辰砂橫劍在胸，平靜地說：「對付你一把劍足夠。可惜封林不在，我記得她最喜歡吃章魚。」

楚墨驀然間被激怒，八隻觸手像是八條長蛇般飛撲向辰砂。

辰砂揮劍和觸手纏鬥在一起。

他是4A級體能，已經是人類體能的極限，傳說中基因進化融合最完美的人類。可是，在面對楚墨這隻半人半獸的怪物時，竟然覺得吃力。

楚墨的八隻觸手看上去很柔軟，實際上表面密布鱗片，十分堅硬光滑，即使光劍砍上去也砍不斷。每隻觸手都靈活迅猛，既可單獨出擊，又可彼此配合。單獨攻擊時，它們既能像刀劍一樣砍刺，也能像鞭子一樣抽打，還能像棍棒一樣打砸；配合進攻時，它們可以組成劍陣，可以鞭棍配合，也可以交織成網，將人活活絞死。

辰砂就像是一個人在和幾個人搏鬥，他們不但配合無間，而且每個人都不低於3A級體能。

他知道楚墨剛才說得對，如果他變作獸形，打贏楚墨的機率更大。

但是，他想用人類的方式堂堂正正地打敗楚墨，不僅僅是因為他的父母，還因為無數被楚天清父子拿來做實驗的人。

辰砂重重一劍砍到觸手上，猶如金石相擊，觸手只是受痛般地縮回去，並沒有被砍斷。

既然還知道痛，那就仍然是血肉之軀，如果一下砍不斷，那就多砍幾下。

辰砂向來是行動派，想到就做。

身如閃電，在八隻觸手的攻擊中急轉飛掠，盯準一隻觸手不放，靠著強大的體能和控制力在同樣的部位連砍兩下，劍刃略偏，從鱗片縫隙中切入，終於將一隻觸手砍斷。

他也付出了慘重的代價，背上被一隻觸手狠狠抽了一下，半邊身子皮開肉綻火辣辣地痛，鮮血順著傷口往外滲。

辰砂沒有在意，剛剛飛躍落地，就一手持光劍，劍尖對準楚墨，一手對楚墨招招手，示意繼續來打。

楚墨臉色發白，雙手拔槍對準辰砂射擊。

辰砂一面揮劍將子彈打開，一面衝向楚墨，和楚墨的觸手再次纏鬥在一起。

有了經驗，第二次駕輕就熟。

辰砂瞅準時機，鎖定兩隻觸手，側刃切入，在同樣的部位連砍兩下，兩隻觸手再次被砍斷。翻身落地時，辰砂的右腿被一隻觸手刺穿，鮮血汩汩湧出。

楚墨笑看著辰砂，冷聲說：「兩隻觸手換你一條腿，看看是你腿多還是我的觸手多。」

辰砂沒有說話，依舊握著光劍，朝楚墨衝過去。

楚墨的五隻觸手從四個方向攻向辰砂。

辰砂因為腿部受傷，行動受到影響，沒有之前靈活敏捷，受傷的腿被一隻觸手纏住。另外兩隻觸手乘勢而上，一隻纏住了辰砂沒有受傷的腿，一隻纏住了辰砂的腰。

辰砂整個人被困在觸手中，他想要揮劍砍斷纏縛自己的觸手，一隻觸手纏住了他的右手臂，讓他無法揮劍，同時，另一隻觸手像利劍一樣刺向他的咽喉。

辰砂突然把右手的光劍拋給左手，揮劍砍向刺向自己咽喉的觸手，觸手斷開的瞬間，他全身發力，人像陀螺般轉動，雙腿互絞，和光劍配合。

劍光閃動中，辰砂連連揮劍，又砍斷了束縛右手和右腿的觸手。纏在辰砂腰上的觸手見勢不妙，立即縮回，被辰砂一把抓住。左手猛然揮劍，將纏在左腿上的觸手砍斷。

楚墨想要逃離，辰砂拽著他僅剩的一隻觸手一點點把他拽向自己。

楚墨雙手持槍，不停地射擊。

辰砂揮舞著光劍，將他的子彈全部擋開，「你忘記了嗎？我曾經是你的射擊教練。」

他把楚墨拽到身前。

楚墨上半身看上去完好無損，辰砂卻渾身是傷、血跡斑斑。

兩人正面相對、近在咫尺。

楚墨笑問：「你想怎麼樣？血債血償嗎？」

辰砂面無表情，刺了他一劍，「為了百里蒼！」

楚墨目光迷離，嘴角有血絲緩緩流出。

「楚墨，來打一架！」一個戴著拳套的紅髮男子在叫他。

紅髮男子雙拳互擊，咧著一口雪白的牙齒，笑得肆意張狂。

辰砂又刺了楚墨一劍，「為了封林！」

「楚墨，我喜歡你。」一個盤著髮髻，戴著黑框實驗眼鏡，穿著白色研究服的女子說。

她側頭而笑，笑容明媚爽朗，猶如盛夏的陽光。

楚墨眼中淚光閃爍，嘴唇發顫。

辰砂又刺了他一劍，「為了殷南昭！」

「希望你用你的聰明才智，為全星際攜帶異種基因的人類帶來健康。」殷南昭簽字同意他出任聯邦醫療健康署署長時，對他說的話迴盪在耳畔。

楚墨面部肌肉痙攣，表情似笑非笑。

辰砂提劍對準他的心口。

楚墨滿嘴是血，笑著說：「為了……辰砂。」

辰砂面無表情，眼神卻十分悲愴，「為了駱尋！」

他仍然活著，但他們都已經死了。

一劍穿心。

楚墨愕然地看著辰砂，臉上露出一個詭異的笑，慢慢斷了氣。

楚墨的屍體摔在地上。

半人半獸，殘缺不全，橫躺在滿地血泊中。

辰砂提著光劍，看著他。

一室死寂，四周是圓柱形的透明器皿，裡面的實驗體也都好像在看著楚墨。

嘀一聲，楚墨的個人終端機確定主人死亡後，啟動了祕密實驗室的自毀程序。

辰砂收起光劍，轉身朝外面跑去。

……四、三、二、一……

一聲又一聲震耳欲聾的爆炸聲中，整個實驗室炸毀。

宿二他們滿臉焦灼，翹首張望。

漫天火光中。

辰砂渾身血跡斑斑，一瘸一拐地走出來。

宿二、宿五和宿七急忙迎上去。

辰砂把一枚隨身碟交給宿五，「找基因學家盡快破解裡面的資訊。」

宿五為難地說：「楚墨做執政官時，把所有頂尖的基因學家聚攏在一起從事基因研究，後來很多基因學家陸陸續續失蹤，僅剩的幾個現在也去向不明。」

宿七說：「安娜在紅鳩的戰艦上，可以找她幫忙，聽說她在戰艦上有一個自己的研究室，繼承了安教授的遺志，這些年一直在專心做研究。」

辰砂命令：「立即去找安娜。」

宿七好奇地問：「隨身碟裡是什麼資料？」

「人類針對異種的滅絕性基因武器。」

宿五大驚失色，急忙離開，拿著隨身碟去找安娜。

宿二、宿七都表情凝重。宿七好奇地問：「閣下從哪裡來的資料？可靠嗎？」

辰砂下意識地望了眼天空，一言不發，轉身就走。

宿二狠狠瞪了宿七一眼，宿七反應過來。辰砂一直避而不談他在阿爾帝國的經歷，肯定是因為那段經歷很難堪，甚至充滿屈辱。

她急急忙忙地去追辰砂，「指揮官、指揮官……」

「是執政官！」辰砂頭也沒回地糾正。

宿七和宿二對視一眼，都明白了，臉上不禁露出激動的笑容。

從現在開始，奧丁聯邦由辰砂執政！

# Chapter 18 歲月如歌

當風從遠方吹來，你不會知道我又在想你，
那些一起走過的時光，想要遺忘，卻總是不能忘記，
你的笑顏在我眼裡，你的溫暖在我心裡，以為一心一意，就是一生一世。

「今天，我們聚集在這裡，懷著悲痛的心情一起哀悼，帝國失去了一位卓越的戰士，我們失去了一位可靠的戰友……」

林樓將軍身穿筆挺的軍服，站在最中間致悼詞。

裡裡外外、上上下下站滿了神情肅穆的軍人，整個林榭號戰艦都沉浸在沉重的悲傷中。洛蘭環顧四周。

那一張張壓抑悲痛的面容讓她意識到，雖然小角只是她一個人的傻子，但此時此刻有很多人和她一樣在為小角的離去難過。

林樓將軍按照林堅元帥的指示對全軍宣布，蕭郊艦長在駕駛戰機偵察敵情時，不幸被奧丁聯邦的炮彈擊中，戰機炸毀身亡。

所有軍人反應激烈，尤其是跟隨林榭號戰艦在奧丁星域作戰的艦隊，幾乎群情激昂、人人請戰，想要為蕭郊復仇。

林樓將軍強行把他們的戰意壓制下去，卻不可能壓制他們的悲痛。

從軍官到士兵，每艘軍艦上都彌漫著悲傷憤怒的情緒，他們甚至遷怒於傳說中那個不待見蕭郊的「高層人士」，為蕭郊憤憤不平，為什麼立下這麼多戰功卻連將軍都不是？

民意不可違、軍心不可抗。

林樓將軍沒辦法，只能向洛蘭彙報，請她追授蕭郊為將軍。

洛蘭不但同意了林樓將軍的請求，還親自趕到林榭號戰艦，參加蕭郊的沒有遺體的太空葬禮。

林樓將軍說完悼詞。

以林榭號戰艦為首，所有軍艦警笛齊鳴、萬炮齊發，為蕭郊送行。

禮炮在太空中匯聚，環繞著林榭號戰艦變成璀璨的煙花，讓漫天星辰都黯然失色。

所有軍人抬手敬禮。

洛蘭凝視著窗外的煙花，眼眶發澀。

朝朝夕夕、夕夕朝朝。

一枕黃粱、南柯一夢。

當年，親手把異樣的心思釀造成酒，既暗自希望朝朝夕夕、夕夕朝朝永相伴，能有個結果，又害怕一切終不過是一枕黃粱、南柯一夢，如煙花般剎那絢爛。

命運似乎永遠都是好的不靈壞的靈，最終一語成讖，只是一場夢。

＊　＊　＊

儀式結束後，洛蘭在隨扈的護衛下離開。

霍爾德快步穿過人群，想要擠到洛蘭身邊，隨扈們把他擋住，示意他後退。

洛蘭看了眼清初。清初走過去，要隨扈放行，帶著霍爾德走到洛蘭面前。

霍爾德緊張地抬手敬禮，另一隻手緊握著剛才他代替蕭郊領的勳章。

洛蘭問：「什麼事？」

霍爾德緊張地說：「陛下，蕭艦長有一位女朋友，應該由她保管這枚勳章。她叫辛洛，是一位軍醫，我告訴過長官，應該邀請她來參加葬禮，但他們說查無此人。陛下，我沒有撒謊，蕭艦長真的有個叫辛洛的女朋友……」

「我知道你沒撒謊，因為她來參加葬禮了。」

霍爾德既如釋重負又困惑不解，忍不住四處張望，「辛洛在哪裡？」

洛蘭輕聲說：「我就是辛洛。」

霍爾德滿臉震驚地瞪著女皇。

洛蘭食指搭在脣前，做了個噤聲的手勢，示意他保守祕密，然後轉身離去。

「陛下……」霍爾德愣了一會兒，急忙去追女皇，被隨扈攔住。

洛蘭回頭看向霍爾德。

霍爾德抬起手，想要把勳章遞給她。

洛蘭說：「你留著吧！如果蕭郊還活著，肯定也願意給你。」

霍爾德收回手，對洛蘭敬軍禮，誠摯地說：「陛下，請保重！」

洛蘭輕輕頷首，轉過身，在眾人的護衛下離去。

＊＊＊

洛蘭的行程很緊，本來應該立即返回奧米尼斯星，但她臨時起意，向林樓將軍提出要求，想去看一下小角住過的艙房。

林樓將軍把她帶到艦長休息室，「自從蕭艦長走後，只有我進去查看過一次，不過我什麼都沒動，裡面一切都維持原樣。」

洛蘭示意他們在外面等，她一個人走進艙房。

這是她第一次來這裡，可這裡的一切對她而言並不陌生。因為這些年和小角視訊通話時，她常常見到這裡。

外面是會客室，裡面是休息室。

走到休息室門口，一眼就看到小角說的觀景窗——能看到星星，她會喜歡的窗戶。

整個房間並不大，但也許收拾得太過整潔乾淨，沒有一絲人氣，就像是從來沒有人居住過，顯得十分空蕩。

難怪林樓將軍說他什麼都沒動，因為實在沒有什麼可以動。

洛蘭打開保鮮櫃的門，隨手拿了瓶飲料，走到床沿坐下，正好對著一窗星河。

很多次，小角都坐在這個位置和她說話。

洛蘭拿著飲料，默默地望著浩瀚星河。

半晌後，她站起。把飲料放下時，留意到酒瓶上的小字。

南柯一夢。

洛蘭禁不住自嘲地笑笑。

洛蘭走出休息室，打量四周，看到會客室的桌子上放著一個禮盒。

她站得筆挺，專注地凝視著盒子。

裡面裝著她一塊塊親手烤好的薑餅，其中一塊薑餅上寫著五個字，外面是她特意設計、手繪了玫瑰花的禮盒。

可是，他收到盒子後，沒有絲毫興趣，壓根兒沒打開看，就隨手放在桌子上。

那塊放在正中間的薑餅，成為一個她終於鼓足勇氣說出口，卻永遠不會有人聽到的祕密。

洛蘭微笑著拿起盒子，轉身朝門外走去。

十年前，小角緊張地等在她辦公室外面，忐忑不安地把親手做好的薑餅送給她。她漫不經心，完全沒當回事。

十年後，當她終於珍之重之地想要回應他的心意時，他卻早已不在了。

也許，她應該為小角高興，因為命運幫小角復仇了。

＊　＊　＊

洛蘭回到自己的戰艦，準備休息。

清初匆匆進來，向她彙報：「奧丁聯邦政府聯絡我們，聯邦執政官辰砂閣下，要求和陛下對話。」

洛蘭沉默了一會兒，說：「給我十五分鐘。」

洛蘭迅速穿衣化妝。

對著鏡子檢查儀容時，她的心情十分微妙。

似乎是要去見生死之仇的敵人，必須穿上密不透風的鎧甲，才能打贏這場惡戰。

又似乎是要去見移情別戀的舊情人，唯恐打扮不當洩露了蛛絲馬跡，留下笑柄。

十五分鐘後，洛蘭穿戴整齊，走進辦公室。

她對清初點了下頭，示意可以開始了。

清初接通訊號。

一身軍裝的辰砂出現在洛蘭面前。

洛蘭平靜地看著辰砂，一絲異常都沒有，就好像奧丁聯邦的執政官一直都是辰砂。

辰砂客氣地說：「幸會，女皇陛下。」

洛蘭也客氣地說：「幸會，執政官閣下。」

「今日聯絡陛下是想和陛下談談兩國之間的戰爭。」

洛蘭禮貌地抬了下手，示意：請繼續，我在洗耳恭聽。

「我希望阿爾帝國無條件撤出奧丁星域。」

「如果我們不撤兵呢？」

「死！」

洛蘭面無表情地看著辰砂，辰砂也面無表情地看著洛蘭。

無聲的對峙中，兩人都眼神堅毅犀利，沒有絲毫退避。

洛蘭突然問：「楚墨在哪裡？」

「死了。」

「楚墨在臨死前有沒有異變？」

「有。」

「只有你接觸過楚墨？」

「是。」

「楚墨異變後用自己的身體刺傷過你？」

「是。」

洛蘭明白了楚墨的計畫。楚墨是想透過自己感染辰砂，但他不知道辰砂的身體經過千百次的藥劑實驗，早已產生抗體，不可能被感染。

洛蘭問：「你知道楚墨在研究什麼嗎？」

辰砂已經察覺洛蘭對楚墨的研究非常忌憚，毫無疑問她知道楚墨在研究什麼。

考慮到阿爾帝國針對異種的祕密實驗，為了制衡，辰砂沒有告訴洛蘭，他進入實驗室時，所有文件資料已經被銷毀，整個基因實驗室都被炸毀，所有基因研究員要麼變成實驗體死了，要麼失蹤了不知去向。

辰砂簡單地說：「楚墨在臨死前，向我展示了他的研究成果。」

洛蘭問：「你贊同他的研究？」

辰砂很有外交技巧地回答：「有時候不是我們贊同不贊同，而是外界有沒有給我們選擇。」

「你在威脅我？」

辰砂笑，「阿麗卡塔星深陷阿爾帝國的重兵包圍中，明明是妳在威脅我。」

洛蘭冷漠地說：「這可不算威脅。」

辰砂質問：「那什麼算威脅？絜鉤計畫嗎？妳是本來就想滅絕異種，還是知道了楚墨的研究後才想這麼做？」

洛蘭的心口猶如被千斤重錘狠擊了一下，不知道是因為辰砂問出的這句話，還是因為「絜鉤計畫」四個字。她譏嘲地問：「絜鉤計畫是阿爾帝國的最高機密，閣下如何知道的？」

辰砂沒有說話。

洛蘭目光放肆地盯著辰砂的身體，上下打量，「以閣下的身材和體能，我付出這點嫖資還算物有所值。」

辰砂笑了笑，說：「的確！如果不是因為這份資料實在太重要，即使為了聯邦，我對陛下也實在難以下嚥。」

洛蘭笑吟吟地說：「很可惜，讓你白白獻身了。為了保密，那份絜鉤計畫不全，只是我故意扔的一個魚餌。」

辰砂盯著洛蘭。

洛蘭明明知道這個節骨眼激怒辰砂沒有任何好處。

畢竟楚墨死後，楚墨的所有研究資料都落在辰砂手裡，但剛才一瞬間情緒掌控了理智，忍不住就是想出言譏諷。

她壓下心中翻湧的情緒，放緩了語氣：「你應該已經找人在研究絜鉤計畫，等你看完資料就會明白那份資料究竟是怎麼回事。希望到時候，我們能心平氣和，再好好談一談。」

「談什麼？」

「異種和人類的未來。」

「什麼樣的未來？」

「你很清楚，我能治癒異變，讓異種基因和人類基因穩定融合。只要奧丁聯邦投降，成為阿爾帝國的附屬星，接受英仙皇室的管轄，我可以向阿麗卡塔星以成本價出售治癒異變的藥劑。」

辰砂譏諷：「先讓我們失去家國，再用藥劑控制我們，方便人類可以繼續歧視、壓榨異種嗎？」

洛蘭不知道該怎麼和辰砂交流這個問題。

人類對異種的歧視根深蒂固，是幾萬年來形成的全社會價值觀，形成不是一朝一夕，改變也不可能是一朝一夕。即使洛蘭是皇帝，也無法保證給予異種和人類一樣的公平待遇。

目前而言，奧丁聯邦的覆滅，對生活在奧丁聯邦的異種的確是巨大的災難，但對整個異種不見得是壞事。

沒有改變，怎麼可能有新生？不打破，怎麼可能有重建？

她是從基因學家的角度看問題，種族的繁衍和生存才是重中之重，為了未來完全可暫時犧牲眼前；而辰砂是用軍事家的角度看問題，異種的自由和平等才是第一位，為了這個，生命都可拋棄。

洛蘭說：「你是很能打，我相信即使在阿爾帝國占據絕對優勢的現在，你依舊可以保住阿麗卡塔星，和我們僵持下去，但阿麗卡塔星的普通居民呢？這場戰爭在奧丁星域已經持續數年，對奧米尼斯星沒有任何影響，但對阿麗卡塔星影響巨大。在人類的全面封鎖下，阿麗卡塔星的生活肯定不容易。執政官閣下，執政可不只是打仗！」

辰砂心內驟然一痛。類似的話殷南昭曾經說過，但這個女人早已忘記殷南昭是誰。

辰砂問：「阿晟在哪裡？」

「監獄。」

「紫宴？」

「監獄。」

「把他們送回來。」

洛蘭譏諷：「你這是談判的語氣嗎？」

「我給阿爾帝國一個月時間撤出奧丁星域，送還扣押的紫宴和阿晟，否則……死！」

洛蘭看著辰砂。

辰砂目光冰冷地盯著洛蘭，猶如沒有絲毫感情的利劍，隨時可以把她千刀萬剮，凌遲成碎塊。

洛蘭意識到辰砂是真的恨她。

恨她讓他愛的駱尋消失？恨她這些年對他的折辱？還是恨她要摧毀奧丁聯邦？也許都有。

這一刻，她相信，他們如果面對面，辰砂真的會一劍刺穿她的心臟。

洛蘭面無表情地切斷了訊號。

辰砂的身影消失。

她挺直的背脊慢慢彎曲，整個人像是不堪重負般佝僂著身子，蜷縮在一起。

一個月撤兵！

這場戰爭由她力排眾議、一意孤行地強行發動，如果就這樣不明不白地結束，不僅她的皇位岌岌可危，這些年努力籌畫的一切功虧一簣，還有那麼多犧牲的人，難道都白白犧牲了嗎？

約瑟將軍、替身公主、林榭將軍、葉玠、所有在戰場上英勇犧牲的將領和士兵……

不行！絕對不能撤兵！一定要打下阿麗卡塔星！一定要終止阿爾帝國和奧丁聯邦輪迴不休的殺戮死亡！

但是，怎麼打？

以辰砂對阿爾帝國軍隊的瞭解，如果正面開戰，他們連一半的勝算都沒有。

而且，一旦開始就是一場不死不休的戰爭，沒有投降、沒有議和，要麼辰砂死，要麼她死，否則永不可能終止。

✷ ✷ ✷

奧米尼斯星。

長安宮。

洛蘭回到官邸，就去酒櫃找酒。

清初擔心地說：「陛下先睡一會兒吧，您已經四十多個小時沒有闔過眼。」

洛蘭揮揮手，示意清初離開，讓她獨自待一會兒。

清初沒辦法，只能離開。

洛蘭拿著酒瓶，坐在露臺上，一邊喝酒，一邊眺望著頭頂的星空。

一瓶酒喝完，洛蘭將瓶子放下，沿著幽深的長廊，腳步虛浮地在屋裡遊蕩。

四周寂靜無聲，十分冷清。

洛蘭在這裡住了十多年，第一次有這種感覺。

她禁不住想為什麼。

葉玠去世後，她搬進來時帶著小角和邵逸心，後來阿晟和封小莞又住了進來，現在封小莞不在，小角離開了，阿晟和邵逸心被關在監獄。

原來不是覺得冷清，而是真的很冷清。

洛蘭忽然想起媽媽對爸爸說過的話，「我不喜歡舞會，因為不管開始時多麼高興，最後都要曲終人散。」

她像是畏冷一般雙臂交叉抱著自己，在黑暗中慢慢走。

經過紫宴的房間，她不自覺地停住腳步。

洛蘭遲疑了一會兒，要智腦開門。

她緩緩走進去。

房間十分乾淨，唯一扎眼的地方就是桌上放滿各式各樣的酒器，酒櫃裡擺滿琳琅滿目的酒，還有些喝了一半的酒，整齊地靠牆放在地上。

洛蘭的目光一掠而過，最終停留在窗臺上的一個白色培養箱上。

明明裡面已經什麼都沒種了，紫宴卻依舊保留著幾十年來的習慣，把它放在屋子裡採光最好的地方。

月光透窗而入，映得它分外皎潔。

洛蘭走過去，拿起培養箱。

駱尋送出的東西，紫宴究竟是以什麼樣的心情帶著它在星際中四處漂泊？

只是一個實驗室裡很常見的培養箱！

洛蘭剛把培養箱放下，突然想起，紫宴說那枚隨身碟一直藏在培養箱的夾層裡。

洛蘭又拿起培養箱，一邊翻來覆去地仔細查看，一邊用手細細摸索，研究了好一會兒才打開底座的夾層。

原以為裡面已經空了，沒想到啪嗒一聲，一條項鍊掉在地上。

洛蘭沒有多想，立即好奇地彎身去撿，手碰到項鍊墜子時才看清楚那是一枚琥珀花。

她意識都沒有反應過來，人已經像是被烈火灼燒到，猛地縮手後退，身體失衡，摔坐在地上。

手無意識掃過，不小心帶翻了一瓶喝了一半的酒。

紅色的酒液滴落在地上，像是流淌的鮮血。

洛蘭怔怔看著地上的項鍊。

藍色的迷思花包裹在茶褐色的琥珀裡，靜靜躺在紅色的血泊中。

夜色靜謐。

月光凄迷。

深鎖在心底的一幕記憶驟然被喚醒。

……

項鍊掉在血泊中。

她一腳踏在項鍊上，毫不留情地走過。

一滴淚墜下，落在琥珀花上。

……

不知不覺中，一滴淚珠從洛蘭眼角沁出，順著臉頰滑落。

她不知道自己到底為什麼落淚。

那是駱尋的項鍊，和她無關，但這一瞬間心痛如刀絞的是她，被刻骨記憶折磨的是她！

辰砂恢復記憶時，她不在場，沒有親眼看見他決絕離去的一幕。

她恢復記憶時，殷南昭卻在場，親眼看見駱尋離去，親眼看見了她的決絕冷酷。

和現在的辰砂比起來，當年的她才是真的冷血無情。

那一瞬間，殷南昭到底在想什麼？

在生命的最後，他叫「小尋」，她連頭都沒有回，將曾經珍之重之的一切踐踏在腳下，他有沒有像她現在一樣悲痛怨恨？

洛蘭哆嗦著手撿起地上的項鍊。

漫漫時光，幾番輾轉。

這一刻、那一刻，隔著幾十年的光陰，重合交匯，掉在地上的項鍊被同一隻手撿起。

洛蘭甚至下意識地看向身周，卻沒有看到殷南昭。

她眼神茫然，凝視著手中的項鍊。

這是駱尋的項鍊，和她沒有絲毫關係，她根本不該觸碰。

但是，她的手好像自有意識，一直握著項鍊沒有鬆開。

洛蘭告訴自己，她一定是喝醉了！她一定是太累了！睡一覺後就會恢復正常！

她搖搖晃晃地爬到床上，緊緊閉上雙眼，迷迷糊糊地睡了過去。

＊　＊　＊

一個女人的哭泣聲時斷時續，一直糾纏在耳畔。

洛蘭聽而不聞，打量著四周。

高大寬敞的屋子，一眼看不到盡頭。

一面面眼睛形狀的鏡子參差錯落、高低交雜地放在一起，像是一堵堵奇形怪狀的牆，讓屋子變成一個時空錯亂的迷宮。

辰砂在迷宮中走來走去，滿臉焦灼地尋找：「駱尋！駱尋……」

無數次，洛蘭明明就站在他面前，他卻視而不見，直接從她的身體裡穿過去，繼續尋找駱尋。

洛蘭沉默悲傷地看著辰砂。

每一次，她都站在他面前，他卻因為尋找駱尋，完全看不到她。

又一次，他們在時光的迷宮裡相遇。

辰砂的目光終於落在她身上，停住腳步。

洛蘭剛想說「你終於看到我了」，卻感到心口劇痛，原來辰砂已經一劍刺穿她的心臟。

她震驚地看著辰砂。

辰砂憤怒地質問：「妳為什麼殺死駱尋？」

洛蘭眼中滿是悲傷哀憫。

……

洛蘭猛地睜開眼睛，一下子坐了起來。

手下意識地捂在心口，整個人不停地大喘氣，就好像真的被刺了一劍。

好一會兒，她仍心有餘悸、驚魂未定。

不是因為辰砂一劍穿心，那本就是意料中的事，而是夢裡她的反應。被一劍穿心的是她，她卻在哀憫辰砂，為辰砂悲傷。

為什麼？

＊ ＊ ＊

洛蘭緩緩躺倒，發現自己居然在紫宴的房間裡睡了一夜。

身子下面好像有什麼東西，她探手一摸，摸出一條鉑金色的項鍊。

鍊子掛在她指間，兩枚項墜垂落在她掌心。

一枚是茶褐色的琥珀心，一枚是銀色的羽箭。

洛蘭盯著看了半晌。

明亮的晨光中，她的大腦格外冷靜，不動絲毫感情地理智思考。

殷南昭落下的每一顆棋子都有深意。

這條項鍊和那枚隨身碟被一起託付給紫宴保存，為什麼？

那枚隨身碟裡可是藏著全人類生死的祕密！

這條項鍊裡究竟藏著多麼重要的祕密，才能和隨身碟一起保存？

洛蘭屏息靜氣，捏著羽箭，用力扭了一下，羽箭裂開，分成兩半。

什麼都沒有。

洛蘭剛如釋重負地鬆了口氣，突然又發現，羽箭的內壁好像刻著什麼。

剎那間，心臟停跳。

她閉了閉眼睛，深吸幾口氣，才鼓足勇氣去細看。

一半羽箭的內壁上刻著：藍茵。

一半羽箭的內壁上刻著：39° 52′48 N，116° 24′20 E。

熟悉的字跡映入眼簾，洛蘭似乎看清楚了每個字，可又根本不知道究竟是什麼意思，只是心跳如擂鼓。

一下下跳得她五臟六腑都在隱隱抽痛，整個人不自禁地發顫。

好一會兒後，她才靜下心思索這些字究竟是什麼意思。

藍茵，應該是指藍茵星。

她非常熟悉。

七歲那年，父親出事後，母親就帶著她和葉玠搬家到藍茵星定居。之後，藍茵星又被英仙邵靖占據，成為小阿爾的行政星。

39° 52′48 N，116° 24′20 E，這些數字符號是什麼意思？在不同的領域可是有不同的解釋。

如果藍茵代表藍茵星，是一個地點，這些數字符號是不是也代表地點？

如果真的是坐標地址，經緯度非常詳細，應該能直接鎖定具體的建築物。

洛蘭對智腦說：「搜索，藍茵星39° 52′48 N，116° 24′20 E。」

不一會兒，虛擬螢幕上出現一棟建築物。

洛蘭非常熟悉。

她怔怔地看了一會兒，猛地從床上跳下來，大叫：「清初！」

清初的聲音從通訊器裡傳來：「陛下，請問什麼事？」

「幫我準備戰艦，我要去一趟藍茵星。」

「是。」清初不問因由，立即幫洛蘭安排行程。

＊　＊　＊

七個小時後。

戰艦到達藍茵星外太空，洛蘭轉乘小型飛船飛往羽箭上的坐標地址。

清初詢問智腦：「附近有飛船停泊的地方嗎？」

洛蘭代替智腦回答：「有。」

方圓百里只有一棟房子，到處都可以停泊小型飛船。

清初看著逐漸接近的建築物，好奇地問：「陛下來過這裡？」

洛蘭淡淡地說：「我七歲搬到這裡居住，一直住到十五歲離開。」

清初愣了愣，目光變了。

竟然是這裡！葉玠陛下曾經提過很多次的家！

飛船停穩，艙門打開。

洛蘭和清初一前一後走出飛船。

燦爛的陽光下，一棟兩層高的磚紅色小樓房安靜地矗立在山坡上。

屋子周圍是半人高的薔薇藤圍成的天然籬笆牆，屋子前有一株高大的胡桃樹，樹幹筆直，樹冠盛大，蔚然成蔭。

清初本來擔心屋子近百年沒有人住過，會十分荒蕪，可看上去草木修剪得整整齊齊，屋子也沒有一絲破敗跡象，似乎主人只是有事外出，剛剛離開。

看來葉玠陛下離開前購置的機器人十分高檔，幾十年來一直盡忠職守地打理著整棟房子。

洛蘭彎身撿起一個掉在地上的胡桃，「以前每年胡桃成熟時，我都會做胡桃鬆餅，哥哥最愛吃這個。」

清初一臉恍然大悟，「難怪陛下每年都叫廚師做，但每年又都只吃幾口就放下，說味道不對。」

洛蘭站在胡桃樹下，仰頭看著胡桃樹。

隱約間，好像有少年和少女的說笑聲傳來。

「小辛，妳在哪裡？別躲到樹上，小心摔下來！」

「葉玠，幫我摘胡桃！」

……

洛蘭收回目光，走向屋子。

智腦掃描確認身分，門自動打開。

洛蘭緩緩走進屋子，起居室、廚房、餐廳、工作室、地下重力室……

每一個房間都如她當年離開時一樣，沒有絲毫變化，連廚房裡她常用的調味料都和以前一樣，按照她的喜好依次擺放在旋轉架上。

時光就好像在這裡停滯了。

洛蘭一個個房間仔細看完，沒有發現任何異樣。

她下意識摸摸口袋裡的項鍊。一個能和隨身碟裡人類生死同等重要的祕密，殷南昭究竟把它藏在哪裡？

洛蘭沿著樓梯走上二樓。

二樓有五個房間，洛蘭一間間打開，仔細查看。閱覽室、畫室、媽媽的臥室、葉玠的臥室、她的臥室。

當她推開走廊盡頭她的臥室門時，一眼就看到屋子裡多了幾樣東西。

牆邊有一個和真人等高的骷髏骨架，是她小時候的學習工具。現在骷髏骨架旁站著一個身子圓滾滾的機器人。

床頭的桌上有一個她小時候用慣的綠色水杯，水杯旁放著一個陳舊的黑色音樂匣。

洛蘭呆呆地站在門口。

半晌後，她一步步走進屋子。

直到她走到機器人面前，機器人才認出她，轉動著圓滾滾的眼睛說：「洛蘭，妳好。」

洛蘭盯著機器人，一句話都說不出來。

機器人揮著短小的手臂，說：「我是大熊，妳不認識我了嗎？很抱歉，我太老舊了，程式一直沒有更新，已經不能移動，看上去的確不像我。」

洛蘭艱難地問：「你怎麼在這裡？」

「主人帶我來的。」

洛蘭看到它時就已經猜到，可聽到大熊親口說出，依舊覺得荒謬。

一路上，她猜想了很多生死攸關的大事，和阿爾帝國人類有關，和奧丁聯邦異種有關，甚至和整個星際有關，完全沒想到竟然是一個古董音樂匣和一個快要壞死的機器人。

「……殷南昭為什麼要來這裡？」

「主人說他想知道妳在什麼樣的地方長大。哦，他還說原來這就是妳想要的兩層樓高的房子，不開花卻樹冠盛大的樹。」

「那是駱尋說的話，不是我。」

大熊的眼睛滴溜溜地轉，再次掃描辨認洛蘭的身體，「妳就是駱尋啊！」

「我不是！」

「你是！主人告訴我妳叫駱尋，也叫英仙洛蘭。」大熊很肯定自己沒有認錯，就像主人既叫殷南昭，又叫千旭，洛蘭和駱尋只是名字不同，都是一個人。

洛蘭忍不住重重敲了大熊的頭一下，「你再廢話，我就把你送去機器人回收公司銷毀。」

大熊模擬人類翻了個白眼，「我快要當機了。妳的威脅就像是威脅一個馬上就要斷氣的人他再不聽話就終止他的生命，不是有效威脅。」

洛蘭沉默了。

大熊說：「妳看上去不太高興。」

洛蘭沒有吭聲。

大熊攤開短小的手臂，嘆氣：「果然和主人說的一樣，我叫妳洛蘭妳才會高興。好吧！我不叫妳駱尋了，妳高興一點！洛蘭、洛蘭、洛蘭……」

「閉嘴！」

「我沒有嘴，怎麼閉？」

「你明白我的意思。」洛蘭隨手從工具袋裡拿出一把解剖刀，「你信不信我現在立即在你臉上割出一張嘴？」

大熊轉著圓滾滾的眼睛，可憐兮兮地看著洛蘭。

洛蘭拿著解剖刀在大熊臉上比畫，似乎在查看應該往哪切割，「你現在還覺得我是駱尋？」

大熊小聲地說：「妳是。抱歉，我不想惹妳不高興，但機器人不能說假話。」

洛蘭洩氣地放下解剖刀。她和一個機器人較什麼勁？它們辨認人類又不是靠性格，都是直接掃描身體。

洛蘭問：「這些年你一直待在這裡？」

「不是。之前我能動，經常在屋裡逛來逛去，和別的機器人玩，後來我的零件太陳舊，不能再移動，才待在這裡和骷髏做伴。」

大熊用短小的手臂摸摸身旁的骷髏骨架，愉悅地說：「它很沉默內斂，我很博學善談，我們相處愉快。」

洛蘭忍不住笑了一下。

大熊興致勃勃地問：「主人留了一段話給妳，妳要聽嗎？」

洛蘭臉色驟變，下意識地往後退，直到身體靠到床邊才停下。

大熊問：「妳要聽嗎？」

「如果我不想聽呢？」

「我會按照主人的命令銷毀留言。」

大熊等了一會兒，沒有聽到回答，再次問：「妳要聽嗎？」

「……聽。」

過一會兒，殷南昭的聲音響起——

洛蘭，妳好。

跟妳說這些話時，我在妳的房間裡，坐在妳曾經坐過的椅子上，看著妳曾經看過的風景。

今天，我來到妳曾經生活過的地方，走了妳走過的路，爬了妳爬過的樹，看了妳看過的書，聽了妳聽過的歌。

我想像著過去的妳是什麼樣子，想像著未來的妳會是什麼樣子。

可惜，我無法窺視過去，也無法預見未來。

雖然能抓住零星痕跡，卻始終描摹不出妳具體的樣子，但不管什麼樣子，妳始終都是妳，堅強、勇敢、聰慧、執著。

我認識妳時，妳是駱尋。

我承認，我是因為小尋才來到這裡。

我愛她。

愛讓人快樂、讓人幸福！愛也讓人貪婪、讓人恐懼！

我因為貪婪恐懼，不但想瞭解她的來處，還想揣測她的去處。

當我用我有限的智慧、無限的真摯，嘗試著感受小尋的過去，感悟小尋的未來時，我發現妳無處不在。

駱尋不是憑空誕生，而是妳的化身。

因為妳會做飯，她才會做飯。

因為妳喜歡基因研究，她才會走上基因研究的路。

因為妳聽過「五十步笑百步」的故事，她才會向別人講述「五十步笑百步」的故事。

因為妳和葉玠玩過盟誓之親，她才會和我在依拉爾山有了最初的約定。

因為妳有一位睿智仁慈、包容大度的父親，她才會對異種沒有絲毫偏見，用包容仁慈的心對千旭，對其他所有異種。

因為妳有一位堅毅果決、大膽無畏的母親，她才會敢於挑戰世俗價值，孤身留在奧丁聯邦，才會無視我是複製人，毫無芥蒂地接納我。

因為妳曾經擁有這世上最豐厚的愛，她才會心中沒有絲毫陰翳，毫不吝嗇地給予我、給予這個世界最厚重的愛。

因為妳曾經見過這世上最幸福的婚姻，她才會相信愛情的美好，相信人與人之間的忠誠信任，給予我最完美的愛情，最堅貞的誓言。

……

洛蘭，站在這個房間裡，想像著妳曾經擁有過的幸福，我的悲痛無以復加。

我十分難過，因為我奪走了英仙穆華的生命，間接導致英仙穆恆奪走了妳父親的生命，讓妳從無憂無慮的小辛變成有神經性胃痛的洛蘭。

我十分難過，因為我奪走了妳母親的生命，讓妳從和哥哥一起撿胡桃的洛蘭，變成獨立撐起一片天的龍心。

這兩件事，一件是我在完全清醒下的不得不做，一件是我在失去神志後的不知而做，但不管是不得不做，還是不知而做，都是摧毀了妳的幸福的罪魁禍首。

妳的恨，我完全接受，甘願承受一切來自妳的懲罰。

……

洛蘭，我很希望妳聽不到這段話。因為那說明我仍然活著，我會在妳身邊，用餘生彌補我對妳造成的傷害。

如果妳正在聽這段話，那麼我應該已經死了。

我想，我們的告別應該很倉促，沒有時間梳理過去，沒有機會接納未來，只能停留在遺憾的當下。

我不希望妳因為這個責備自己，因為和妳承受的一切比起來，我所經歷的一切不值一提，甚至我感激我經歷了，因為不能分擔妳的痛苦，至少讓我能感同身受妳的痛苦。

我不知道妳是怎麼一步步走到這裡，但我知道那一定是一段漫長、艱辛、痛苦的路。

不過，一如我想像，不管多麼艱難痛苦，妳終會走到這裡。

傷口，是完美上的裂縫，可也是讓陽光照入的地方。

一個蛹破繭成蝶、一粒種子破土發芽，都要經過毀滅性的破壞、重建。

從醜陋到美麗，從黑暗到光明，幾乎是截然不同的兩個世界，可又是息息相關的同一個世界。

妳願意拿起項鍊，願意打開羽箭，願意根據上面的地址來到這裡，願意聽我的這段留言，都表明妳已經化作蝴蝶，長成大樹。

很遺憾，我看不到妳現在的樣子。

很驕傲，妳承受了傷害，承受了失去，卻把它們化作力量，追尋光明。

小尋，我愛妳。

不僅僅愛現在的妳，還愛過去的妳，未來的妳。

不僅愛善良的妳，還愛冷酷的妳，不僅愛光明的妳，還愛黑暗的妳，不僅愛正直的妳，還愛邪惡的妳。

般若諸相，皆是妳，獨一無二的妳。

洛蘭，我最後的心願，請妳幸福！用妳的智慧和力量給自己幸福！這是所有愛妳的人，妳的父親、妳的母親、妳的哥哥、我，唯一和最後的願望。

不知什麼時候，洛蘭已經淚流滿面。

她以為自己經過千錘百鍊，早已堅如頑石，卻不知道自己身體內還有這麼多眼淚。

她越哭越難過，甚至像個孩子一樣坐在地上，抱著頭失聲痛哭。

七歲之後，她就再沒有這樣哭過，因為她知道自己已經不再是孩子，不能再肆無忌憚地任性哭泣。但是，現在她又變成一個失聲痛哭的孩子。

這麼多年，所有的失去，所有的痛苦，所有的恨怨，所有的委屈，所有的心酸……全部翻湧在心頭。

與整個世界為敵，一意孤行。

所有人都不理解、不支持。

頂著重重壓力，艱難跋涉。

無數次覺得自己撐不住時，連傾訴的對象都沒有，只能喝瓶酒倒頭睡一覺，天亮時就必須站起來繼續往前走。

……

她一直告訴自己沒什麼大不了，她是心如鐵石的冷血怪物，本來就不需要理解支持。現在，她終於真實地面對自己。

所有的痛苦委屈、艱辛難過都有人理解，都有人感同身受，哭泣不再沒有意義，而是和受傷的自己溝通和解。

洛蘭不知道自己哭了多久，好像一直在哭，哭得嗓子啞了依舊在不停地流眼淚。

她躺到床上，拉過被子，整個人縮在被子裡。

床單和被子上有陽光的味道。

她從小就不喜歡烘乾機，喜歡在太陽下自然曬乾的床單、被子。

這麼多年過去，家政機器人依舊在忠實地照顧著她的感受，只因為她的家人把她的每一個喜好都認真地放在心頭。

洛蘭拿起床頭的黑色音樂匣，輕輕按下播放按鈕。

當風從遠方吹來
你不會知道　我又在想你
那些一起走過的時光
想要遺忘
卻總是不能忘記

你的笑顏　在我眼裡
你的溫暖　在我心裡
以為一心一意
就是一生一世
不知道生命有太多無奈
所有誓言都吹散在風裡
為什麼相遇一次
遺忘卻要用一輩子

風從哪裡來
吹啊吹
吹滅了星光，吹散了未來
山川都化作了無奈
……

洛蘭用被子把自己捲得像個蠶蛹，緊閉著雙眼，一動不動地躺著，眼淚一顆接一顆悄然滑落。

＊　＊　＊

清晨。

在鳥兒嘰嘰喳喳的叫聲中，洛蘭睜開眼睛。

她站在窗前，拉開窗簾，眺望著薄霧籠罩中的山野叢林。清冽濕潤的晨風徐徐吹來，讓人神清氣爽。

這一覺睡了十多個小時，一個夢都沒做。那些冰冷的鏡子眼睛消失了，總是迴盪在她夢境裡的哭聲也完全消失了。

洛蘭端著綠色水杯，享受著久違的茶香。

也許休息夠了，心緒格外平和，大腦格外清醒，困擾她多日的難題竟然迎刃而解。

辰砂要求一個月內退兵，不退兵就決一死戰。

她在正面戰場上肯定打不過辰砂，但「兵者，詭道也」，她為什麼要和辰砂正面對抗呢？

「上兵伐謀，其次伐交，其次伐兵」，她明明手握奇兵，可以伐謀、伐交，為什麼要和辰砂伐兵呢？

太陽升起，霧氣消散。

洛蘭張開雙臂，迎著初升的朝陽，一邊伸展懶腰，一邊深吸了口氣。

她對清初吩咐：「幫我安排六天假期，我要去度假。」

清初滿臉震驚，懷疑自己幻聽了。

洛蘭陛下自從登基那天開始，十多年來從沒給自己放過假，不是不想休息，但總是事情趕著事情，每一件都至關重要、刻不容緩，只能永不停歇地連軸轉。

洛蘭回頭看看清初，「我應該積攢了很多假期，安排不了嗎？」

清初急忙說：「能安排。」

她打開日程表，一邊寫寫畫畫，一邊問：「陛下想去哪裡度假？」

「泰藍星。」

清初完全沒聽過，壓根兒不知道在哪裡。她查了下星圖才知道是一個評價三顆星的旅遊星，難怪從沒聽說過。

「我立刻去安排。」清初說完，匆匆離開了。

洛蘭洗完澡，從浴室出來時，看到枕頭畔的琥珀花項鍊和黑色音樂匣。

她拿起項鍊，戴到脖子上，把黑色的音樂匣依舊放在床頭的桌上。

洛蘭微笑著叫：「大熊？」

大熊沒有反應，已經徹底當機。

如果想要繼續使用，必須更新程式，但是更新了程式，它就不再是以前的大熊。

洛蘭彎下身抱住它。

過一會兒，她沉默地放開大熊，轉身離開了自己曾經生活過的家——雖然再也回不去，但是記憶永存心底。

窗簾隨風輕揚。

陽光從窗口射入。

房間不大，卻布置得井井有條。

桌椅床架都是有了年頭的老傢具，收拾得乾淨整潔，透出老傢具特有的溫馨沉靜。

牆上掛著幾幅色彩明麗的水彩畫，落款是英仙葉玠。長桌上放著幾把解剖刀具、幾本已經翻舊的食譜，架上擺著幾個造型別緻的動物骨頭。

靠窗的牆邊立著一架白森森的人骨，骷髏頭歪著，空洞的眼睛注視著身旁圓滾滾的大熊。大熊抬著頭，圓溜溜的眼睛一動不動地瞪著，一臉傻呼呼的嬌憨。

時光在這裡靜止。

一室寂靜、一室安寧，只有歲月的歌聲悠悠。

當風從遠方吹來

你不會知道　我又在想你

……

Chapter 19

# 誓言猶在

你送了我一場絕世美景，我給你一個你想要的世界！

曲雲星距離泰藍星更近，但洛蘭是坐自己的戰艦過來的，距離雖遠，卻比艾米兒還早一點抵達泰藍星。

艾米兒牽著兩個孩子走下飛船時，看到洛蘭已經在港口等待。

艾米兒笑著鬆開手，小朝和小夕像兩枚小炮彈一樣衝向洛蘭，把洛蘭抱了個結結實實。

洛蘭笑著摟緊兩個孩子。

艾米兒踩著十公分高的高跟鞋，風姿綽約地走到洛蘭面前，「怎麼會有時間休假？」

她得到的消息可不太妙。

戰爭機器辰砂死而復生，發動軍事政變，成為奧丁聯邦的新任執政官。阿爾帝國的天才將領蕭郊將軍卻因為戰機炸毀，戰前陣亡。此消彼長，阿爾帝國接下來的仗可不好打。

洛蘭揉揉兩個孩子的頭，「忙裡偷閒。我之前答應了他們，要好好陪他們兩天。」

艾米兒遠眺太空港外一望無際的大海，「為什麼是這裡？這可不是一個適合家庭旅遊的地方。」

洛蘭一手牽起一個孩子，不在意地說：「我們可不是一般的家庭。」

艾米兒愣一愣，笑著說：「是！」

洛蘭看向清越。

她下飛船後就一臉震驚錯愕，僵硬地站在原地，呆呆地看著摟在一起的洛蘭和小朝、小夕。

洛蘭對清初吩咐：「妳和清越應該幾十年沒見了，這是度假，妳也和老朋友聚聚吧！」

清初還是有點不放心，艾米兒不耐煩地揮揮手，「行了，還有我呢！」

「謝謝陛下。」

清初卸下職業性的微笑，興奮地朝清越走去。

她想起，兩人剛認識時，她膽子小，清越膽子大。清越不管什麼事都會擋在她面前，還一遍遍叮囑她提高警覺、提防異種使壞，沒想到清越最後愛上了一個最會使壞的異種。

✷ ✷ ✷

洛蘭戴上寬檐遮陽帽、太陽眼鏡，牽著兩個孩子走出太空港。

艾米兒和她一樣，也是寬檐遮陽帽、太陽眼鏡，遮去大半張臉。

清初和清越尾隨在他們身後。

港口外，兜攬生意的擺渡人一看到他們立即圍聚過來，爭先恐後地介紹自家的船。

「最盛大的羽翼人歌舞表演！」

「生死角鬥，不刺激不要錢！」

「風情酒吧，各種侍者，保證滿意！」

……

他們倒不是毫無節制，看到有孩子在，話語保守隱晦了許多。

艾米兒輕車熟路地挑了個膚色黝黑、身材精壯的男子，「用你的船，把船收拾乾淨。」

其他男子看顧客已經選定了擺渡人，不再浪費時間，一哄而散。

精壯的男子一邊帶路，一邊熱情地自我介紹：「我叫岡特，很高興為諸位服務。」

艾米兒笑嘻嘻地說：「我叫米蘭達。」

岡特看她沒有主動介紹洛蘭和其他人，知趣地沒有多問。

招呼一行人上船後，岡特問：「你們想去哪個島？如果沒有特別想去的，我這裡有詳細的介紹。」

艾米兒正準備細看，洛蘭說：「先去斬門島逛一下，晚上住在琉夢島。」

「好嘞！」

岡特看客人目的明確，已經訂好行程，不再多言，開著船直奔目的地。

來之前，艾米兒仔細看過泰藍星的介紹。

整個星球九〇％以上的面積是海域，有一百多個島嶼，她並不能記住每個島的特色，比如琉夢島，她就不知道那裡有什麼吸引洛蘭，但斬門島非常有名，因為是泰藍星上最大的奴隸販賣市場。

一貫漫不經心、吊兒郎當的艾米兒都表情嚴肅起來，找了個藉口把兩個孩子支開，要他們去和清初、清越看風景拍照。

她壓低聲音對洛蘭說：「斬門島是最大的奴隸販賣市場。」

「我知道。」

「異種奴隸！妳考慮過小朝和小夕的感受嗎？」

「我和他們講過異種和人類的衝突與對立，他們知道不是每個星球都和曲雲星一樣，大部分星球都很排斥異種。」

艾米兒氣急敗壞地說：「這是一回事嗎？親眼看到和只是聽到有一樣嗎？」

「不一樣。所以我帶他們來親眼看看。」

艾米兒不吭聲了。

孩子雖然養在她身邊，但如何教育一直由洛蘭決定。

也許因為兩個孩子的身分太特殊，洛蘭似乎從沒把兩個孩子當作不懂事的孩子。她對孩子像是對地位平等的朋友，不管孩子問什麼，總是能解釋的就實話實說，不能解釋的就告訴他們需要他們長大一點才能告訴他們。

艾米兒看著船頭的兩個孩子，無聲地嘆了口氣。

當皇帝不容易，當皇帝的孩子也不容易。

這星際原本漆黑一片，沒有任何光芒不需要付出代價，想做恆星發出光芒，就必須忍受燃燒的痛苦。

✷ ✷ ✷

岡特把船停靠好，招呼艾米兒他們下船。

洛蘭對艾米兒打了個手勢，示意她們在岸邊等一下。

她對兩個孩子說：「這裡是販賣奴隸的市場，你們應該知道什麼是奴隸吧。」

「沒有人身自由的人。」

「這裡的奴隸不是人，是異種。」

小朝和小夕對視一眼，看著洛蘭，用眼神詢問：和我們一樣的異種？

洛蘭點點頭，「我希望你們能親眼看一下，但不會強迫你們看，如果你們不想看，我們可以離開。」

小朝握住小夕的手，「我們想看。」

「好。」

洛蘭帶著小朝和小夕下船，走進奴隸市場。

四周人來人往、熙熙攘攘，十分熱鬧。

小朝和小夕好奇地仰頭四處張望，看著籠子裡關押的異種。

有強壯的成年異種奴隸，也有和小朝、小夕年齡差不多的異種孩子奴隸。

小朝、小夕看著人們詢問價格、討價還價、達成交易；看著遊客興奮地和異種合影；看著異種和遊客都習以為常的眼神。

「減價大拍賣！減價大拍賣……」

一個商販大聲吆喝著張羅生意，旁邊來挑選奴隸的老主顧笑著譏嘲：「你賠錢附贈都賣不掉了。」

洛蘭牽著孩子經過，大聲吆喝的商販看到一個女人牽著孩子，立即攔住他們，熱情地招攬生意：「很便宜的奴隸，買回去給孩子做玩伴。」

艾米兒不動聲色地把攤販推到一旁。

洛蘭正要離開，小朝停住腳步，拽拽洛蘭的手。

洛蘭順著她的目光看過去，籠子裡關著一個昏迷的孩子，年紀應該比小朝、小夕略大。滿臉血汙，看不清長相。雙肩上長著一對黑色的羽翼。不知道發生了什麼事，一隻黑色的羽翼撕裂，傷口深可見骨。

這樣的奴隸買回去，必須先花一筆醫療費救治，難怪無人問津。

小朝小聲地叫：「媽媽！」

洛蘭淡然地說：「每個決定都有相應的後果，妳想清楚後果，就可以做決定。」

小朝想了想，說：「我要買下他。」

洛蘭未置可否，只是問：「為什麼？」

小朝坦然大方地說：「因為我有能力，因為我想。」

小夕補充說：「醫療費可以分期付款，我們的零用錢足夠支付他的醫療費。」

洛蘭對兒子的話有點意外——看著沒有姊姊機靈，實際上心思很細膩。她讚許地拍拍小夕的頭，問商販：「多少錢。」

「五萬阿爾帝國幣。」

洛蘭看著他。

商販立即改口：「四萬……三萬……一萬，不能再低了。」

洛蘭勾勾手指，商販湊到近前。洛蘭以兩個孩子能聽到的聲音說：「處理一具屍體要花多少錢？」

商販無語地瞪著洛蘭。

洛蘭問：「多少錢？」

商販試探地說：「三千？」

洛蘭一言不發。

「五百……三百……兩百！」商販哭喪著臉說，「好歹讓我收點錢，總不能白送出去，壞了規矩我沒法向商會交代。」

洛蘭看了眼清初，清初去付錢提貨。

小朝和小夕完全沒想到兩百塊就能買到一個人。他們和艾米兒阿姨去餐廳吃飯，有時候一頓飯都不止兩百塊。不是說生命是世界上最寶貴的東西嗎？

洛蘭說：「我知道你們想問為什麼，但這個世界，有的為什麼有答案，有的為什麼沒有答案，還有的為什麼，每個人的答案不一樣。這次你們要自己去找答案，媽媽沒辦法告訴你們。」

＊　＊　＊

岡特找了輛推車，把長著黑色羽翼的孩子放到推車上，拉到港口。

一行人坐船去琉夢島。

小朝和小夕忙著照顧他們新買的奴隸，小朝將他的臉擦乾淨，發現是一個長得很好看的小哥哥。

小朝和小夕向岡特打聽島上有沒有醫生和大概的醫療費用。

洛蘭一直冷眼看著。艾米兒本來覺得洛蘭太過冷漠，後來察覺到什麼，笑嘻嘻地看起熱鬧來。

半個多小時後，船開到琉夢島。

洛蘭率先走下船，小朝和小夕商量著怎麼合作才能把昏迷的奴隸搬下船。清越想要幫忙，清初拽了一下她，示意她不要管。

清越雖然不明白為什麼，但知道清初肯定是為她好，放棄原本的打算，跟隨清初上了擺渡車。

兩個孩子折騰了好一會兒才把奴隸搬下船，卻發現擺渡車上只剩兩個位置，他們三個孩子如果並排坐，擠一擠還夠坐，但有一個昏迷不醒，需要躺著，就坐不下了。

小朝看向另外一輛擺渡車。

洛蘭淡然地說：「車上沒有位置讓你躺，不想讓我把你扔到海裡去餵魚就自己起來。」

昏迷的黑色羽翼奴隸居然睜開眼睛，站了起來，雖然面無血色，腳步有點搖晃，但顯然他一直很清醒，只是在裝昏迷。

小朝和小夕吃驚地瞪著他。

艾米兒忍不住噗哧一聲笑出來；兩個小傢伙被自己老媽給狠狠坑了一把。

小夕好像生氣了，沉默地上車，一直看著窗外。

小朝卻咯咯地笑起來，對黑色羽翼奴隸說：「你裝得真像，教教我，下次我可以嚇唬別人。」

黑色羽翼的奴隸溫順地說：「好。」

「我叫小朝，朝陽的朝，你叫什麼？」

「我沒有名字，只有編號，Y-578。」

「你的翅膀怎麼受傷的？」

「我學習跳舞時從高臺上摔下來摔斷了翅膀。」

「為什麼要裝昏？」

Y-578一時沒有說話。

小朝忽閃著大眼睛，定定地看著他。

「我不是在裝昏，我是在……裝死。」

「哦！」小朝點點頭，表示明白了。

✷ ✷ ✷

擺渡車到達他們居住的獨棟別墅，洛蘭跳下擺渡車，抬頭看著別墅。

艾米兒站在她身邊，問：「妳來過琉夢島？」

「嗯。」

艾米兒心裡隱隱一動，腦子裡似乎有什麼呼之欲出，一時間卻抓不住。

清初和清越仔細檢查了一遍房間，確認沒問題後，指揮著機器人把每個人的行李放好。

洛蘭站在露臺上，端了杯熱茶，一邊喝茶，一邊眺望著遠處的風景。

屋子裡。

小朝對Y-578說：「你知道怎麼找醫生嗎？」

Y-578不吭聲。

小朝輕言輕語地說：「你的翅膀需要治療，傷口再惡化下去，你就不需要裝死了。」

Y-578說：「這樣的別墅都有管家，妳可以聯絡管家，他們會直接派醫生過來。」

小朝驚奇地說：「這裡的醫生可以上門服務？真方便！」

Y-578沉默不言。顧客常常虐打奴隸，醫生的上門服務也是為了滿足顧客的特殊需求，這個人類女孩顯然什麼都不懂。

小朝聯絡管家，說自己的奴隸受傷了，請他們派醫生過來。

艾米兒逗小朝：「妳不幫妳的小奴隸取名字嗎？」

Y-578抬頭看著小朝。

小朝笑瞇瞇地搖搖頭，「取名字意味著要建立關係，對他負責。我只是想救他，並不想和他建立關係，對他負責。」

艾米兒朝Y-578眨眨眼，笑說：「她可不是什麼都不懂的小姑娘。」

洛蘭確定小朝可以對自己的決定負責後，放下茶杯，安心地離開。

穿過屋子前面參差錯落的鹿角樹，沿著細膩的藍沙，朝著海浪聲傳來的方向走過去，就是一望無際的大海。

藍天碧海。

目力所及之處，空無一人。

天地浩渺，潮生潮滅。

過去如此，現在亦如此。

洛蘭踢掉鞋子，赤腳沿著沙灘慢慢地走著。

身前是蜿蜒曲折的海岸線，一直綿延到遙遠的天際，身後是一個個腳印，在潮汐的沖刷中，從清晰變得模糊。

故地重遊。

洛蘭不知道自己究竟是什麼感受，大腦好像一片空白，什麼都沒有，只是不停地走、不停地走，像是要走到地老天荒，時間的盡頭。

不知不覺，已經夕陽斜墜，晚霞滿天。
因為漲潮，海浪越來越大。
一波海浪襲來，高高捲起的浪花把她的裙子打濕。
洛蘭停住腳步，看著濕透的裙擺。
依稀有人彎下腰幫她擰乾裙子。
洛蘭眼眶發酸，扭頭望向海天盡頭。
漫天彩霞，猶如打翻的水彩盤。玫瑰紫、胭脂紅、水晶粉、染金橙……五彩斑斕的色彩轟轟烈烈地鋪陳在天空，像是熊熊燃燒的烈火般，毫無保留地宣洩著穠麗耀眼。
海風呼呼，吹得衣裙鼓脹，洛蘭不禁閉上眼睛，覺得自己像是要乘風而去。
日升月落，潮生潮滅。
海浪聲一起一伏，吟唱不停。
從古到今，從過去到現在，哀嘆著人世間的悲歡離合。

風從哪裡來
吹啊吹
吹落了花兒，吹散了等待
滄海都化作了青苔

……

✷ ✷ ✷

「媽媽！」

小朝的聲音突然響起，洛蘭睜開眼睛。

皓月當空，清輝灑滿海面。

小朝和小夕赤著腳，踩著浪花飛奔過來。Y-578不遠不近地跟在他們後面，受傷的翅膀已經醫治過，肩胛骨上固定著透明的凝膠。

小朝一臉興奮，連比帶畫地說：「阿姨說晚上吃海鮮燒烤，管家派了一個侍者，他可以直接潛到海底撈起這麼大的貝殼。好厲害，他可以在海底呼吸！」

洛蘭微笑著問：「妳喜歡這裡嗎？」

小朝不說話了，臉上的興奮漸漸消失，好一會兒後，她小聲說：「不喜歡。」

小夕附和姊姊：「我也不喜歡。」

洛蘭點點頭：「嗯，我也不喜歡。」

小朝和小夕目光炯炯，期待地看著洛蘭。

洛蘭說：「很多年前，有個人帶我來泰藍星，我和你們一樣逛了奴隸販賣市場，我很不喜歡，可又不知道能做什麼。在這個海灘邊，他對我說，我不是普通人，我有能力改變這個世界。」

小朝困惑地問：「怎麼改變？」

洛蘭叫：「艾米兒。」

「在。」艾米兒從黑暗中現身，和小朝、小夕一樣滿臉困惑。

洛蘭說：「聯絡天羅兵團的兵團長。」

艾米兒愣住。

洛蘭說：「據我所知，妳曾在天羅兵團待過，不會不知道天羅兵團的兵團長是誰吧？」

艾米兒說：「我當然知道他是誰，但他不知道我是誰。」

「相信我，他現在知道了。就說龍心找他。」

艾米兒聯絡天羅兵團。

本來以為會經過層層通報，時間漫長，沒想到天羅兵團的團長華萊士很快就接受了這個突然而至的視訊對話。

華萊士對洛蘭欠了欠身子，客氣地說：「好久不見。我記得上次見閣下，還是和龍頭一起。」

洛蘭淡然地說：「團長的確和我哥哥碰過面，但我們從來沒有見過面。」

華萊士確認了洛蘭的身分，越發客氣：「請問閣下找我有什麼事？」

洛蘭說：「泰藍星受天羅兵團保護控制？」

「是。」

「我要泰藍星，什麼條件？」

洛蘭開門見山，華萊士也非常爽快：「聽說閣下在曲雲星設立了以英仙葉玠命名的基因研究院，龍血兵團派了一隊研究員去曲雲星學習交流。我希望閣下能允許天羅兵團也參與。」

「好。團長派人去找刺玫商議具體細節。」

「和閣下合作非常愉快。」華萊士滿臉笑容，客氣地表達感謝。

「我也是。」

洛蘭乾脆俐落地關閉了視訊。

艾米兒滿臉呆滯，這樣就可以了？

小朝和小夕驚訝地對視一眼，問：「這樣就可以了？」

洛蘭笑：「妳覺得很容易？」

小朝點頭。

「如果妳說妳要泰藍星，天羅兵團會給嗎？」

小朝搖頭。

「艾米兒阿姨呢？」

小朝搖頭。

「妳還能想出別人嗎？」

小朝求助地看艾米兒，艾米兒搖搖頭。小朝說：「不能。」

洛蘭微笑，「妳覺得很容易嗎？」

小朝搖頭。

洛蘭說：「這個星際，能從天羅兵團手裡不費一兵一卒拿走泰藍星的人，只有我！因為我說的話後面不是空無一物，我是能調動龍血兵團的龍心，我是基因大師神之右手，我是阿爾帝國的皇帝英仙洛蘭。這些都不是憑空掉下來的，是我……」洛蘭伸出手，一一合攏手指，握成拳頭。

小朝和小夕都明白了。一個人說的話有沒有人仔細聆聽，取決於你是誰，但你是誰，取決於你自己。

洛蘭說：「從現在開始，泰藍星屬於你們姊弟倆，把它變成你們喜歡的樣子。」

「我們？」小朝和小夕一臉茫然。

「打破並不是最難的部分，最難的是重建。島上有很多居民，他們要生存，島上有很多奴隸，他們也要生存。雖然這個星球是囚禁他們的牢籠，可也是他們賴以生存的家園。如何讓島上的居民和奴隸在規則改變後依舊都能生存，一起和平地生存，才是最難的部分。」

小朝看看小夕，迷惘地問：「我們該怎麼辦？」

「仔細觀察，努力思索，聆聽建議，謹慎行動。在不知道應該做什麼前，最好什麼都別做。舊規則雖然不好，但總比混亂好。」

「嗯！」小朝和小夕用力點頭，一臉似懂非懂，努力理解著媽媽的話。

洛蘭沿著海岸線慢慢往回走。

其他人都一臉恍惚，像是夢遊一般安靜地跟隨在她身後。

十幾分鐘前，泰藍星還屬於星際第二大傭兵團，這會兒已經變成兩個孩子的星球，連見慣風浪的艾米兒都覺得不真實。

小朝走了一會兒，突然問：「媽媽，那個人是誰？」

洛蘭沉默不言。

小朝不肯放棄，執著地問：「那個帶媽媽來琉夢島的人是誰？」

「殷南昭。」

小朝和小夕對這個名字沒有任何感覺，只是默默記住了。艾米兒和Ｙ-５７８卻都悚然，一臉震驚。

小朝崇拜地對洛蘭說：「殷南昭叔叔沒有說錯，媽媽是可以改變世界的人。」

洛蘭停下腳步，眺望著遼闊無垠的海面，「小朝、小夕。」

小朝和小夕察覺出她語氣的慎重，都看著洛蘭，專心地聆聽。

「你們不是普通孩子，你們也可以改變這個世界。這條路會很艱辛，甚至會很痛苦，但在這條路上你們會遇見最美麗的風景，最美好的人。」

小朝和小夕對視一眼，握住彼此的手。

洛蘭微笑著說：「海鮮應該已經烤好了，回去吃吧！」

「媽媽呢？」

「我想一個人待一會兒。」

艾米兒一手拉著小朝、一手拉著小夕，身後跟著Y-578，四個人一起離開了。

✻ ✻ ✻

洛蘭一個人站在海邊。

一輪皓月懸掛在天空，皎潔的月光灑滿海面。

浪潮翻湧，沖上沙灘，捲起一朵朵雪白的浪花。

洛蘭抬起手，用匕首劃過五根指頭。

十指連心，疼痛從指間一直蔓延到心臟。

鮮血順著手指流下，滴落在海水裡。

浪花中透出熒熒紅光。

星星點點的紅光如同燎原之火般迅速蔓延開來，漸漸覆蓋整個海岸線。沙灘上，海浪翻卷，一朵又一朵紅色的浪花前赴後繼，開得轟轟烈烈，就好像一夜春風過，驟然盛開出千朵萬朵的紅色水晶花，隨著潮汐起伏，千變萬化、搖曳生姿。

洛蘭靜靜地看著。

我愛你，以身、以心、以血、以命！以沉默、以眼淚！以唯一，以終結！以漂泊的靈魂，以永恆的死亡！

……

曾經，她親耳聽過很多次這段誓言，有欣悅、有羞澀、有感動，卻並沒有真正理解這段誓言。

現在，她經歷了漂泊、別離、不公、偏見、孤獨、死亡，世間諸般苦痛，真正理解了這段誓言，說話的人卻已經不在了。

洛蘭彎身，滴血的手指從紅色的浪花中穿過。

這樣的景色雖美，這樣的誓言雖然真摯，但你的心願應該是這世間再沒有新婚夫婦需要這樣的婚禮，再沒有相愛的人需要許下這樣的誓言。

洛蘭低頭看著血色的水晶花重重疊疊、消失盛開，淚盈於睫。

「投我以木李，報之以瓊玖。匪報也，永以為好也。」

你送了我一場絕世美景，我給你一個你想要的世界！

＊　＊　＊

半夜。

洛蘭回來時，屋裡漆黑安靜，其他人都睡了，只艾米兒坐在露臺上，安靜地喝著酒。

洛蘭走到她身旁坐下。

艾米兒遞給她一杯酒，洛蘭仰頭一口氣喝完。

艾米兒看著她的手指。雖然血已經止住，但因為結了痂，傷痕反倒越發清晰。

艾米兒說：「晚上，海邊的浪花突然變成亮晶晶的紅色，就像是整個海灘都開滿了血紅色的水晶花。那個長著翅膀的孩子說，浪花並不是無緣無故地變紅，島上的奴隸們舉行婚禮時，會用鮮血為引讓浪花盛開。」

洛蘭沉默不言。

艾米兒拿起一個面具，戴到臉上，「我剛買的面具，好看嗎？」

洛蘭看著素白的面具，上面有熟悉的花紋。

曾經，有一個人用自己的鮮血一筆筆繪製在她的額頭，用唯一的靈魂和全部的生命許下天涯海角的祝福。

艾米兒的聲音在暗夜中幽幽響起。

「我媽媽是一個跳肚皮舞的舞孃，她死後，我也成了跳肚皮舞的舞孃，跟著雜耍團在星際間四處流浪。後來，我愛上一個男人，他是天羅兵團的傭兵，我就跟著他去了天羅兵團。他要我為他的隊友跳舞，我傻呼呼地跳了。他的隊長看中了我，我男朋友居然完全沒有反對地讓他帶走了我。

「我用一把水果叉子把那個隊長閹了，他們把我抓起來，卻沒有殺我，一直變著法子折磨我。我不堪忍受，想要求死，卻連自殺都做不到。

「一個晚上，他們把我從監牢裡拎出來，又在凌辱取樂時，一個戴著面具的男人從天而降般突然出現，把那些凌辱我的男人都殺了。

「我請他殺了我，他卻說既然有死的勇氣，不如向死而生。他幫我買了一張離開的飛船票，送我一把可以保護自己的槍，還教我怎麼開槍射擊。

「憑著他教我的殺人技巧，我幾經輾轉，加入烈焰兵團，成為傭兵。

「第二次見到他，是在烈焰兵團的駐地。

「幾十年沒見，他還總是戴著面具，可是，當我看到守衛森嚴的駐地中突然有一個人像是在自己家一樣悠閒地散步，我知道就是他了。

「他也認出了我，沒有殺我，放我離開。

「我問他在調查什麼，表示我可以幫他。他笑著說如果我想幫他，離開烈焰兵團就行了。我知道這不是叫我幫他，而是他在幫我。他出現在烈焰兵團，肯定不會毫無因由，烈焰兵團應該惹上了什麼事。

「我離開烈焰兵團，去了曲雲星，應聘公職缺，在政府部門找到一份清閒的工作。

「第三次見到他，也是最後一次見到他，他就戴著這樣一張面具。

「他請我幫個忙，申請去衛生部門工作。他留下一個電郵地址，叮囑我不管發生什麼異狀，立即發信。後來，曲雲星暴發疫病，我按照他留下的電郵地址寫信，對方回覆了詳細的防疫和救治方法，我一一照做，竟然一舉成名，成為最受關注的政壇新星。

「後來，我寫信感謝他，那個電郵卻已經失效，我寫的信再沒有傳送出去。」

洛蘭安靜地聆聽，一直未發一言。

艾米兒把面具放到洛蘭面前，「妳沒有任何話想說嗎？」

洛蘭說：「救妳的人是殷南昭。他曾經是泰藍星的奴隸，後來去奧丁聯邦參軍。因為一時激怒，違反軍規，私自來泰藍星摧毀中央智腦，殺死殘暴的奴隸主。他應該是順路去天羅兵團找麻煩時，碰到了被傭兵欺辱的妳。」

「殷南昭！」艾米兒低聲念了一遍他的名字，眼中淚光閃爍，「這麼多年沒有一點他的消息，我猜到他有可能死了，但總希望自己感覺錯了……」她猛地端起酒杯，一口氣喝盡。

這麼多年，一直想知道他是誰，卻沒想到會在知道他是誰時得知他的死訊。

洛蘭說：「我爸爸說每個人有三次死亡。第一次死亡，是他的心臟停止跳動時。肉身死去，這是生物學意義上的死亡。第二次死亡，是他的葬禮。親朋好友都來正式道別，宣告一個人已經離開這個世界，這是社會學意義上的死亡。第三次死亡，是最後一個記得他的人死亡時，時光將他活過的痕跡完全抹去，那他就徹底消失，真正死了。」

艾米兒看著洛蘭。

洛蘭垂目看著桌上的面具，手指從面具上撫過，「謝謝妳的假面節。」

艾米兒鼻子一酸，眼淚差點奪眶而出，急忙掩飾地拿起酒瓶倒酒。

* * *

夜幕低垂，籠罩四野。

澎湃的海浪聲時起時伏，隨著海風一直不停地傳來。

兩人安靜地喝著酒。

艾米兒輕聲問：「為什麼帶小朝和小夕來這裡？」

「我希望小朝、小夕明白自由和尊嚴對異種意味著什麼，為什麼很多異種為了自由和尊嚴，會寧願捨棄生命。小朝和小夕從出生起就沒有見過父親，感情上肯定偏向我，我希望他們能理解他們父親的所作所為，不要因為我而怨恨他們的父親。」

艾米兒聽得心驚肉跳，屏息靜氣地問：「小朝和小夕的父親是誰？」

「小角。」

艾米兒長吁口氣，溫柔的笑意浮現在眉梢眼角，嬌嗔地說：「我就知道是他！除了他，誰還敢要妳這種一點女人味都沒有的女人？」

洛蘭喝了口酒，慢悠悠地說：「小角還有一個名字……辰砂。」

艾米兒倒抽一口冷氣，差點失手打翻酒杯，滿臉震驚地瞪著洛蘭。

這段時間，全星際的新聞鋪天蓋地都是辰砂。

——奧丁聯邦的新任執政官，死而復生，從地獄歸來的王者。

——發動軍事政變，用鐵血手段除掉前任執政官楚墨，囚禁前任治安部部長棕離。

——阿爾帝國不敢正面對抗，不得不暫時退兵。

——還有洛蘭女皇在奧丁聯邦當間諜期間，辰砂和女皇那段鉤心鬥角、撲朔迷離的假婚姻。

艾米兒喃喃問：「阿爾帝國還要繼續攻打阿麗卡塔星嗎？」

「當然！因為我要做奧丁星域的女皇。」洛蘭笑著舉起酒杯，朝黑暗的夜色敬了敬，一口把剩下的酒喝完。

Chapter 20

# 最高明的謊言

最高明的謊言是真話假說，假話真說，
對方心裡有什麼就會信什麼。

嘀嘀。

訊號接通時，林堅一身戎裝，正在工作。

他指著奧丁星域的軍事星圖說：「我正好有事和妳商量。」

「什麼事？」洛蘭問。

「現在，奧丁聯邦由辰砂執政，左丘白和辰砂不和，不可能趕回奧丁星域去支持辰砂。左丘白在這裡繼續和我們打下去沒有任何意義，已經無心戀戰，我也不打算緊追不放，想從這邊的戰場撤兵，去支援奧丁星域的戰役。」

洛蘭沒有同意林堅的計畫：「左丘白雖然已經無國可守、無家可歸，但他有北晨號太空母艦，四十萬的兵力，不能掉以輕心。」

林堅心中焦急，忍不住語調升高：「辰砂威脅妳不撤兵就死！只有一個月的時間，我們必須盡快採取行動，部署作戰策略。戰爭打到這一步，就算妳想撤兵，所有將領和戰士都不可能答應，更何況，妳根本不能撤兵……」

洛蘭斬釘截鐵地說：「你放心，我發動的戰爭我負責！一天沒有達成目的，就絕不會撤兵。」

林堅鬆了口氣，剝開一顆糖果塞到嘴裡，「妳既然不打算撤兵，依舊要征服奧丁聯邦，為什麼不讓我去支援奧丁星域？」

洛蘭解釋：「楚墨是個心思非常縝密、非常偏執的瘋子，我總覺得他不可能那麼簡單就死了，老是隱隱擔心會發生什麼。」

「能發生什麼？那種基因武器的確殺傷力驚人，可傳染力有限，只能透過體液直接接觸才能傳播。現在楚墨人都死了，已經不能繼續研究，妳還在擔心什麼？難道擔心辰砂會繼續楚墨的研究？」

洛蘭搖搖頭：「如果楚墨的研究資料全部落在辰砂手裡，我倒不擔心了。辰砂會用這個威脅我，做為兩國談判的籌碼，但除非我做了喪心病狂的事，逼得異種無路可走，否則，他一定不會真採用這種毀滅性武器。」

林堅嘴裡含著糖，鼓著一邊的腮幫子，歪頭看著洛蘭。

辰砂可是狠狠欺騙過女皇陛下。按道理來說，任何人經過這樣的背叛，都不敢再輕易相信一個人，可女皇陛下居然毫無理由和證據地就做了判斷。不知道她自己有沒有察覺，她對辰砂的瞭解和信任遠遠超出……某個高度。

林堅也不知道該怎麼定義「某個高度」，因為女皇陛下和辰砂的關係太過複雜。

洛蘭不解地問林堅：「你幹嘛這樣看我？」

林堅急忙掩飾地說：「沒什麼，只是在思考陛下的話。」嗯……思考，只是略微離題地思考。

洛蘭說：「如果楚墨有什麼後續計畫，一定會交給左丘白執行，我們不能掉以輕心。」

林堅說：「十五天。我會在這裡再堅守十五天，如果左丘白撤兵，我也會部署撤兵事宜，讓英仙二號太空母艦去支援奧丁星域的戰場。我們不能任由辰砂屠殺林樓將軍他們。」

目前的情況下，這是最合理的安排，洛蘭只能同意：「好！記住，不管左丘白有什麼異樣，都立即向我彙報。」

＊　＊　＊

北晨號星際太空母艦。

封小莞躡手躡腳地溜到軍事禁區外面，躲在角落裡偷看。

一隊全副武裝的士兵護送著幾個穿著白色研究服的研究員往前走，其他人都精神萎靡，看上去像是囚犯，只前面一個長著娃娃臉的男人很有精神。

封小莞隱約聽到士兵叫他「潘西教授」。

潘西教授推著一個醫療艙，醫療艙裡躺著一個女人。

他似乎十分在意醫療艙裡的女人，時不時低頭查看一眼控制面板上的數據。

封小莞屏息靜氣地盯著醫療艙。

那個昏睡不醒的女人不就是洛洛阿姨提到過的紫姍嗎？紫姍不是在楚墨手裡？怎麼會出現在北晨號上？

封小莞面色凝重，仔細思索。

突然，一個男人的聲音毫無預兆地在她耳畔響起：「看到了什麼？」

封小莞被嚇了一跳，全身驟然僵硬。

她緩緩吐出一口氣，回身看著左丘白，一臉「我是在偷看，有本事你來打我啊」的欠揍表情。

左丘白很無奈，指指周圍：「軍事禁區的外圍雖然防守不如裡面嚴密，但也到處都是監控，妳的一舉一動智腦都會監測到。」

封小莞想到剛才偷偷摸摸，自以為謹慎小心的樣子全部落在左丘白眼裡，覺得好丟臉，惱羞成怒地說：「你以為我不知道有監控嗎？我就喜歡偷偷摸摸四處看！」

「四處看什麼？」

封小莞氣鼓鼓地說：「看你們想幹什麼，偷偷報信給英仙洛蘭。」

左丘白失笑：「妳就這麼恨爸爸？」

封小莞翻著白眼嗤笑：「這位叔叔請別自作多情，我媽死得早，她可沒告訴我你是我爸爸。」

左丘白沒有在意，好脾氣地拍拍封小莞的頭：「妳比妳媽媽心腸硬，這是好事。」

封小莞嘲諷地問：「因為心腸硬的人才能活得久嗎？比如你？」

左丘白眼中隱有悲傷，沉默地凝視著封小莞。

封小莞不屑地撇撇嘴，雙手插在外套口袋裡，想要大搖大擺地離開。

左丘白揪著她的領子，把她揪回去。

「喂，你幹什麼？男女有別，你再動手動腳，我不客氣了！」封小莞立刻衝著左丘白揮拳頭。

左丘白淡然地說：「上課時間到了，老師正在等妳。」

封小莞一臉鬱悶，長吁短嘆，但無力反抗，只能被左丘白強行押送到課室。

今天的課是機械課，負責教她機械課的老師是太空母艦上最資深的機械師，來教導封小莞這個機械小白完全就是大材小用。

封小莞和左丘白第一次見面時，左丘白和顏悅色地問她上過學嗎，封小莞老老實實地回答從沒有上過學，壓根兒不知道學校長什麼樣。

左丘白又問她這些年都做些什麼，封小莞老老實實地回答一直待在實驗室裡做實驗。

自那之後，左丘白就幫她安排了很多課，雜七雜八什麼都有，從唱歌跳舞到格鬥槍械，似乎想要把她成長中所有缺失的課都補上。

封小莞知道左丘白腦補過頭想偏了。

她是從沒上過學，可神之右手親自教她；她是一直待在實驗室裡做實驗，不過，不是被人研究的實驗體，而是主導研究的研究員。

但是，她沒解釋，因為她本來就是故意的。

邵逸心叔叔說過，最高明的謊言是真話假說，假話真說，對方心裡有什麼就會信什麼。

左丘白心裡有愧疚，才會急於彌補。

既然他喜歡愧疚，那就讓他愧疚去吧！她就當是幫媽媽收點利息。

機械課老師問：「今天是自選作業，妳有什麼感興趣想要做的嗎？」

封小莞心裡十分激動，臉上卻裝出很為難的樣子：「我想想。」

……

左丘白對封小莞學什麼完全不拘束，由著她興趣來。

封小莞表現出對機械製作的興趣，他就多加機械課，把她不感興趣的課都取消。

其實，封小莞對當機械師沒興趣，只不過她無意中聽邵逸心叔叔講過一個洛洛阿姨的故事。

洛洛阿姨的飛船遭遇可怕的事故，她一個人在無人星球上待了三十年。

因為通訊器壞了，她不得不按照智腦裡殘留的書籍，自己摸索著學習機械通訊知識，最終組裝成功一個訊號發送器，因此獲救。

封小莞在登上北晨號太空母艦時，從裡到外都接受嚴格檢查，被脫得精光，連內衣都被拿走銷毀。估計洛洛阿姨早料到這些，壓根兒沒幫她準備任何東西，也沒幫她安排任何任務，只是可有可無地說：「保住性命的前提下，妳自己看著辦吧！」

封小莞發現機械課時，靈機一動，決定「看著辦」了。

不過，左丘白不是傻子，她可不敢組裝正式的通訊器，但她可以學洛洛阿姨，嘗試組裝一個洛洛阿姨曾經組裝過的摩斯電碼訊號發送器。

……

封小莞裝模作樣地思考了一會兒，對老師提出：「我想做一個老式的摩斯電碼發送器。」

老師詫異地說：「這種訊號器早已淘汰了，沒有實際用處。」如果不是他經驗夠豐富，也許壓根兒不知道封小莞在說什麼。

封小莞笑瞇瞇地說：「我看老電影時看到過，覺得很好玩。不需要太複雜，只要能像電影裡面一樣發送SOS的求救訊號就行了。」

老師沒有異議，同意了封小莞的作業設計。

封小莞先繪製設計圖，再挑選材料，老師幫助她修改一下設計圖，又幫她增補刪減了一些材料，然後把材料上報給智腦。

由於已是淘汰的無用東西，果然沒有引起智腦的注意，順利批准了封小莞的材料申請。

封小莞捧著一盒子材料回到自己的艙房。

她把材料一件件放到桌上，把設計圖投影到前面，表情嚴肅地坐到桌子前，準備完成作業。

封小莞輕輕嘆了口氣。

這東西十分原始，訊號傳輸距離有限，而且是一個只能發送「SOS」的訊號器，其他任何訊息都不能發送。

她也不知道做這個能有什麼用，就算成功把求救訊號發送出去又能怎麼樣？但是，如果什麼都不做，她覺得自己會瘋掉。

從小到大，雖然日子曾經過得顛沛流離、十分清苦，可從來沒這麼孤單過。

一直有深愛她的人在她身邊！

她瘋狂地思念邵逸心叔叔、洛洛阿姨，還有阿晟。

邵逸心叔叔和洛洛阿姨都是非人類，沒有她也會照常過日子，但阿晟……他們第一次分開！

明明知道洛洛阿姨會照顧阿晟，可是她怎麼都放心不下阿晟，阿晟肯定也放心不下她，擔心她擔心得要命吧！

……

封小莞看著桌上的材料，握握拳頭，對自己說「努力」！

她深吸口氣，摒除一切雜念，開始專心致志地組裝訊號發送器。

＊　＊　＊

在泰藍星玩了兩天後，洛蘭和艾米兒一起回曲雲星。

旅途中，洛蘭沒有工作，像一個無所事事的家庭主婦般帶著兩個孩子做玫瑰醬。

小朝和小夕非常興奮，一本正經地穿著廚師圍裙、戴著廚師帽，各自用一盆子玫瑰花，跟著洛蘭一步步做玫瑰醬。

先把玫瑰花洗淨陰乾，去掉花托、花萼，再把花瓣和冰糖攪拌充分，加入一點點梅鹵，最後裝進玻璃罐封存。

艾米兒端著杯酒，斜倚在艙門邊，憂心忡忡地建議：「尊敬的女皇陛下，妳是不是應該召集幕僚團隊，仔細研究一下怎麼解決奧丁星域的問題？」

洛蘭一邊指導兒子摘花萼，一邊說：「我現在正在研究。」

艾米兒嘲笑：「用玫瑰醬？」

「嗯，用玫瑰醬。」

艾米兒無奈地搖頭。

以前女皇陛下孜孜不倦地工作，讓人焦慮；現在她每天四處閒逛地不工作，也讓人焦慮。

小朝一邊挑揀玫瑰花，一邊說：「媽媽，我和小夕商量怎麼治理泰藍星，碰到一個問題。」

「什麼問題？」

「泰藍星的經濟以旅遊業為主，每年的收入都不錯，以前受天羅兵團的保護管理，沒有人敢打泰藍星的主意，如果沒有天羅兵團，就是一隻任人宰割的肥羊。」

「解決方案？」

小夕說：「我們想雇龍血兵團保護泰藍星。」

洛蘭點點頭，「想法合理，但泰藍星距離天羅兵團的星域近，距離龍血兵團的星域遠，這樣捨近求遠地選擇傭兵團不符合星際規則。龍血兵團和天羅兵團在各自的勢力範圍上有默契，為了避免不必要的麻煩，應該不會接。」

小朝和小夕面面相覷。

他們選擇龍血兵團不是臨時起意，而是經過認真地討論分析。他們要在泰藍星實行改革，廢除奴隸制，風險很大，沒有強而有力的軍隊，不但無法保證星球內部的安定，還有可能面對整個星際的攻擊。

洛蘭問：「這是你們自己的想法嗎？」

「是。不過，我們詢問過清初、清越，還有Y-578的意見。」

洛蘭想了想，說：「我有個傭兵團推薦給你們。」

小朝和小夕異口同聲，急切地問：「哪個傭兵團？」

「小角傭兵團。」

艾米兒突然被酒嗆住了，不停地咳嗽。

小朝和小夕一臉茫然。他們做研究時，把星際排名前二十的傭兵團都看過了，沒有小角傭兵團。實力太弱的傭兵團，即使雇了，武力也不足夠應對他們可能面臨的麻煩。

小朝體貼地幫艾米兒倒了杯水，等艾米兒緩過氣來，說：「阿姨，妳幫我查查小角傭兵團。」

艾米兒無語地白了眼洛蘭，真是專業坑娃的親媽啊！

艾米兒調出小角傭兵團的註冊資料。小朝和小夕盯著螢幕發呆。

十秒鐘就能讀完的履歷。

小角傭兵團成立於二十多年前，從成立到現在，人數沒有任何變動，一直只有兩位成員，團長辛洛，副團長小角。

小夕嚴肅地問：「媽媽，妳是想幫我們省錢嗎？」

小朝嘟囔：「這種傭兵團壓根兒沒有業務吧？」

艾米兒又開始咳嗽。

「有。」洛蘭指指艾米兒。

艾米兒一邊咳嗽，一邊說：「曲雲星雇了小角傭兵團。」如果洛蘭不說，她都完全忘記了。不過，曲雲星的確一直在接受小角傭兵團的保護，否則，就她這些年折騰的那些事，已經足以引起公憤，讓人把她滅了。

小朝和小夕滿臉困惑驚訝。

艾米兒清清嗓子，鄭重地說：「接受你們媽媽的建議，雇小角傭兵團。雖然他們只有兩個人，但這兩個人……一定能保護你們！」

小朝和小夕只能同意：「好，我們就找小角傭兵團。」

洛蘭把一片沾了冰糖的玫瑰花塞進嘴裡，甜得瞇起眼睛，笑著說：「只要按時付錢，小角傭兵團一定會保證你們和泰藍星的安全。」

艾米兒無語地翻白眼，變著法子坑娃的親媽！

折騰幾個小時後，洛蘭做了一大瓶玫瑰醬，小朝和小夕各做了一小瓶。

三個人在玻璃罐上寫上自己的名字和製作日期。

小朝期待地說：「不知道好不好吃。」

洛蘭把他們的玫瑰醬收走，笑瞇瞇地說：「抱歉，我要拿去送禮。你們想知道好不好吃，問收禮的人吧！」

小朝和小夕驚愕地看著洛蘭。什麼人需要他們親手做禮物？

突然，小朝反應過來，拽拽小夕，激動地說：「我知道了！是要給……」

洛蘭食指放在唇上，示意他們保密。

小朝和小夕用力點頭，忍不住咧嘴傻笑。

✷ ✷ ✷

距離曲雲星最近的空間躍遷點在啤梨多星附近。

戰艦完成空間躍遷後，還要繼續飛行兩個小時，才能到曲雲星。這還是洛蘭的戰艦，全星際最快的戰艦，如果換成普通飛船，時間要再長很多。

洛蘭不滿：「交通太不方便了，應該在曲雲星的外太空建立空間躍遷點。」

艾米兒笑嘻嘻地說：「半年前向星際航線管理委員會遞交申請，一審都沒通過就被駁回了。」

洛蘭不吭聲。

阿爾帝國是委員會的常務委員之一。洛蘭以英仙葉玠的名義在曲雲星設立基因研究院和基因醫院的事，連天羅兵團都知道，並且敏銳地嗅到異常，積極要求參與，阿爾帝國的官員們居然沒有絲毫反應。

艾米兒做了個鬼臉，像是導遊般詢問：「啤梨多星盛產礦石，護目鏡非常有名，來都來了，要不要去逛逛？」

洛蘭心裡一動，說：「好！」

一行人轉乘小型飛船到達啤梨多星。

下飛船後，洛蘭按照智腦的指引，帶兩個孩子去最熱鬧的商店街，也是啤梨多星赫赫有名的黑市所在地。

洛蘭是度假心態，像遊客般漫無目的地閒逛。

兩個孩子第一次來，更是稀奇，一直好奇地東張西望。

啤梨多星魚龍混雜，治安不是很好。艾米兒不敢掉以輕心，一直緊跟著兩個孩子。

洛蘭對小朝和小夕說：「我和你們爸爸來過這裡。」

小朝和小夕立即覺得原本陌生的地方變得截然不同了，似乎一切都有幾分親切感。

小朝問：「在我們出生前？」

「嗯。」

小朝感興趣地問：「那時候你們是男女朋友了嗎？彼此喜歡嗎？」

洛蘭不知道該怎麼回答。

小朝鍥而不捨地繼續追問：「妳和爸爸誰先向誰表白的？」

洛蘭無語。什麼時候她的女兒已經大到可以和她討論這種話題了？

小朝對小夕眨眨眼睛，「媽媽不好意思了。」

小夕仔細打量洛蘭，似乎不相信媽媽會不好意思。

洛蘭無奈，說：「我和你們爸爸的情況比較複雜，不是喜歡不喜歡、表白不表白的問題。」

小朝趴在小夕肩頭咯咯地笑。

艾米兒無語地搖頭，何止是比較複雜?!

洛蘭說：「找到了。」

她站在一間店鋪前，拿起一副造型古板的黑框眼鏡，對小朝和小夕說：「這種眼鏡是用啤梨多星的特有礦產啤梨多石製作的，能過濾一切對眼睛不好的光線，保護你們的視力。你們倆一人挑一副吧！」

小朝捂著額頭做暈倒狀，「媽媽，如果誰送妳這個，妳就和他絕交吧！」

洛蘭把眼鏡放在鼻梁上，「真的嗎？」

小朝非常堅決地點點頭。

洛蘭一邊彎身挑選眼鏡，一邊漫不經心地說：「妳爸爸送我的第一份禮物就是這樣的眼鏡。」

小朝立即變臉，一邊甜甜地笑，一邊湊到洛蘭身邊和她一起挑選眼鏡，「這種眼鏡不追逐潮流，是古典美，很斯文端莊，必須要有一定的鑑賞力才會欣賞，我年紀小不懂欣賞……」

艾米兒忍俊不禁，忍不住掐掐小滑頭的臉頰，摟著小朝的肩笑得直不起腰。

洛蘭很鬱悶。

她和辰砂都不是這種巧言令色的性格，怎麼女兒長歪了？

三個女人站在店鋪前，一副眼鏡又一副眼鏡地仔細挑選。

小夕一動不動地站著，隔著熙熙攘攘的人潮，盯著人群中的一個男人。

一個和爸爸長得很像的男人。

他穿著一件半舊的棕色外套，戴著帽子，帽檐壓得很低，遮住了眉眼，但仔細看依舊能看到大致的輪廓。

他的五感非常敏銳，小夕的目光落到他身上的一瞬間，他幾乎立即察覺到，微微側頭，視線狀似無意地從小夕身上一掠而過，看到洛蘭時，他的目光突變，猛地停住腳步。

長街上，人來人往，絡繹不絕。

隔著茫茫人海。

他一直看著洛蘭。

小夕一直看著他。

他肯定知道小夕在盯著他看，但此時此刻他的目光中已經容納不下任何人。

小夕確定了，他不是和爸爸長得像，而是，他就是爸爸。

他的目光那麼專注熾烈，小夕以為他肯定會走過來見媽媽，可是，當媽媽直起身時，他卻決然轉身，幾乎瞬間就匯入人群，消失不見。

小夕急切地四處張望，卻再找不到他的身影。

洛蘭順著兒子的目光四處查看，沒發現什麼異常，「怎麼了？」

小夕張了張嘴，搖搖頭，「沒什麼。」

洛蘭知道肯定不是沒什麼，可孩子大了，遲早會有自己的心事。她沒有再追問，把一副棕色的眼鏡放到小夕臉上，「怎麼樣？」

小夕胡亂點點頭，表示可以。

艾米兒挑選了半天，還是嫌醜，一副眼鏡都沒買。

洛蘭買了四副眼鏡，她自己、女兒、兒子各一副，還有一副男式眼鏡，洛蘭選了一個純色禮盒，吩咐機器人包好。

小朝笑嘻嘻地看著，一臉興奮期待。

小夕表情木然，一臉漠不關心。

回到戰艦上，小朝避開所有人，拽住小夕問：「一臉不高興，發生什麼事了？」

小夕悶悶地說：「我看見爸爸了。」

小朝大驚失色：「哪裡？剛才在啤梨多星上？」

小夕點點頭。

「他看見你了嗎？」

小夕點點頭，又搖搖頭。

「到底什麼意思？」

「他看見我了，但他一直看著媽媽，沒仔細看我。」

「他不盯著媽媽看，應該盯著誰看？那是好事啊！」

「可是，媽媽回頭時，他走了。」

小朝臉上的笑一下子沒了。

小夕問：「媽媽多買的那副眼鏡是送給爸爸的嗎？」

小朝皺著眉頭，沒有吭聲。

* * *

洛蘭回到自己的艙房。

打開保險箱，把包好的眼鏡放進去，裡面還有兩個禮盒，一盒裝著薑餅，一盒裝著玫瑰醬。

她沉默地盯著兩個禮盒。

過一會兒，她打開個人終端機的通訊錄，找到小角的通訊號碼。

個人終端機彈出一條訊息，詢問：要聯絡小角嗎？

洛蘭點擊聯絡。

個人終端機裡傳來「嘀嘀」的撥號音。

洛蘭記得，是在曲雲星上時，小角恢復人形後，她幫小角買的個人終端機。後來到了奧米尼斯星，小角不願更換新的終端機，她就只是叫清初替換了系統。

也許因為不想被人察覺異常，小角離開林榭號戰艦時，沒有摘下個人終端機。當他駕駛戰機進入奧丁聯邦的訊號遮蔽區後，個人終端機就沒辦法再跟蹤定位，洛蘭不知道他是不是毀掉了個人終端機。

現在，聽到完整的撥號音，洛蘭確定個人終端機依舊在，只不知道是在辰砂身邊，還是孤零零地躺在某個角落。

＊　＊　＊

偽裝成民用飛船的小型戰艦。

辰砂站在艙房中，面無表情地盯著床頭。

嘀嘀、嘀嘀。

一聲聲熟悉的蜂鳴音不停地響著，帶著幾分尖銳淒厲，像是從另外一個世界傳來的召喚。

辰砂如同夢魘，身子僵硬得一動也動不了。

嘀嘀、嘀嘀。

半晌後，蜂鳴音停止。

辰砂才回過神來，一步步走過去。手在床頭碰了下，暗箱打開，裡面放著一把槍、兩塊能量匣和一個個人終端機。

辰砂拿起個人終端機，上面有一條系統自動傳送的訊息：您有一條洛洛的未接來訊。

辰砂定定地看著。

＊　＊　＊

女皇的私人戰艦。

個人終端機的系統機械聲自動回覆：抱歉，您撥打的通訊號碼暫時無人接聽，請稍後再聯絡。

洛蘭苦笑。

稍後？

稍後多久呢？

一個月？一年？還是一輩子？

洛蘭關閉個人終端機，看著保險箱裡的兩個禮盒和一個眼鏡盒。

雖然辰砂偽裝了十年的小角，但他其實完全不認可小角，甚至因為偽裝，更加厭惡小角。看來想透過小角聯繫他這條路肯定走不通，只能想辦法透過官方途徑和辰砂正面聯繫。

洛蘭無聲地嘆了口氣，關閉保險箱。

她按了下通訊器，吩咐清初：「派人把邵逸心和阿晟帶到曲雲星，我要見他們。」

「是！」

# Chapter 21 世界的秩序

日升為朝、日落為夕。
朝朝夕夕，明暗交替、黑白共存，才是世界的秩序。

北晨號星際太空母艦。

封小莞鬱悶地看著眼前的成果。

經過幾天努力，她終於完成了機械作業——

一個拇指大小的訊號發送器。但是，居然是一個失敗的作品。

不知道哪裡弄錯了，打開按鈕後，訊號器沒有任何動靜。

封小莞沮喪地把訊號器扔到桌上，盯著設計圖發呆。

她有老師檢查過的設計圖，有老師配置好的材料，都沒能按照設計圖成功做出訊號器，洛洛阿姨一個人在無人星球上，只能根據一些基礎理論摸索，肯定失敗了無數次吧？

突然，門鈴聲響起。

封小莞回頭看了眼艙門上的顯示螢幕，發現是左丘白。

她掃了眼亂糟糟的桌子，沒在意地說：「開門。」

智腦打開門。

左丘白身著一身筆挺的軍裝，走進來。

他看了看堆滿工具和零件的桌子，居然一眼就從裡面挑出封小莞做的訊號發送器，「妳的機械作業？」

封小莞懨懨地說：「失敗了。」

左丘白把信號器放回桌上，和顏悅色地說：「妳的射擊課時間到了。」

封小莞鬱悶地唉聲嘆氣，只能跟著左丘白去上課。

走進訓練場，封小莞看看四周，百無聊賴地問：「不是到上課時間了嗎？老師呢？」

左丘白說：「今天我幫妳上課。」

封小莞詫異地看著左丘白。

雖然她對外界的事情一無所知，但再無知，也知道現在的形勢對左丘白很不利。一面是阿爾帝國的英仙洛蘭，一面是奧丁聯邦的辰砂，都是又硬又狠的角色，左丘白應該壓力很大，怎麼會有時間幫她上課？

左丘白拿起一把槍，遞給封小莞。

「老師說妳有射擊天賦，這段時間學得不錯，開幾槍讓我看看。」

封小莞遲疑了一下，雙手握住槍，對準移動標靶開槍。

左丘白耐心地指出她的小錯誤，一個細節一個細節地糾正她的姿勢。

他從背後握住封小莞的手，帶著她一連開了十幾槍，直到封小莞隱隱感覺到一點什麼，左丘白才放開她。

「妳用手和用腳時會先用大腦分析評估嗎？槍是妳身體的一部分，不是工具，不要用大腦去分析，用妳的身體記住剛才的感覺。」

左丘白要封小莞自己射擊。

他在一旁盯著，過一會兒，又手把手地帶著封小莞射擊。

「妳用手去攻擊一個人時，不會想著我要瞄準，而是意到拳到。射擊也是同樣道理，不要思考、分析、瞄準，只需要開槍。」

當左丘白不厭其煩地反覆幾次後，封小莞似乎真正體會到那種槍是身體一部分的微妙感覺，自己都覺得自己好像真的摸到了射擊的竅門。只要堅持練習，有朝一日，她一定能成為射擊高手。

不知不覺中，兩個小時的射擊課結束。

封小莞覺得自己還有餘力，左丘白卻說到此為止。

封小莞意猶未盡，還想再練習一會兒，左丘白勸導：「適可而止。再練習下去，反倒會破壞已有的體悟。以後妳只要按照這個感覺練習下去，一定會百發百中。」

封小莞放下槍，莫名其妙地有點尷尬：「謝謝。」

左丘白微笑著說：「在射擊這方面，妳像我，比妳媽媽有天賦。我教過她射擊，不但沒教會她，反倒被她狠狠說了一頓。」

封小莞忍不住問：「你這麼肯定我是你女兒？」

左丘白指指自己的心臟，「我知道。很多年前，因為我只是用眼睛看，才讓妳媽媽走投無路，不得不去找神之右手求助，現在我用心看。」

封小莞沒有底氣地嗤笑。

她居然沒辦法再像之前一樣冷嘲熱諷。

這個男人雖然給予了她一半的基因，但從沒在她的生命中留下什麼。沒在她牙牙學語時教過她說話，也沒在她蹣跚學步時教過她走路，更沒在她孤獨無助時陪伴過她。可是，剛才他握著她的手認真教導她射擊時，封小莞接受了他生命中的感悟和體驗，他們不再是毫無關係的陌生人。

左丘白拿出一把精緻小巧的手槍，遞給封小莞。

封小莞下意識地接過槍，不明所以地看著左丘白。

左丘白說：「死神之槍，又叫作死神的流星雨，一次只能開一槍，非常雞肋的屬性，但中者必死。我拿著用處不大，妳拿去防身吧！」

「我不要！」封小莞想還給左丘白。

「收下！就當作我這個失敗的父親給妳的分別禮物。」

分別？封小莞目瞪口呆地看著左丘白。

幾個隨扈出現在訓練場。

左丘白下令：「把她帶去艙房，關押起來，不許她踏出艙房一步。」

「是。」兩個隨扈抓起封小莞就走。

封小莞掙扎著回過頭大聲質問：「左丘白，你要幹什麼？」

左丘白沒有回答，只是笑著對封小莞揮揮手。

封小莞被隨扈押送回艙房。

艙門封閉，將她鎖在了裡面。

封小莞看看自己手裡的分別禮物死神之槍，回想起那幾個基因研究員和昏迷的紫姍，心裡發慌。她拍著門大叫「左丘白」，沒有人理會。

她嘗試著想打開艙門，可無論她怎麼嘗試，都無法打開艙門。

絕望下，封小莞頭抵著艙門，喃喃低語：「洛洛阿姨，我該怎麼辦？」

突然間，她想起什麼，回身看著桌上已經失敗的機械作業。

她快步走到桌子前，打開螢幕，從頭開始看設計圖，檢查自己哪裡犯了錯。

✵ ✵ ✵

曲雲星。

太空港口。

紫宴和阿晟戴著手銬走下飛船，在一群隨扈的押送下進入一輛空陸兩用的裝甲車。

洛蘭坐在前座，正在處理文件。

紫宴視而不見，沉默地坐到車裡，一臉心如死灰，似乎早已將生死置之度外。

阿晟硬生生地擠了個笑出來，探著身子，低聲下氣地問：「最近有小莞的消息嗎？」

洛蘭淡然地說：「沒消息就是好消息。」

阿晟憂心忡忡地看向車窗外。

居高臨下地望出去，地面上的景物似曾相識，卻又處處陌生，阿晟忍不住問：「這是哪裡？」

「曲雲星。」洛蘭說。

阿晟十分驚訝，不過十來年而已，居然完全認不出來了，「曲雲星的變化好大。」

洛蘭頭也沒抬地說：「將來的變化會越來越大。」

自始至終，不管洛蘭和阿晟說什麼，紫宴都一臉木然，好像變成了聾子，什麼都聽不到。

✷ ✷ ✷

裝甲車飛過一片空曠的無人區，降落在新建成不久的生物基因製藥公司。

紫宴和阿晟戴著手銬，跟隨在洛蘭身後走過寬敞明亮的大廳。

迎賓機器人禮貌地打招呼：「您好！」

阿晟輕輕叫了聲「邵逸心」，紫宴順著他的目光看過去，發現全像螢幕上是「英仙葉玠生物基因製藥公司」的名字，他的表情終於有了一絲變化，眼中閃過詫異不解、高度戒備。

沿著密閉的通道，洛蘭帶著他們走過一重重警衛森嚴的金屬門，中間還經過一個圓柱形的密閉消毒室。

白色的噴霧從四面八方噴向他們，幫他們全身消毒，小型機器人仔細打掃清潔他們的鞋子，一個細菌都不放過。

紫宴和阿晟都表情凝重，腳步越來越沉重。

阿晟忍不住出聲問：「妳是要用我們做活體實驗嗎？」

洛蘭沉默地停住腳步。

過一會兒，她回過頭看著紫宴，「這也是你的猜想？認為我建立一個祕密實驗基地，研究針對異種的基因武器，現在要拿你們倆做活體實驗。」

紫宴冷冷反問：「難道不是嗎？」

洛蘭眼中掠過一絲苦澀，自嘲地說：「同樣是十年多的時間，駱尋讓你覺得她是天使，我卻讓你覺得是惡魔，看來我真應該檢討一下自己。」

紫宴盯著洛蘭，正想仔細分辨她的表情，洛蘭已經轉回身，沉默地繼續往前走。

＊　＊　＊

最後一道金屬門打開，眼前豁然開朗。

一個半圓形的寬敞屋子，像是中央監控室。四周是各式各樣的控制儀器，半圓形的弧形牆壁全部由玻璃建造，視線通透，能看到外面一望無際的生產線。

幾個穿著白色制服的研究員正坐在工作檯前緊張地工作，刺玫也在緊張地忙碌，全神貫注地盯著螢幕，核對密密麻麻的數據。

艾米兒坐在一張舒適的工作椅上，臉上寫滿「老娘好無聊」的憋悶，完全看不懂周圍的人在做什麼，只能幫自己編辮子玩。

她看到洛蘭進來，露出一副「謝天謝地妳終於來了」的表情。

洛蘭沒理會她，走到刺玫身邊，輕聲問：「怎麼樣？」

刺玫小聲向她彙報工作。

艾米兒不敢打擾她，只能自己找樂子。

她衝阿晟揮揮手，熱情地說：「好久不見。」

阿晟衝她緊張地笑笑，對紫宴小聲說：「我們好像誤會陛下了。」

艾米兒又衝紫宴笑著揮揮手，自來熟地說：「您一定是邵逸心，雖然從未見面，但久聞大名，念念不忘。」她指指自己的手腕，「它還為你們挨過一槍。」

紫宴聽不懂她說什麼。

艾米兒衝洛蘭努努嘴，張開拇指和食指，對準自己的手腕，比畫了一個開槍的動作。

紫宴更迷惑不解了。

這兩個女人明顯很熟稔親近，完全不像是一個會對另一個開槍的樣子，尤其還是為了他。

洛蘭突然揚聲問：「都準備好了嗎？」

所有研究員表情嚴肅，一個接一個高聲回答：「準備好了！」

每個人都專注地盯著自己工作檯上的螢幕，刺玫也坐在正中央的工作檯前，全神貫注地盯著工作螢幕。

洛蘭站在監控室最前面，隔著玻璃牆，望著嶄新的生產線。

本來就很安靜的監控室裡更加安靜了。

他們凝重的表情、嚴謹的態度，感染了紫宴、阿晟和艾米兒，雖然完全不知道他們在做什麼，卻不自覺地屏息靜氣，生怕打擾他們。

紫宴順著洛蘭的目光看出去——

寂靜中，那一條條生產線，一排排整齊劃一的機械臂，都閃爍著金屬特有的冰冷光澤，透著執著、堅定，像是一個個堅毅剛強的鐵血戰士正在列陣等候命令。

洛蘭下令：「開始！」

刺玫十指敲擊，在智腦中輸入指令。
中央智腦響起男女莫辨、沒有感情的機械聲：「生產啟動準備中，請檢測確認……」
隨著一道道指令，整條生產線像是一個龐然大物漸漸復活了，開始轟隆隆地運轉起來。一望無際的廠房裡，成百上千個機械臂做著整齊劃一的動作。
隨著流水線的轉動，在生產線終端出現了一個個密封好的注射劑。
機器人隨機抽取檢測，顯示檢測結果：合格。
質檢員人手隨機抽取檢測，顯示檢測結果：合格。

刺玫一直緊繃的臉終於鬆弛下來，如釋重負地露出了笑意，其他研究員也一臉疲憊喜悅的笑。
一直旁觀的艾米兒看不懂，關切地問：「是不是成功了？」
刺玫拿起一個機器人送來的注射劑，一邊驗看，一邊含著淚光點點頭。
「太好了，恭喜你們！」
艾米兒像個孩子一樣拍掌歡呼，但其實完全不明白什麼成功了，成功又意味著什麼。她只是看洛蘭和刺玫他們都十分緊張重視，覺得肯定很重要，就跟著一起開心。

刺玫端著實驗托盤，把批量製作成功的注射劑拿到洛蘭面前，給她驗看。
艾米兒好奇地問：「這種藥劑能治什麼病？」
「麥克。」洛蘭拿起一個注射劑，對站在角落的麥克招招手。
麥克立即走到洛蘭面前。
洛蘭指指他的手臂，示意他把袖子捲起來。

麥克毫不遲疑地照做。

洛蘭將一管注射藥劑注射到麥克體內，「你的基因病是由體內基因的先天缺陷引起，一個療程三針，連續治療十二個療程後，應該就能根除。」

麥克又驚又喜，激動得不敢相信地問：「不用做昂貴的基因修復手術就能好？」

艾米兒霍然站起，瞪著洛蘭，大聲問：「這到底是什麼藥？」

刺玫含著淚說：「它叫辟邪，可以修補先天基因缺陷，提高人類生育率，還可以讓異種基因和人類基因穩定融合，減少基因異變機率。」

艾米兒目瞪口呆。

紫宴也目瞪口呆。

阿晟因為做過洛蘭的實驗體，聯想到自己身體的變化，很快就明白了，驚喜地問刺玫：「妳的意思是這種藥劑能減少異種得基因病的機率。」

「是！」刺玫盯著紫宴，像是專門在說給他聽，「目前的研究數據證明，它的預防效果好於治療效果。如果能在異種年紀幼小時接種，能有效預防大部分基因病的病變，顯著減少病變機率，在成年後提高生育率。針對不同體能的人，適用的辟邪也不同，分為二階、四階、六階、九階。還有兩種不公開發售的天階和地階，專門提供給軍隊等特殊部門，可以消除A級體能以上的突發性異變。」

紫宴轉頭，看著忙忙碌碌、不停運轉的生產線。

刺玫的話一直不停地在耳畔迴響。

「……如果能在異種年紀幼小時接種，能有效預防大部分基因病的病變，顯著減少病變機率，在成年後提高生育率。針對不同體能的人，適用的辟邪也不同，分為二階、四階、六階、九階……專門提供給軍隊等特殊部門，可以消除A級體能以上的突發性異變……」

不知道是自己心臟突然急促跳動，引發了心臟病，還是情緒大起大伏，心理上太過震驚意外，他覺得頭暈目眩，眼前的一切變得很不真實，像是一個模糊的夢境。

艾米兒走到玻璃牆前，盯著忙碌運轉的生產線，臉部表情罕見地凝重。身為一名稱職的總理，她已經迅速想到無數種推廣方案，如何先爭取普通人的理解支持，再自然而然地普及到異種。

她喃喃低語：「一個新時代即將來臨！」

紫宴如聞驚雷，神志驟然清醒，真正意識到這種藥劑究竟意味著什麼。

一直以來，異種受到歧視的原因從根源上被徹底消除！異種變得和人類一樣了！

不但普通的基因病能治癒，連可怕的突發性異變也能治癒。每個攜帶異種基因的人類都和其他普通基因人類的病變機率一樣，他們也能正常生育、繁衍。縱然健康上仍然有些許問題，但誰的基因完美無缺呢？

即使因為異種基因影響，體貌上仍然會有異於常人的地方，但與之相伴的異能就像是老天給的饋贈，如同一個人既有不可忽視的缺點，也有不可忽視的優點。

紫宴相信，當人類對異種的偏見慢慢消除後，社會肯定能接受聽力靈敏的音樂家、六隻手的外科醫生、力量強大的戰士、視力敏銳的神槍手、長著翅膀的舞蹈家……

數萬年的認知、偏見，日積月累形成的社會價值觀肯定一時難以扭轉，根深柢固的政治體系也肯定短時間內難以改變，這個新時代的來臨肯定會有重重波折。

但是，曙光已現，烏雲再厚，又怎麼能阻擋太陽的升起？

紫宴盯著洛蘭。

洛蘭卻一眼都不看他，自顧自地忙碌著。

刺玫把一份註冊專利權的資料投影到洛蘭面前的螢幕上，「如果資料無誤，就可以提交申請，正式向全星際公布了。」

洛蘭看到主導研究者的一欄只寫著「英仙洛蘭」的名字，她打開虛擬鍵盤，修改填寫了另一個人的名字。

安文。

刺玫驚訝地說：「安教授？他不是奧丁聯邦的罪犯嗎？」

洛蘭說：「安教授的確是做了違禁實驗的罪犯，但不能因為他犯的罪，就否定他做的事。他是辟邪的主導開發者，耗費了一輩子的心血研究如何治癒異變，積累了大量翔實的數據和資料，我的研究吸收了他的研究成果才能成功。」

刺玫點點頭，表示明白了。

洛蘭看到參與研究者的名錄裡只有刺玫、英仙皇室基因研究所的研究員，以及幾個龍血兵團的基因研究員。

她命令：「蒐集所有曾經在安教授實驗室工作過的基因研究員，在參與研究者的名單中列明他們的名字。」

「是！」刺玫毫不遲疑地接受了命令，「只不過時間久遠，很多人都死了，而且是奧丁聯邦的事，需要耗費一些時間蒐集資料。」

紫宴忍不住出聲，說：「我可以提供。」

刺玫對紫宴禮貌地點點頭，客氣地說：「謝謝。」

紫宴語塞，難堪地轉過了頭。

他知道刺玫是真心道謝，但他覺得這聲「謝謝」更像是嘲諷。

毫無疑問，這項研究成果會震驚整個星際，洛蘭公正大度地讓異種的名字出現在研究者的名單裡，讓所有人能銘記異種為人類進步做出的貢獻。可他做了什麼？就在不久前，他竟然還認定洛蘭是想用他做活體實驗，研究消滅異種的基因武器。

刺玫又把一份吸血藤的資料投影到洛蘭面前的螢幕上，栩栩如生地浮現出吸血藤的全螢幕圖片和習性、屬性的文字資料。

刺玫說：「要向星際物種管理委員會報備新發現的物種吸血藤，如果資料無誤，我就提交上去了。」

洛蘭仔細瀏覽了一遍，在名字一欄將「吸血藤」刪去，錄入「尋昭藤」。

刺玫問：「名字叫尋昭藤？」

洛蘭說：「是，它的名字是尋昭藤！」

紫宴猛地回頭，眼睛一眨不眨地盯著洛蘭。

洛蘭面無表情，依舊像是什麼都不知道。

刺玫笑著說：「遲早有一天，它會成為星際中最有名的植物之一。尋昭藤的確比吸血藤好聽。」尋昭藤的提取物是辟邪的重要成分之一，它的名字肯定會載入教科書，刺玫當然希望有個更好聽的名字。

洛蘭沉默不言，只是抬起頭安靜地看著生產線。

從奧丁聯邦暴發第一例突發性異變開始，其實一切都不是偶然，而是一直以來的基因危機加劇了。基因危機，不僅僅是異種的危機，也是全人類的危機，沒有人能獨善其身。

尋，尋找。

昭，光明。

人類花費了漫漫四百多年的時間尋找光明。

從安教授的老師，到安教授、安教授的夫人、封林……一代又一代研究員，無數人的艱難跋涉，看似徒勞無功，可所有的努力、堅持、仁慈、智慧像涓涓細流般匯集到一起，最終凝聚成辟邪，為人類驅除災厄，帶來希望。

✷ ✷ ✷

突然，洛蘭的個人終端機響起奇怪的提示音，顯然是洛蘭設置了特別關注的號碼。

洛蘭立即走到一旁接聽。

林堅的聲音傳來，「左丘白向我遞交了書面文件，想要停戰投降。」

洛蘭愣住。

「陛下？」

「在。」

「看來陛下比我更意外。」

洛蘭沒有否認：「是，我非常意外。」

她想到了左丘白的各種反應，唯獨沒想到他會投降。

從某個角度來說，楚天清、楚墨他們才是最討厭憎惡人類的異種，寧願玉石俱焚，也不會向人類投降。洛蘭和左丘白接觸不多，不瞭解他，但洛蘭以為他會繼承楚天清和楚墨的遺志。

林堅說：「我們正在商討接受左丘白投降的方案，陛下有什麼意見？」

洛蘭說：「你先慢慢談判，我會立即趕去。」

洛蘭掛斷音訊，看向艾米兒。

「妳要離開了？」艾米兒不知道對方是誰，也沒有聽到對方說什麼，但聽到了洛蘭說「我會立即趕去」。

洛蘭說：「通知小朝和小夕，我要帶他們一起離開。」

「為什麼？」

洛蘭一本正經地說：「軍事機密，不能透露。」

艾米兒以為洛蘭在開玩笑，沒在意地撇撇嘴，發訊息給清越。

為了節省時間，她吩咐清越直接帶小朝和小夕乘飛船去戰艦，和洛蘭在戰艦上會合。

洛蘭指指阿晟，對艾米兒說：「他留在曲雲星。」

阿晟茫然地看看洛蘭，又看看艾米兒。

艾米兒張開雙臂，笑嘻嘻地對阿晟說：「歡迎！」

洛蘭率先向外走去，清初走到紫宴身邊，抬手做了個請的姿勢，「走吧！」

紫宴毫不遲疑地跟著清初往外走。

阿晟下意識地追著他們往外走，麥克和另一個隨扈攔住他。他掙扎著急切地叫：「我不想留在這裡，我要和你們一起。」

洛蘭停住腳步，回頭看向阿晟。

阿晟說：「帶上我！我現在已經是B級體能了，不會拖累你們。」

洛蘭說：「封小莞會來曲雲星，你在這裡等她。」

阿晟又驚又喜，「妳保證小莞會平安到曲雲星？」

「封小莞是英仙葉玠基因研究院的院長，我還指望著她好好幹活呢。」

阿晟喜笑顏開，「謝謝！」

洛蘭看著他。

阿晟又覺得她的目光異樣沉重，似乎在透過他凝視另一個人，飽含著悠悠歲月抹都抹不去的悲傷。

阿晟下意識地摸自己的臉。

洛蘭竟然對他笑了笑：「再見。」

她轉身離開，一步步遠去。

阿晟定定地看著她的背影，忽然後知後覺地發現自己像誰。

自從臉上的傷疤變淡，肌肉不再扭曲糾結後，他其實和千旭長得有七八分像。只不過，他沒有千旭舉手投足間的風采和氣度，所以看上去天差地別，連他自己也一直沒有意識到。

* * *

英仙二號太空母艦。

艙門打開，紫宴從被關押的艙房裡走出來。洛蘭看了眼隨扈，隨扈上前幫紫宴把手銬打開。

紫宴看著洛蘭。

洛蘭淡然地說：「你想知道我究竟想做什麼，很快就會知道了。」

洛蘭大步走著。

紫宴默默尾隨在後。

金屬門打開，清初領著兩個孩子在金屬門外等候。

洛蘭對兩個孩子介紹：「邵逸心叔叔。」

小朝和小夕禮貌地叫：「邵叔叔，您好！」

紫宴驚疑不定，不明白戰艦上為什麼會有兩個孩子。

洛蘭淡然地說：「我的女兒和兒子。」

紫宴滿臉震驚。

洛蘭卻似乎沒有再開口解釋的慾望。

紫宴腦子裡一團混亂，一會兒一個念頭。無數念頭飛掠而過，卻一個念頭都沒抓住。

他不停地打量兩個孩子。

兩個孩子第一次見到星際太空母艦，感覺兩隻眼睛完全不夠用，一邊走，一邊興奮地東張西望。

紫宴看了半晌也沒看出所以然。

洛蘭要清初和清越帶兩個孩子邊走邊看，慢慢來，她先去見林堅。

洛蘭對紫宴說：「你和清初待在一起，我見完林堅後，有事和你商量。」

紫宴忍不住問：「孩子的父親在哪裡？」

洛蘭笑了笑，什麼都沒說地離開了。

＊　＊　＊

洛蘭走進林堅的辦公室，林堅正在研究左丘白發來的投降方案。

洛蘭問：「左丘白真要投降？」

「千真萬確。」

洛蘭問：「什麼條件？」

「一、歸降阿爾帝國後，不能解除他的兵權，也不能拆分他的軍隊。二、只要我們保證物資補給，他願意率領軍隊為阿爾帝國駐守邊際星域。」

洛蘭思考了一會兒，發現相當於阿爾帝國重金為自己請一個專門執行危險任務的傭兵團。她能收服一支能征善戰的異種軍隊，左丘白則既能養得起士兵，又能為自己和手下的士兵保留尊嚴。

聽上去是一個對雙方都有利的提議。洛蘭問：「我們現在根本打不下北晨號，左丘白為什麼要投降？」

林堅回答：「三個原因。一、辰砂當上奧丁聯邦的執政官後，左丘白其實已經被奧丁聯邦驅逐，如果辰砂打贏了我們，肯定會派兵圍剿他。二、不管北晨號太空母艦多麼強悍，都需要物資和能源補給，左丘白肯定不想讓戰士跟著他做海盜，四處搶劫。三、左丘白和辰砂有仇，北晨號上的士兵和辰砂沒有仇，左丘白孤身一人，可以拋棄阿麗卡塔，北晨號上的士兵不可能拋棄自己的親人和家園。短時間內出於軍人的服從天性，他們會跟隨左丘白，但時間長了，他們肯定會渴望回到阿麗卡塔。」

洛蘭點點頭，「這也是辰砂不急著攻打北晨號的一個原因，他知道那些士兵的根在阿麗卡塔，如果左丘白一意孤行，他們遲早會放棄左丘白，主動聯絡辰砂，請求回家。」

林堅拍拍左丘白的投降方案，「左丘白是聰明人，他選擇投降，把利益最大化，是最正確的選擇。」

聽上去的確很合情合理，但……洛蘭問：「有沒有可能是詐降？」

「不像。」林堅指著投降方案說，「左丘白承諾，他會帶北晨號上的一半艦長來英仙二號太空母艦投降，登陸母艦時會提前解除所有武裝、配合檢查。」

洛蘭仔細看完左丘白的投降方案，的確非常有誠意，沒有任何問題。

如果北晨號太空母艦的一半將領解除武裝，進入英仙號太空母艦，在阿爾帝國的重兵控制下，不管北晨號太空母艦再裝備精良、兵力充足，都不可能鬧出什麼事。

但是，她總是隱隱地不放心。

林堅語重心長地說：「陛下，那是北晨號星際太空母艦！我們不可能拒絕北晨號星際太空母艦的投降。如果北晨號和英仙二號一起進駐奧丁星域，即使是辰砂，只怕也守不住阿麗卡塔星！如果我們不放心左丘白，可以不派他出征，單只是北晨號投降這個消息就已經可以嚴重打擊奧丁聯邦，瓦解他們的鬥志，更不要說潛在的威懾、長遠的戰略利益。」

洛蘭說：「我明白。」

正如林堅所說，那是北晨號星際太空母艦，某種意義上幾乎是奧丁聯邦的象徵，它的投降本就是阿爾帝國發動戰爭的目的，他們不可能拒絕。

林堅保證：「事關重大，我會非常謹慎小心，布置好每個環節。」

洛蘭說：「告訴左丘白我答應他的全部條件。」

既不能因為沒有根據的隱憂就拒絕左丘白的投降，又不能完全相信左丘白、安心接受他的投降，只能提高警覺，做好萬全的布置，走一步看一步。

＊　＊　＊

林堅和洛蘭說完正事，笑嘻嘻地說：「正事說完，聊點私事。我有個好消息告訴妳。」

洛蘭抬手做了一個邀請的姿勢，請他繼續。

「邵茄懷孕了。」

洛蘭面無表情地看著林堅。

林堅最近好像一直待在英仙二號太空母艦上。他和邵茄公主能實際見面的機會應該就是交換人質時。邵茄從左丘白手裡脫身後，好像在英仙二號太空母艦上待了半天，稍事休整後才返回奧米尼斯。

林堅衝她得意地眨眨眼睛，「從小到大，總是聽我爸嘮叨妳多麼多麼厲害，感覺一直跟在妳後面跑，總算有件事趕到妳前面了。」

洛蘭伸手，「給我一顆糖。」

林堅禁不住哈哈大笑，掏出一顆糖遞給洛蘭。

洛蘭慢條斯理地剝開糖紙，卻沒有自己吃，而是遞回給林堅。

林堅詫異地看著她。

洛蘭說：「我建議你先吃顆糖。」

林堅已經被洛蘭嚇出了心理陰影，立即高度戒備：「為什麼？妳想做什麼？」

「你先吃糖。」
林堅深呼吸，把糖塞到嘴裡。
洛蘭起身，走過去把艙門打開，對外面招招手。
小朝和小夕手牽著手走進來。
洛蘭對林堅介紹：「這是我的女兒和兒子。」
林堅看著小朝和小夕，如遭雷擊，一臉呆滯。
洛蘭對小朝和小夕說：「這是林堅元帥，媽媽的好朋友，你們叫林叔叔。」
「林叔叔好！」小朝和小夕禮貌地跟林堅打招呼。
林堅終於回過神來，咯嘣幾聲，把口裡的糖咬得爛碎。果然需要提前吃顆糖壓驚！
他結結巴巴地說：「你們……你們好！」
小朝噗哧笑了，「您不像是元帥，我以為元帥都很凶呢！」
林堅瞪著洛蘭。
洛蘭抱歉地聳聳肩，毫無愧疚地說：「我覺得林叔叔的優良傳統要繼續。你可以向你的孩子繼續說『在你這個年齡，陛下的女兒、兒子已經會做這個、做那個了』。」
林堅實在難以控制胸中的一口惡氣，狠狠瞪了洛蘭一眼，轉頭對小朝和小夕笑瞇瞇地說：「你們叫什麼名字？」
「小朝。」
「小夕。」
林堅看洛蘭。

洛蘭走到兩個孩子中間，一手摟住一個孩子的肩膀，平靜地說：「小朝是姊姊，英仙辰朝。小夕是弟弟，英仙辰夕。」

林堅表情驟變，嚴肅地盯著洛蘭。

女皇陛下身為英仙皇室的成員，現任阿爾帝國的皇帝，應該很清楚自己剛才說的話意味著什麼。只要兩個孩子以「英仙」為姓氏，就是皇帝承認了他們的皇室血脈。身為女皇的女兒和兒子，英仙辰朝和英仙辰夕就是阿爾帝國皇位的第一順位繼承人和第二順位繼承人。

女皇陛下也應該很清楚英仙皇室對皇室成員的命名規矩，前面是父母姓氏的組合，後面是名。英仙為母姓，辰則應該是父姓，緊隨其後的才是名。

林堅幾乎屏息靜氣地問：「辰，哪個辰？」

「辰砂的辰。」

林堅跌坐在沙發上，手哆哆嗦嗦地從口袋裡摸出一顆糖果，一言不發地塞進嘴裡。他自小被誇定力非凡，可自從遇到英仙洛蘭，一切誇獎都變成了浮雲。

＊　＊　＊

小朝和小夕其實也是第一次聽到自己真正的名字。

在曲雲星時，他們是跟著艾米兒阿姨的姓氏，叫艾小朝和艾小夕。

只是一個名字而已，這位元帥叔叔有必要這麼面無血色、魂飛魄散嗎？

小朝和小夕都很替媽媽擔憂。這樣的元帥好像很不可靠啊！

洛蘭摟著孩子走到窗邊，小聲說：「媽媽出了個大難題給林叔叔，叔叔要認真思考一下。」

「什麼難題？」

「媽媽想要公布你們的身分，需要叔叔的支持。」

「媽媽要告訴所有人我們是媽媽的孩子？」

「對。」洛蘭揉揉兩個孩子的頭，「媽媽是皇帝，如果正式公布你們的身分，就相當於同時確認了你們對皇位的繼承權。」

「哦——」小朝明白了。

清越老師講過英仙皇室的事，他們的皇帝必須是純種基因的人類，她和小夕卻不是。

小夕弄明白緣由後就不再感興趣，專注地看著母艦外面時不時飛過的戰機，仔細地觀察它們的飛行動作。

小朝卻端坐在安全椅上，挺著背脊，眼巴巴地看著林堅，眼睛忽閃忽閃的，十分惹人憐愛。

林堅想忽視都忽視不了。

他對小朝笑笑，溫和地說：「你們先出去玩一會兒，叔叔和你們媽媽商量點事情。」

洛蘭說：「讓他們留下。葉玠從三歲起就開始學習承擔自己的責任，他們現在開始不算早。」

林堅嘆氣，看來女皇已經下定決心。

「尊敬的女皇陛下，您在用您的皇位冒險，他們……他們……」

「他們攜帶異種基因，英仙皇室規定只有純種基因的人類才能繼承皇位。」

林堅一臉無奈地看著洛蘭。您什麼都知道，卻偏偏要和上萬年的規矩作對！

洛蘭說：「小時候，我父親講過一個故事給我聽。很久很久以前，我們的始祖，地球上的人類相信地球是宇宙的中心，認為太陽繞著地球轉動，後來有一個科學家提出異議，認為不是太陽繞著地球轉，而是地球繞著太陽轉，當時的人們認為他錯了，把他燒死。從過去到現在，人類的進步一直就是在不斷地打破原本的認知和規定中艱難前進。」

林堅沉默無言。

洛蘭說：「你有沒有留意到英仙皇室已經六七百年沒有出過2A級體能的人了？除了我哥哥英仙葉玠。」

「不只英仙皇室，還有我們家，我是這幾百年來唯一一個2A級體能者。我曾經暗自思索過原因，肯定不是我比別人天賦更高、更勤奮，應該是和葉玠陛下的訓練方法，以及他給我的輔助藥劑有關。」

「你的猜測沒有錯。那些藥劑成本昂貴，即使是皇族，也只能偶爾為之。」

林堅明白了洛蘭沒有說出口的話，他們的基因的確是越來越弱。

洛蘭說：「從漫長的生物進化史來看，異變不是危機，而是契機，甚至是危險中的唯一生機。當我們畫地為牢，做出人為的生殖隔離，以為自己在遠離危險時，其實正在扼殺我們的生機。」

理智上，林堅已經完全接受洛蘭的說法，但自小到大的教育，使他感情上依舊無法順理成章地接受。他盯著小朝，一個攜帶異種基因的皇帝，一個異種皇帝？怎麼可能？

洛蘭輕聲說：「小朝不是阿爾帝國第一位攜帶異種基因的皇帝。」

林堅霍然站起，滿臉驚駭地瞪著洛蘭。

不可能是英仙洛蘭！她當眾接受過基因檢測，她的基因完美無瑕。那麼……那麼就是……

洛蘭的眼睛中有無盡的悲哀，「我的哥哥，英仙葉玠。」

林堅對英仙葉玠的感情非同一般。

父親去世後，他一直跟在葉玠身邊，葉玠引導他成長，教導他為人處世。在他心中，葉玠不僅僅是雄才偉略的皇帝，還是一位悉心栽培他的兄長。他們亦師亦友，沒有葉玠，就沒有今日的林堅。

林堅結結巴巴地說：「所以葉玠陛下的病……病……」

洛蘭點點頭，「哥哥在奧丁聯邦遭遇暗殺，差點死亡，為了救活他，安教授在我同意的情況下幫哥哥做了基因編輯手術，引入異種基因。」

林堅覺得脖子上像是勒了一條繩子，喘息都艱難，忍不住解開軍服最上面的兩顆扣子。

原來，從奧丁聯邦回來的英仙葉玠已經攜帶異種基因，也就是說，從他跟隨葉玠陛下的那一刻起，葉玠陛下已經是攜帶異種基因的人類。幾十年來，他認識、瞭解、尊敬、愛戴的英仙葉玠一直是一位異種。

洛蘭問：「我哥哥治理阿爾帝國四十多年，你一直跟隨在他身邊，親眼見證了他的所作所為，你覺得他是好皇帝，還是壞皇帝？」

林堅毫不遲疑地說：「好皇帝！」

洛蘭看著林堅，堅定地說：「你可以因為英仙辰朝殘暴無能、昏庸軟弱、任性胡為否定她的繼承權，但絕不能因為她的基因否定她！」

林堅想到自己追隨英仙葉玠四十多年，已經效忠過一位攜帶異種基因的皇帝，原來自己早已打破禁忌，忽然覺得一切並沒有那麼難以接受。

所有規矩都是人建立的，既然是人建立的，那麼人就可以打破！

林堅走過去，對小朝和小夕彎身鞠躬，翩翩有禮地說：「兩位殿下，很高興今天認識你們。」

小朝和他握了握手，微笑著說：「謝謝林叔叔。」

小夕學著姊姊的樣子也和他握了握手，「謝謝林叔叔。」

林堅遙想父親當年看著葉玠和洛蘭的心情，百感交集。他轉過頭對洛蘭半開玩笑地說：「感謝陛下給了我青史留名的機會。」

洛蘭說：「感謝你願意青史留名。」

林堅生在權力中心，長在權力中心，他很清楚洛蘭的決定意味著什麼，但他願意披荊斬棘，冒著危險推動變革。

林堅笑著伸出手，洛蘭也微笑著伸出手，兩人一拍即合，緊緊地握住彼此的手。

林堅第一次見洛蘭時，已經約略猜到葉玠的打算，知道自己和洛蘭會握住彼此的手，但絕沒想到會是這樣的握手方式。真走到這一步，他覺得這才是最好的方式——為了一個更好的世界，並肩而戰！

林堅說：「我會有技巧地先和叔叔溝通一下，無論如何，我一定會爭取到林家的支持。」

洛蘭說：「我盡可能早日解決奧丁聯邦，終止異種和人類的戰爭，讓星際和平。」

林堅調侃：「看來陛下豢養的奴隸仍然活著。」

辰砂已經執掌奧丁聯邦，完全可以立即發動反攻。以辰砂的指揮能力，阿爾帝國的艦隊又是他親手訓練出來的，林樓將軍他們全軍覆滅都有可能。只要前線慘敗，洛蘭的皇位肯定會受到衝擊，甚至有生命危險。但是，辰砂沒有這麼做，反而給了一個月的時間讓洛蘭撤兵。

林堅之前一直百思不得其解辰砂為什麼不立即發兵，現在明白了，原來是心有牽絆。難怪當年他和洛蘭訂婚時，小角看他的眼神充滿攻擊性。

洛蘭笑了笑，落落大方地說：「是，小角還活著！」

雖然辰砂不肯承認小角就是他，但洛蘭已經明白，他們倆因為特殊的身分、肩上的責任，都不敢放縱私人感情、輕易付出信任，可在咄咄逼人的言辭下，辰砂一直手下留情，給了她轉圜餘地。

林堅看著兩個孩子，忽然對未來充滿希望。

日升為朝、日落為夕。朝朝夕夕，明暗交替、黑白共存，才是世界的秩序。

也許，在他們有生之年，就能親眼看到人類和異種綿延了數萬年的紛爭終於可以真正結束，開啟一個新的時代。

＊＊＊

洛蘭帶著兩個孩子回到艙房。

清初、清越和紫宴安靜地坐在會客廳裡等候。

洛蘭坐到紫宴對面，開門見山地說：「你想知道什麼，問吧！」

紫宴看向小朝和小夕。

洛蘭說：「告訴叔叔你們的名字。」

小朝甜甜一笑：「我叫英仙辰朝。」

小夕淡然地說：「我叫英仙辰夕。」

所有人都知道英仙皇室的規矩，每個皇室成員的姓名都是先父母姓氏疊加，再是自己的名字。

紫宴當然也很清楚，他目光發直，盯著兩個孩子看了半晌，才艱難地看向洛蘭。

洛蘭沒理會他，對小朝和小夕說：「我之前給你們聽了爸爸唱的歌，看了爸爸的照片，但一直沒有告訴你們他的名字。」

小朝立即問：「爸爸叫什麼？」

「辰砂。」

小朝和小夕雖然可以使用星網，但只能收看兒童類節目，不能收看時事新聞，尤其辰砂回到奧丁聯邦後，洛蘭更是叮囑艾米兒，禁止他們收看任何有關奧丁聯邦的新聞。兩個孩子對「辰砂」二字沒有任何特別的感覺。

小朝期待地問：「媽媽不是說爸爸在戰艦上嗎？我們是不是很快就能見到他了？」

洛蘭說：「你們的爸爸是在戰艦上，但不是阿爾帝國的戰艦。他在奧丁聯邦的戰艦上。」

小朝和小夕相視一眼，面面相覷。

雖然他們不瞭解奧丁聯邦，但知道奧丁聯邦一直在和阿爾帝國打仗。

小夕問：「為什麼爸爸在奧丁聯邦的戰艦上？」

「因為他是奧丁聯邦的執政官。」

小夕想起了啤梨多星街頭，父親決然轉身離去的身影，「你們是敵人？」

「某個層面，是！」洛蘭覺得解釋起來太複雜，不如索性給他們看事實。

她打開個人終端機，將一個政事評論節目播放給兩個孩子看。

幾位主持人侃侃而談。

「……辰砂發動軍事政變，以鐵血手段除掉前任執政官楚墨，成為奧丁聯邦的新任執政官。」

「奧丁聯邦政府現在不接受任何採訪，但根據執政官辰砂目前的行事態度，他對阿爾帝國依舊十分強硬，要求阿爾帝國的女皇盡快退兵，停止繼續侵略奧丁聯邦的行為……」

因為沒有辰砂的近期影片，螢幕上播放的是很多年前辰砂在北晨號上的閱兵畫面。他穿著軍裝，目光堅毅、一身冷冽，猶如一把出鞘的利劍，正打算隨時給阿爾帝國致命一擊。

畫面切換，變成了阿爾帝國的皇帝英仙洛蘭，也是一段舊影片。

洛蘭頭戴皇冠，身穿華服，正在發表公開談話。

「……阿麗卡塔星屬於阿爾帝國，是阿爾帝國星圖中的一顆星球。阿爾帝國允許異種在上面生存，沒允許他們獨立建國。可是七百年前，異種悍然發動戰爭，把阿麗卡塔星據為己有。七百年後的今天，我宣布，阿麗卡塔星一定會再次回到阿爾帝國的星圖中……」

小朝和小夕覺得螢幕上的父母非常陌生。

在那一刻，他們不是小朝和小夕的父母，甚至都不是他們自己，他們只是代表著奧丁聯邦和阿爾帝國兩個星國的符號，分別象徵著異種和人類。

主持人評論說：「女皇陛下態度強硬，不可能撤兵，執政官辰砂也態度強硬，不可能投降，看來奧丁星域的戰役會持續升級，不死不休……」

小朝猛地揮了下手，關掉新聞。

她問洛蘭：「你們一定要像新聞上說的那樣決一死戰，至死方休嗎？」

「阿麗卡塔星必須回歸阿爾帝國。」

「為什麼？」不是小朝和小夕在問，而是紫宴在問。

洛蘭說：「異種是人類的一部分，必須融入整個人類社會。我知道奧丁聯邦是無數異種用自己的血肉鑄成的家園，它是保護異種的城牆，但也是拘禁異種的牢籠，阻止外面的人和異種居住融合、交配繁衍。」

紫宴的表情異樣平靜，聲音像是沒有絲毫感情的智腦：「打破城牆後，異種的生活是什麼樣子？」

「歧視不可能很快改變，還會繼續存在；不公平的待遇也沒辦法短時間內消失，還會繼續存在。異種的生活有可能比城牆存在時艱辛，但如果這堵城牆不推倒，異種勢必會繼續躲在裡面。推倒了城牆，他們必須面對歧視和不公，但他們可以反對歧視、爭取公平，經過一代代人努力後，他們可以改變歧視和不公的制度，重新塑造社會價值觀，讓自己成為人類必不可少的一部分。」

紫宴定定地看著洛蘭。

如果四十個小時前，有人和他說這樣的話，他一定當她是瘋子，毫不留情地譏諷回去。但現在，他看到了曲雲星生產藥劑的工廠，知道了曲雲星不但有一個以英仙葉玠命名的基因醫院，還有一個以英仙葉玠命名的基因研究院，他的想法變了。

英仙葉玠攜帶異種基因，是一個祕密，但洛蘭顯然沒打算讓它變成被滾滾歷史長河吞噬的祕密。

他看懂了洛蘭的企圖——

雖然英仙葉玠英年早逝，但是，洛蘭要世人永遠銘記英仙葉玠。他不僅僅是一個好皇帝，還是一個推動歷史進程的偉大皇帝。他不僅僅是人類的皇帝，還是異種的皇帝！

紫宴終於明白，洛蘭是瘋子！比他所能想到的更加瘋狂！但她是朝著光明奔跑的瘋子！像是那個古老神話傳說中追逐太陽的巨人，不顧一切、執著堅定，即使踏著熾熱的火焰，忍受烈火灼身的劇痛，也絕不放棄。

他們站在人類進化的十字路口，身處一個矛盾激烈、戰爭迭起的動蕩時代，最終不管是異種勝利，還是人類勝利，其實都是慘敗。

也許，只有洛蘭這樣的瘋子才能抓住那無限變化中稍縱即逝的一線生機。

萬事萬物，不塞不流，不止不行，不破不立！

紫宴突然站起，說：「我願意去奧丁聯邦，說服辰砂投降。」

洛蘭意外地看著紫宴。

紫宴平靜坦誠地看著洛蘭。

洛蘭突然笑了笑，說：「我想拜託你做另一件事。有個人比你更適合去見辰砂，說服他投降。」

紫宴實在想不出還有誰會比他更適合去遊說辰砂投降。他以為洛蘭依舊不信任他，認為是他的脫身之計，但經歷過小角的欺騙，她不相信很正常。

紫宴緩緩坐下，問：「什麼事？」

洛蘭說：「請留在奧米尼斯！我需要一個人幫我治理未來的阿爾帝國。他必須既非常瞭解阿麗卡塔，也非常瞭解奧米尼斯，必須機智靈活、能言善辯、手段圓滑、善於均衡各方利益，除了你，再沒有第二人選。還有，小朝將會在奧米尼斯星長大，她是皇位的第一順位繼承人，未來的皇帝，我希望她不僅僅瞭解人類，還能瞭解異種，你能做她的老師嗎？」

紫宴愣了一愣，看向小朝。

英仙辰朝，看來洛蘭要讓世人知道英仙皇室不僅已經有了一位異種皇帝，還將會有第二位異種皇帝。

紫宴冷靜地問：「能成功嗎？」英仙葉玠的事已經既成事實，英仙辰朝卻意味著顛覆性的變革。

洛蘭平靜地說：「林家站在我這邊，我已經有了至少一半軍隊的支持。只要奧丁星域的戰役勝利，阿爾帝國成功收復阿麗卡塔星，我會成為英仙皇室千年來最受民眾愛戴和擁護的皇帝，再加上辰砂和你的保駕護航，我相信我可以做到！」

紫宴盯著洛蘭。

洛蘭問：「你願意留在奧米尼斯星嗎？」

「好。」

紫宴從沒想過自己有朝一日會心甘情願地留在奧米尼斯，但是當一切發生時，他自然而然地就做出了選擇。

洛蘭看向小朝。

小朝站起來，對紫宴恭敬地鞠躬行禮：「謝謝老師。」

紫宴意識到自己又一次誤會了洛蘭，立即改變自己揣度人心、多思多疑的習慣，開門見山地問：「妳剛才說有另外一個人更適合去遊說辰砂，誰？」

洛蘭一本正經地抬起手，做了個介紹的姿勢，指著小夕說：「英仙辰夕。」

小夕十分意外，紫宴也十分意外。

過一會兒，紫宴又忍不住想笑。英仙辰夕的確比他更適合！甚至可以說這個世界上再沒有比英仙辰夕更適合的人了！

英仙洛蘭果然是個心狠手辣的角色，能利用一切可利用的人，包括她自己的親生兒子。紫宴實在想像不出辰砂看到阿爾帝國的談判使者是英仙辰夕時的表情。

洛蘭看著小夕，柔聲問：「可以幫媽媽這個忙嗎？」

小夕無奈地問：「我見到他該說什麼？」

「請他終止戰爭，同意阿麗卡塔星回歸阿爾帝國，成為阿爾帝國的附屬星。做為交換，我允許阿麗卡塔星保留軍隊，但軍隊必須宣誓效忠皇帝。至於自治權有多少，自治政府怎麼運行，只要在阿麗卡塔星屬於阿爾帝國的前提下，一切都可以談。」

「媽媽覺得……爸爸真的會投降？」

洛蘭摟住小朝，一本正經地說：「我還有他女兒做人質呢！他肯定會認真考慮。」

小朝和小夕啼笑皆非。

「好，我去見爸爸。」小夕同意了。

「好好休息，等你們睡醒了，小夕就出發。小朝如果有什麼話想告訴父親，可以錄製影片讓小夕轉交。」

清初和清越帶著小朝和小夕離開了。

洛蘭打開酒櫃，倒了兩杯酒，遞給紫宴一杯。

紫宴接過酒，「妳不是戒酒了嗎？」

洛蘭喝了口酒，凝望著星空淡然地說：「人類終身都在和自己的慾望搏鬥，時而妥協，時而克服，現在是我的妥協退讓期。」

紫宴想問她為什麼最終會用尋昭藤的名字，但話到嘴邊，又吞了回去。

他沉默地坐到洛蘭身旁，看向觀景窗外。

星河浩瀚、星光璀璨。

既是黑暗，也是黎明。

一句話清晰地浮現在心頭——

這是最好的時代，這是最壞的時代；這是智慧的時代，這是愚蠢的時代；這是信任的時代，這是懷疑的時代；這是光明的季節，這是黑暗的季節；這是希望的春天，這是絕望的冬天；我們面前應有盡有，我們面前一無所有；我們都將直奔天堂，我們都將直奔地獄。

Chapter 22

# 新希望

星空靜謐美麗、神祕永恆。
無限包容，無限耐心。
只要你給予注視，它就回饋你璀璨，從不會令你失望。

清初以女皇辦公室的官方途徑聯絡奧丁聯邦政府，表示女皇陛下想派出使者團，面對面地和執政官辰砂閣下商議停戰。

提議層層彙報後，奧丁聯邦派來和清初商談的人是宿二。

宿二按照流程詢問：「使者團的人數？」

清初說：「兩位。」

宿二懷疑自己聽錯了，「兩位？」

清初肯定地說：「兩位。我和女皇陛下的特使。」

宿二忍不住問：「夠嗎？」

清初說：「女皇陛下對停戰非常有誠意，派我們來是溝通，不是打仗，兩位已經足夠。」

兩個人單獨來阿麗卡塔星，其中一位還是幾乎無戰鬥力的清初，簡直就是孤身入險境。如果不是傻大膽，就是真的非常有誠意。看來阿爾帝國很有可能撤兵。宿二心中振奮，立即把事情彙報給辰砂。

辰砂聽到阿爾帝國的兩人使者團也有點意外，同意會面。

議定見面時間後，清初帶小夕乘坐戰艦離開英仙二號太空母艦，往奧丁星域去。

洛蘭帶著小朝去送行，把兩個禮盒交給小夕，要他帶給辰砂。

小夕雖然好奇禮物盒裡裝什麼，但沒有多問。

洛蘭說：「不要有壓力，爸爸問你什麼，你實話實說就好。你爸爸知道該怎麼處理，他如果有疑問，會直接聯絡我。」

小夕點點頭，問：「我必須叫他爸爸嗎？」

洛蘭溫和地說：「想叫就叫，不想叫不用勉強。阿爾帝國和奧丁聯邦停不停戰，和你叫不叫他爸爸沒有關係。」

小夕暗暗鬆了口氣，小朝衝他做鬼臉。

洛蘭看時間到了，彎下身抱住小夕，在他耳邊輕聲說：「別緊張，你爸爸是個好人，會和媽媽一樣愛你們。」

小夕抿了抿嘴唇，什麼都沒說。小朝衝他握握拳頭，示意他加油。

洛蘭和紫宴、小朝離開戰艦，目送戰艦啟動，飛出太空母艦。

小朝握住洛蘭的手，笑嘻嘻地問：「媽媽，妳的禮盒裡面裝著什麼？」

洛蘭裝沒聽見，嚴肅地說：「我還要和林堅元帥開個會，等事情處理完，我們就回奧米尼斯星。妳必須在回去之前，把皇室成員和內閣成員的名字和職責都記住。」

小朝吐吐舌頭，放開洛蘭的手，拽拽紫宴的衣袖，「老師。」

紫宴不是第一次接觸孩子，前有紫姍，後有封小莞，但他對她們沒有任何要求，健康平安地長大就好，可英仙辰朝不一樣。她是阿爾帝國未來的女皇，人類和異種共同的希望，一個新時代的象徵，只是健康長大還遠遠不夠。

紫宴握住小朝的手，溫和地說：「去上課吧！」

✷　✷　✷

洛蘭乘坐交通車，趕到林堅辦公室。

林堅向她彙報，已經和左丘白商定好受降儀式的時間。

屆時，左丘白會率領北晨號太空母艦上的高層將領來英仙號太空母艦簽訂投降協議。

英仙號太空母艦已經開始部署一切，既是為了受降儀式順利舉行，也是為了提防突發性意外。

林堅知道洛蘭對這件事一直很掛慮，向她詳細解說英仙二號的軍事防衛布置。

「北晨號停泊在這裡，英仙二號停泊在這裡。」林堅用手指點點星圖，示意兩艘太空母艦距離遙遠，幾乎隔著大半個星域，有足夠時間應付任何突發性意外，「不管怎麼樣，都不可能出問題。就算北晨號想效仿當年南昭號採取自毀式撞擊都不可能，唯一的空間躍遷點在我們的控制區域，我們一旦發現對方有異動，保證可以安全撤離。」

林堅又詳細解說了一遍受降儀式的流程。

左丘白會乘坐一艘小型戰艦離開北晨號，帶著幾十名將領來英仙二號，戰艦上的隨扈不超過兩百人。左丘白的小型戰艦會停泊在北晨號的七號港，接受嚴格檢查，確保他們沒有攜帶大型殺傷性武器。

只有確認左丘白他們沒有攜帶大型殺傷性武器後，七號港的通道才會打開，允許左丘白和幾十名將領，以及部分隨扈進入太空母艦的中央區。

洛蘭問：「如果有呢？」

林堅要智腦進行模擬演示。

檢查由經驗豐富的軍人和機器人共同執行，保證沒有任何遺漏。

一旦發現有殺傷性武器，智腦會立即得到消息，採取緊急措施，封閉七號港。

林堅說：「七號港是移動港口，可以和母艦脫離，還有特殊的自毀程序，保證母艦不受波及。」

洛蘭沉默地看著模擬演示中港口脫離爆炸的畫面。

林堅說：「當然，戰場上沒有萬無一失的策略，不過，左丘白那邊只是一艘小型戰艦，整個英仙號太空母艦上有大大小小幾百艘戰艦；左丘白那邊只有兩百多人，整個英仙號太空母艦上兵力有四十多萬。只要我們小心謹慎，一切都可控。」

洛蘭仔細分析，發現的確不可能有任何意外。

左丘白和這麼多高級將領都在英仙二號太空母艦上，林堅一聲令下就可以將他們全部誅殺。北晨號再厲害，如果失去了將領，就是一艘死物，只能等待被收繳。

林堅說：「妳放心回奧米尼斯吧！小朝和小夕的事一旦公布，肯定會掀起軒然大波，妳還要花心思仔細部署。左丘白我會謹慎處理。」

「好。」洛蘭同意了。

既然方方面面能考慮的都考慮了，剩下的只能邊走邊看。林堅做事向來謹慎穩妥，即使有什麼問題，他也會妥善解決。

✷ ✷ ✷

洛蘭乘坐交通車，離開林堅的辦公室，往自己的戰艦去。

經過開闊的訓練場時，很多士兵正在訓練場上訓練，有的在負重鍛鍊，有的在互相搏擊，時不時傳來一聲又一聲的吶喊聲和嘶吼聲。

洛蘭想起上次她離開時的情景。

也是坐著交通車，經過訓練場時，小角急急忙忙追上來，她在後照鏡裡看見他，命令隨扈停車。他們站在訓練場邊說話，小角突然摟住她，不顧她的掙扎，強行吻了她……

洛蘭下意識地摸摸自己的嘴唇。

那一瞬間，她感受到的感情澎湃熾熱，並不是偽裝。

大概辰砂也很清楚，她並不是一個容易上當受騙的人，想要騙過她，必須拿出真情實意。

可是，他是辰砂，她是洛蘭，辰砂怎麼做到的？

辰砂愛的是駱尋，小角愛的是洛蘭。

那一刻，辰砂是把自己的感覺完全封閉了，只當自己是小角，還是催眠自己，把她當成駱尋？

真的？假的？

是耶？非耶？

即使真是一枕黃粱，南柯一夢，夢醒後也不是了無痕跡。

洛蘭記得，這兩個故事裡的主人公都因為一個夢改變了本來的人生選擇，更何況他們這並不是夢。

她用了五十多年，才真正接受駱尋也是她生命的一部分，駱尋就是她，她就是駱尋。

辰砂需要多久才能明白小角就是他自己？

洛蘭不是等不起，只是，他們倆身分特殊，任何一個決定都不僅僅關係他們自身，任何一個決定也不可能只考慮自身。

所以，她只能利用一切可以利用的，逼迫辰砂承認自己是小角，接受她就是駱尋。

讓小夕轉交給辰砂的兩個禮盒，一個禮盒裡裝著洛蘭做的薑餅，上面寫著「洛洛愛小角」，一個禮盒裡裝著駱尋做的玫瑰醬，是按照辰砂媽媽留下的食譜做的。

不管是駱尋，還是洛蘭，都是她。

就如同，不管是小角，還是辰砂，也都是他。

＊＊＊

交通車到達戰艦。

洛蘭登上戰艦，看到紫宴和小朝已經在戰艦上等她。

她對譚孜遙說：「回奧米尼斯。」

艦長啟動戰艦，太空母艦打開，戰艦起飛。

洛蘭坐在觀景窗前，凝視著窗外的星空。

紫宴幫小朝上完課，走到洛蘭身後，凝視著她獨自靜坐的背影。

第一次，他發現，洛蘭十分喜歡眺望星空，總是獨自一人面朝夜色，留下背影給別人。

紫宴靜靜看了一會兒，準備悄無聲息地離去。

他可以和駱尋像朋友般相處，可以和英仙洛蘭像敵人般相處，但現在他不知道眼前的女人究竟是誰，不知道該怎麼面對她。

洛蘭的聲音突然響起：「小朝好教嗎？」

紫宴停住腳步，「她很聰明，幾乎過目不忘。」

洛蘭說：「她不是幾乎過目不忘，而是就算過目不忘，她在你面前也會有所保留。」

紫宴禁不住笑起來。小小年紀已經懂得收斂鋒芒，不是壞事。

洛蘭說：「小朝喜歡笑、嘴巴甜，似乎和誰都處得來，實際上並不容易交心，都不知道究竟像誰。」

紫宴沒說話，腦海裡卻浮現出駱尋的樣子。

洛蘭說：「對異種的排斥歧視不是一朝一夕形成，也不可能一朝一夕解決，打破可以用暴力，重建卻必須依靠法律和秩序一步步慢慢來。」

「我明白。」

洛蘭站起來，轉身看著紫宴：「辰砂說楚墨臨死時炸毀了實驗室，紫姍一直被關在實驗室裡，應該已經遇難……我很抱歉。」

紫宴沉默不言，眼內滿是哀傷。

洛蘭說：「紫姍在阿麗卡塔孤兒院長大，為了表示我個人對紫姍的感激，英仙葉玠生物基因製藥公司將以紫姍的名義，每年免費提供辟邪藥劑給阿麗卡塔孤兒院的所有孩子。」

「謝謝。」

「是我們所有人類應該向她說謝謝。」

紫宴盯著眼前陌生又熟悉的洛蘭。

當他看到曲雲星的一切，已經明白他錯了！

駱尋的記憶一直存在，雖然英仙洛蘭表面上一直在否認、抗拒，但實際上，她的每一個重要決定，都受到駱尋的影響。

只不過，她畢竟是英仙洛蘭！

所以，她並不像駱尋一樣只是簡單地接受異種，而是努力克服重重阻力，要改變這個世界。

——攻打奧丁聯邦，收復阿麗卡塔星，重新劃分星際政治格局，徹底改變異種和人類的對抗、隔離。

——支持艾米兒開發曲雲星，保護艾米兒的一系列改革，讓異種和人類共存。

——建立英仙葉玠基因研究院、基因醫院、生物基因製藥公司，扶植新的政治經濟文化中心，讓全星際看到異種和人類和平相處的成功案例。

紫宴已經可以預見曲雲星的蓬勃發展、欣欣向榮，如果故步自封的奧米尼斯和阿麗卡塔不改變，那麼也許再過幾百年，曲雲星就會是星際的中心。

……

其實，洛蘭的所作所為早洩露了她的所思所想。

因為記得駱尋在阿麗卡塔星的經歷，因為記得辛洛在曲雲星的經歷，她很清楚異種需要什麼，所以一直在堅定地改變。

——她讓封小莞進入英仙皇室的基因研究所工作學習。

——讓小角進入阿爾帝國的軍隊指揮戰役。

——高薪聘請邵逸心做皇帝的祕書，協助處理阿爾帝國的政事。

洛蘭當上皇帝後，從未歧視異種，只不過她聰明地沒有宣之於口去公開挑戰大部分人的原有價值觀，而是利用自己的權勢默默做改變和突破，讓周圍的人不知不覺去認可異種。

清初、林堅、譚孜遙、刺玫……在洛蘭的影響下，早已把攜帶異種基因的他們看作尋常的工作夥伴。

紫宴苦笑，這麼多明顯的舉動，他卻視而不見，固執地把洛蘭當作敵人。

身為訓練有素的間諜頭目，明明他應該比誰都明白，瞭解一個人不應該看他說了什麼，而是應該看他沒有說的是什麼。

但是，他在英仙洛蘭面前變成了盲人，不僅沒有體諒她一步步走來的艱難，反而在她承受巨大壓力時，一次又一次地傷害她。

紫宴心中五味雜陳，剛想開口說什麼，譚孜遙匆匆走進來，對洛蘭敬禮彙報：「戰艦收到奇怪的訊號。」

洛蘭挑了挑眉，感興趣地說：「去看看吧。」便朝控制室走去。

紫宴本來沒有跟隨，第一反應是那是阿爾帝國的事，和他無關，但過一會兒，他意識到他又在慣性犯錯，從現在開始這就是他的星國，戰艦上有他要守護的人，一切都和他息息相關。

他匆匆追上去，譚孜遙回頭看了他一眼，微微一笑，什麼都沒說。

＊　＊　＊

三個人走進主控室。

一個通訊兵站起來，為洛蘭播放監測到的訊號。

伴隨著螢幕上高低起伏的波紋，傳來「嘀嘀嘀」、「嗒嗒嗒」、「嘀嘀嘀」的聲音，循環往復，不停重覆。

通訊兵說：「訊號只持續幾分鐘就消失了，像是有人在惡作劇。」

紫宴說：「這是摩斯電碼，一種已經淘汰的求救訊號，查查訊號來源。」

洛蘭深深地看了眼紫宴，對通訊兵說：「他是我的祕書長邵逸心。」

通訊兵啪一聲對紫宴敬了個禮，彙報說：「已經追查過，是這裡。就是因為訊號來源地很特殊，所以我立即向長官彙報。」

通訊兵指著星圖上的一個圓點。

譚孜遙說：「北晨號。」

紫宴求證地問洛蘭：「封小莞？」

洛蘭點點頭。封小莞應該是利用別人不防備時製作出已經淘汰的訊號發送器，但成功發出訊號後就被人發現，訊號發送器被收繳，訊號只持續了幾分鐘。

紫宴問：「左丘白在哪裡？」

譚孜遙抬起手看了眼時間，說：「兩個小時前，他離開北晨號，現在正在飛往英仙二號的路途中。」

紫宴說：「封小莞知道左丘白離開了，想要逃離北晨號，所以發求救訊號？」

洛蘭蹙眉思索，沒有吭聲。

譚孜遙說：「等左丘白簽署完投降協議，封小莞自然可以離開北晨號，回到奧米尼斯星。」

坐在操作檯前的戰艦駕駛員說：「還有十分鐘就到空間躍遷點，請陛下在安全椅上坐下，繫好安全帶。」

洛蘭沉思著沒有動。

譚孜遙低聲叫：「陛下！」

洛蘭突然說：「取消空間躍遷。」

所有工作人員大驚失色。

洛蘭命令：「取消！」

「是！」

駕駛員急忙輸入指令，整艘戰艦驟然減速、急劇地掉轉方向。

洛蘭站立不穩，搖搖晃晃地向一側倒去。

一個人快若閃電地握住她的手，用力拽了她一把。

洛蘭撞進他懷裡。

暈頭轉向中，洛蘭還沒來得及看清楚是誰，以為是譚孜遙，就勢扶住他的腰，「謝……」含笑抬頭看過去時，才發現是紫宴。

她愣然地愣了愣，有點不習慣。

紫宴不是應該冷眼看著，一邊譏笑，一邊鼓掌嗎？沒有踹一腳就不錯了，居然會伸手拉一把？

戰艦仍在變速轉向中，紫宴穩穩地扶著洛蘭。

洛蘭盯著他，他也盯著洛蘭。

戰艦調整完方向，速度穩定下來。

紫宴和洛蘭同時鬆手，向後退了一步。

＊　＊　＊

譚孜遙問：「陛下想去哪裡？」

洛蘭看著星圖說：「北晨號。」

整個主控室一片靜默，氣氛沉重。

譚孜遙為難地說：「我們的戰艦上只有八千兵力，北晨號應該有四十萬兵力，貿然接近太危險了！」

「我明白。」

洛蘭當然知道這不是一個安全的決定，但是，她沒辦法對封小莞的求救訊號視而不見。

譚孜遙建議：「如果陛下一定要去北晨號，就通知林堅元帥，調遣幾艘軍艦過來保護陛下。」

洛蘭沉默，沒有同意。

譚孜遙求助地看向紫宴，希望他可以幫忙說服女皇陛下。

洛蘭說：「不能從英仙二號調遣軍艦。左丘白一直盯著英仙二號，不管有什麼舉動，他都會立即察覺。更何況，等戰艦趕過來還要四五個小時，根本來不及救人。我們是輕型戰艦，可以隱形，只要小心一點，北晨號不會察覺我們。」

譚孜遙著急地說：「就算接近北晨號，我們也什麼都做不了。」

「我知道！」洛蘭抬了抬手，示意譚孜遙不要再遊說她放棄。

譚孜遙只能閉嘴，走到指揮檯前，下令整艘軍艦進入戰時戒備狀態，所有人員各就各位。

洛蘭點擊星圖，放大圖像，沉默地盯著北晨號。

紫宴站在她身旁，也盯著北晨號。

洛蘭說：「小莞能守在實驗室裡，數年如一日地重覆枯燥無趣的實驗，不是個沉不住氣的姑娘。如果不是真有危險，她不會這麼做。」

紫宴沒吭聲，低下頭仔細地查看著什麼。

剛才他就是想到這些，才沒辦法附和譚孜遙將軍的話，遊說洛蘭離開。但是，也的確如譚孜遙將軍所說，想從北晨號裡面救出封小莞十分危險。洛蘭身分特殊，不應該這麼冒險行動。

洛蘭思索地盯著北晨號。

八千人對四十萬人，一艘戰艦對數百艘戰艦，怎樣才能救出封小莞？

還不能驚動左丘白，否則左丘白一個命令，就可以立即處決封小莞。

紫宴突然說：「左丘白不在北晨號上。」

洛蘭側頭看著紫宴。

紫宴說：「封小莞身分特殊、處境尷尬，在北晨號上，應該只有左丘白能對她的事做主，其他人不會干涉。」

洛蘭點頭同意，非常合情合理的推斷。

紫宴說：「我曾經是奧丁聯邦訊息通訊研究院的榮譽院長，參與過北晨號和南昭號訊息通訊系統的更新升級，雖然五十多年過去了，但我一直在關注奧丁聯邦訊息通訊系統的發展。」

洛蘭從不質疑紫宴這方面的能力。

當年他能以一己之力侵入阿麗卡塔軍事基地的控制系統，改變導彈軌道，可見他有多厲害。這些年他雖然身體不好，卻有了更多時間研究這些東西。

紫宴說：「我剛檢查過陛下戰艦的通訊系統，硬體非常好，應該說是星際中最好的，只要稍加改造就可以偽造出左丘白的訊號，如果北晨號無法向左丘白求證，就可以蒙混過關。」

洛蘭說：「左丘白要去簽署投降協議，他的戰艦進入英仙二號後，就不可能再和北晨號聯繫。」

紫宴說：「還有多少時間？」

洛蘭看了眼個人終端機：「兩小時。」

「勉強夠用了，給我一艘飛船，一隊機械師。」

＊　＊　＊

洛蘭按照紫宴的要求，提供他所需的人和物。

紫宴和兩個通訊兵忙著改裝通訊器，吩咐機械師把一艘阿爾帝國的飛船改造成一艘海盜船，把原本阿爾帝國的標誌全部隱去，繪製一隻象徵死亡的黑色烏鴉。

洛蘭明白了紫宴的用意。

烏鴉海盜團是奧丁聯邦的特別行動隊，直接歸執政官管轄，留在北晨號上的將領肯定是左丘白的心腹，不可能不知烏鴉海盜團。按照合理的推斷，楚墨死了，這樣一支祕密部隊肯定會由左丘白掌管。

洛蘭問：「真的烏鴉海盜團去哪裡了？」

「在奧丁星域。」

「我是說楚墨控制的烏鴉海盜團。」

紫宴說：「不知道。但左丘白肯定不會把這樣一支祕密部隊留在北晨號上。」

洛蘭同意紫宴的推斷。

一個半小時後。

紫宴完成了通訊器的改裝，他告訴洛蘭如何使用。

洛蘭問：「你不自己使用嗎？」

紫宴說：「我去北晨號接封小莞。」

洛蘭盯著紫宴。

紫宴說：「我瞭解奧丁聯邦的軍隊，我去過北晨號，由我帶隊最安全。」

洛蘭沒辦法反駁，因為紫宴說得完全正確。

紫宴對譚孜遙說：「譚軍長，幫個忙！」

「什麼？」譚孜遙快步走過來。

紫宴把一把軍用匕首遞給譚孜遙，譚孜遙茫然地接過。

紫宴拿下面具，指指自己的臉，「割兩刀。」

譚孜遙愣住。

紫宴抱歉地說：「自己割和別人割，施力角度、用力方式不同，經驗老到的軍人能看出來，麻煩你了。」

譚孜遙遲疑地看洛蘭。

紫宴說：「只是痛一下而已，又不是不能再治好。」

洛蘭點點頭。如果紫宴帶隊去北晨號，的確要先毀掉他的臉，否則面具一揭就是死。

譚孜遙握緊匕首。

紫宴仰起臉。

譚孜遙盯著紫宴的臉，遲遲沒有下手。他不是沒見過血，連人都已經殺了很多，但生死搏鬥中對敵人和現在這樣對自己人完全不同，更何況邵逸心這張臉美貌得幾乎沒有瑕疵，他實在……

「我來！」

洛蘭伸手，把匕首從譚孜遙手裡拿過去。

譚孜遙羞愧：「陛下，還是我來……」

洛蘭淡然地說：「我是醫生，知道怎麼下刀看上去破壞力最大，實際傷害最小。」

譚孜遙默默退到一邊。

洛蘭看著紫宴。

紫宴看著洛蘭。

洛蘭說：「閉上眼睛。」

紫宴沒有反應，依舊定定地看著洛蘭。

洛蘭伸手，撫過他的眼睛。

紫宴閉上了眼睛。

洛蘭仔細摸了一遍他的臉，確定他每塊骨頭的位置。

紫宴的睫毛輕顫，像是兩片輕輕振動的蝶翼。

洛蘭說：「我數十下，十下後，我動刀。」

「一、二、三……」

洛蘭剛數到「四」時就抬手揮刀，唰唰兩下，縱橫交錯，在紫宴臉上劃了個X。

她迅速扔下匕首，幫紫宴止血，敷上加速傷口凝結的藥劑。

洛蘭一邊處理傷口，一邊說：「半個小時後，可用消毒液抹去藥劑。」

紫宴睜開了眼睛，「妳沒數到十。」

洛蘭坦然地說：「我一直都是個騙子。」

紫宴看著洛蘭。

她的確一直都是個騙子！可惜，他沒有早一點探究她的內心，否則也許很早就能發現被她騙並不是一件壞事。

＊　＊　＊

半個小時後。

洛蘭的戰艦飛到北晨號附近。

譚孜遙說：「不能再靠近了，否則即使開啟隱形能量罩也會被發現。」

紫宴說：「我從這裡離開。」

「邵逸心！」洛蘭叫。

紫宴看著洛蘭。

洛蘭說：「如果被發現，不要抵抗，立即投降，保住性命。我會和左丘白進行官方交涉。」

「好！」紫宴戴上妖冶的面具，帶著一小隊化裝成海盜的特種戰鬥兵上了飛船。

戰艦艙門打開，飛船飛入茫茫太空。

洛蘭聯絡林堅。

「左丘白的戰艦到英仙二號了嗎？」

「到了，正在接受全面檢查。」

「務必小心。」

「明白。」

洛蘭傳送訊息給紫宴：「左丘白已經到英仙二號。」

紫宴回覆：「發訊息給北晨號。」

洛蘭開啟紫宴預先編寫好的代碼程序，衝破北晨號資訊網的防火牆，再利用改裝後的訊號器，將一段訊息偽裝成從左丘白的戰艦傳送回來的訊息，以左丘白的口吻命令北晨號上的人將封小莞移交給特別行動隊。

海盜船靠近北晨號，紫宴發出驗證身分的訊息，表明自己奉命來接封小莞。

左丘白在離開前，將指揮權移交給古來谷將軍。

古來谷將軍知道烏鴉海盜團就是特別行動隊，但不明白為什麼左丘白會突然改變命令。明明左丘白在離開前吩咐他看好封小莞，連艙房都不允許她出。

古來谷將軍撥打左丘白的個人終端機，向他求證，但訊號連接不上。

紫宴催促：「指揮官現在正在英仙二號太空母艦上，封小莞是他談判的關鍵，命令我們盡快帶封小莞去見指揮官。」

古來谷將軍遲疑不決。

紫宴說：「我知道你不相信我們，因為資料庫裡沒有我們的資料，沒辦法驗證我們的身分，但我們只是奉命來接封小莞，壓根兒沒打算進入北晨號。封小莞的安危重要，還是指揮官的安危重要？」

古來谷將軍不再猶疑，命令下屬去帶封小莞。

北晨號打開一個港口的閘門。

紫宴沉著地命令：「降落。」

飛船飛入港口，平穩著陸。

整個飛船上的人看似平靜，實際都全身緊繃、暗自戒備。

這個時候，他們猶如羊置身於狼窩中。如果北晨號上的人察覺到絲毫不對，只要一聲令下，關閉閘門，就可以不費吹灰之力地把他們全部殲滅。

紫宴一搖一擺地走下飛船，頭髮五顏六色，衣著花紅柳綠，臉上戴著妖冶的面具，一派吊兒郎當，放蕩不羈的樣子。

「站在原地，不要動！」

幾排黑壓壓的機械槍口對準他，高高低低、長長短短，將他圍得水洩不通。

紫宴立即抬起雙手，老老實實地站好，陪笑說：「都是自己人！」

古來谷將軍盯著監視器，冷哼一聲，沒有說話。

他們是正統出身的軍人，對這些像流氓多過像軍人的軍人，他們從骨子裡瞧不起。

過了一會兒，封小莞在一群士兵的押送下走過來。

紫宴迎上去接封小莞。

「慢著！」古來谷將軍的聲音從通訊器裡傳來。

所有人都停止動作。

古來谷將軍說：「摘下你的面具。」

紫宴嘆了口氣，說：「摘下面具，您也不認識我，我也不認識您。」

古來谷將軍命令：「摘下！」

四周的機械槍又全部對準紫宴，顯然，只要他不配合就會把他打成蜂窩。

紫宴摘下面具，誇張地轉了個身，讓所有人看清楚。

十字交叉刀疤橫亙在臉上，五官扭曲變形，顯得十分猙獰醜陋。

古來谷將軍問：「看上去受傷沒多久？」

「是。」

「和阿爾帝國？」

「不是。路上碰到一群海盜，起了點衝突。」紫宴拍拍脖子上的奴印，自嘲地說：「這才是阿爾帝國留給我的。」

古來谷將軍對他的身分再無懷疑，譏嘲地問：「為什麼不把疤痕治好？難道海盜搶不到醫生嗎？」

紫宴笑了笑，說：「如果這次能活著退役，我就花錢去治傷，弄張英俊的臉去找女人。」

古來谷將軍的譏嘲淡去，心中瀰漫起哀傷悵然。

活著退役？如果不能回阿麗卡塔星，即使活著退役了，他們這些人又能去哪裡？他還有個妹妹在阿麗卡塔星，難道真的一輩子再不相見嗎？
古來谷將軍索然無味地對智腦命令：「撤回。」所有機械槍收回。
隨扈把封小莞移交給紫宴。
紫宴押著封小莞走上飛船，回頭對監視器輕佻地拋了個飛吻，飛船艙門合攏。
北晨號的港口閘門打開，飛船徐徐起飛。
主控室內的眾人一直緘默不言，飛船裡只聽到機器運轉的嗡嗡聲。
直到飛船速度越來越快，漸漸遠離北晨號，進入茫茫太空，大家才如釋重負地齊齊鬆了口氣，每個人都覺得自己劫後餘生，一背脊的冷汗。

＊　＊　＊

紫宴打量封小莞，笑說：「看上去左丘白沒有虐待妳。」
封小莞沒理會紫宴的打趣，摘下他的面具，確認是真的傷疤，憤怒地問：「誰做的？」
「我要求妳洛洛阿姨做的。」紫宴解釋，「那些人都是刀口舔血的戰士，真傷口、假傷口一眼就能看出，不真砍兩刀瞞不過他們。」
封小莞眼裡淚花滾滾。邵逸心叔叔的臉可是她見過的人裡最漂亮的，他自己夠狠，洛洛阿姨也夠狠。
紫宴笑了笑，寬慰她：「別擔心，能治好，保證恢復原樣。」
封小莞急忙問：「你怎麼會特意來救我？是收到我的求救訊號了嗎？」

紫宴把來龍去脈講一遍，封小莞開心地說：「我就知道洛洛阿姨肯定會救我！」

紫宴看到封小莞堅定信任的眼神，忍不住再次在心裡問自己，為什麼連小莞都能看清楚的事，他卻一直視而不見？

封小莞急切地問：「還有多久能見到洛洛阿姨，我有事和她說。」

「快了。」

半個小時後，飛船回到戰艦。

封小莞喜笑顏開、連蹦帶跳地衝進洛蘭懷裡，一把抱住洛蘭，甜膩膩地叫：「洛洛阿姨！」

小朝瞪大眼睛，好奇地看著。

如果不是封小莞的稱呼裡有「阿姨」二字，她都覺得封小莞是她的親姊姊了。

封小莞也留意到小朝，困惑地打量她，不明白為什麼戰艦上會有個小女孩兒。

小朝衝她友善地笑，落落大方地自我介紹：「我叫英仙辰朝，是阿爾帝國皇帝英仙洛蘭的女兒。」

什麼?!

封小莞大驚，結結巴巴地問：「洛洛阿姨，她……她真是妳女兒？」

「真的。」洛蘭顯然沒耐心解釋這個問題，開門見山地質問：「為什麼發求救訊號？妳有什麼危險？」

封小莞回過神來，解釋：「我沒有危險，是左丘白行為異常，我覺得不對勁。」

「哪裡不對勁？」

「他送了把手槍給我，說是分別的禮物，還把我關起來，不允許我離開艙房。」

洛蘭覺得這些都可以解釋。他們不相信左丘白，擔心左丘白詐降，左丘白也不相信他們，擔心他們設局誘殺。

「哦，我還看到了紫姍。」封小莞說。

洛蘭的表情一下子分外凝重，「妳確定是紫姍？」

紫宴打開一張紫姍的照片。

封小莞仔細看了一眼，肯定地點點頭：「是她。紫姍一直昏迷不醒，躺在醫療艙裡，但我看到了她的正臉，被一個叫『潘西教授』的人推到軍事禁區，我還想繼續偷看，被左丘白抓住了。」

紫宴自責地說：「早知道紫姍在北晨號上，我當時就應該把她也要過來。」

譚孜遙寬慰他：「只要人還活著就有希望，等左丘白簽署投降協議後，我們可以直接找他要人。」

艦長詢問：「陛下，現在去哪裡？返回奧米尼斯星嗎？」

洛蘭想了想，命令：「去英仙二號。」

「是！」

駕駛員重新設定飛行目的地，戰艦朝英仙二號飛去。

譚孜遙滿臉不解，不明白洛蘭為什麼要去英仙二號。

洛蘭命令：「聯絡林堅元帥。」

嘀嘀、嘀嘀。

蜂鳴音響了一會兒，訊號接通，林森上尉出現在眾人面前。

林森對洛蘭敬禮：「陛下，元帥正在迎接左丘白閣下，不方便和陛下說話。」

洛蘭立即問：「左丘白在哪裡？」

「陛下聯絡元帥時，他們剛剛到會議室。」林森擔心洛蘭覺得他們工作效率太低，特意多解釋幾句：「為了確保安全，檢查分外仔細，花費了將近兩個小時，所以元帥才剛見到左丘白。」

「查一下隨行的人中有沒有一個叫潘西的。」

「是。」

「有什麼異常嗎？」

「沒有。戰艦和所有人員都仔細檢查過，所有武器都是常規武器，一切正常。」

洛蘭沉默。

如果一切正常，為什麼紫姍會出現在北晨號上？

明明辰砂說楚墨炸毀了實驗室，就算紫姍沒被炸死，也應該在阿麗卡塔星。楚墨為什麼會大費周章地把紫姍送到北晨號？

洛蘭心裡極度不安，卻沒有任何證據讓她把這份虛無縹緲的不安轉為實際的戒備，只能對林森叮囑：「提高警覺，如果發現任何異常，立即向我彙報。」

「是！」林森向洛蘭敬禮。

終止通訊後，洛蘭依舊皺著眉頭沉思。

譚孜遙勸慰：「陛下，左丘白他們在英仙二號上，沒有攜帶殺傷性武器，只有兩百多人，您不必太過慮。」

洛蘭沒有吭聲。有的殺傷性武器肉眼能看到，有的殺傷性武器肉眼看不到。

所有人都看著洛蘭，洛蘭回過神來，吩咐：「你們應該都餓了，先吃飯吧！」

清越叫機器人開飯。

洛蘭拿了罐水果味的營養劑，一口氣喝完後獨自一人坐到觀景窗前，沉默地凝視著窗外的浩瀚星河。

譚孜遙、封小莞、小朝、清越坐到餐桌前，安靜地吃飯。

紫宴要了兩杯酒，走到洛蘭身旁，遞給她一杯。

洛蘭接過酒，喝了一口。

紫宴坐到她身旁，和她一起喝著酒，看窗外的景色。

紫宴突然發現——

星空靜謐美麗、神祕永恆。

無限包容，無限耐心。

只要你給予注視，它就回饋你璀璨，從不會令你失望。

洛蘭喝完一杯酒，把酒杯遞給機器人，站了起來，就好像給自己預設的休憩時間結束，又要開始奮戰。

其他人已經吃完飯，洛蘭吩咐：「清越，妳先帶小朝回艙房。」

「是。」

清越帶著小朝離開。

洛蘭對封小莞說：「妳跟我來。」

洛蘭帶著封小莞乘坐升降梯，來到一輛交通車前。

封小莞不解，「做什麼？」

「我已經準備好飛船，送妳去曲雲星。」

「現在？」

「現在！」

「我想留下。」

「妳留下什麼忙都幫不上，我還要分出人手照顧妳，不如去曲雲星幫我做點事。」

「什麼事？」

「出任英仙葉玠基因研究院的院長，讓英仙葉玠基因研究院成為星際中最好的基因研究機構之一。」

封小莞愁腸百結中也不禁笑了笑。

如果她沒記錯，那個基因研究院現在什麼都沒有，居然就想要變成最好的，可洛洛阿姨一直都這樣，像個太陽一樣無所畏懼，總是一往無前。

洛蘭說：「阿晟在曲雲星等妳。」

封小莞點點頭，「我知道，邵逸心叔叔告訴我了。」

洛蘭看著她。

封小莞察覺出她有重要的話要說，「怎麼了？」

「阿晟是……」

封小莞的心提了起來，眼睛一眨不眨地盯著洛蘭，「是什麼？」

洛蘭伸出一隻手，鉤著封小莞的後腦勺，把她的頭拉到自己面前，在她耳畔輕聲說：「複製人。」說完立即放開封小莞，面無表情地研判她的反應。

封小莞雙眸發直、臉色發白，嘴巴不可置信地半張著。

她知道阿晟的身分有蹊蹺，也早就懷疑過他們在曲雲星的相會不是毫無因由的偶然，而是冥冥中早已注定的必然，只是無論她做了多少猜測，都沒猜到是這個答案。

封小莞思緒急轉，所有細節一點點匯聚到一起，形成了前因後果的脈絡，「殷南昭？游北晨？」

洛蘭沉默地點了下頭。

封小莞的手用力按在心口，覺得一顆心突突直跳，像是要蹦出胸膛。不管是游北晨，還是殷南昭，他們的名字都帶著腥風血雨，阿晟卻只是平凡普通的一個市井小人物，怎麼可能面對雲譎波詭、爾虞我詐的一切？

洛蘭說：「如果妳不能接受，我會給阿晟另外安排去處。」

封小莞深吸了幾口氣，漸漸鎮定下來，「我還沒出生就接受了基因編輯手術。我從一枚蛋裡出生，我的基因連基因檢測都無法確定父親，其實，我也是一個人造的怪物，沒有比阿晟好到哪裡去。」

「妳是合法存在，他是非法存在。」

封小莞一瞬間做了決斷，堅定地說：「我會讓這個祕密永遠成為祕密！」不但其他人沒必要知道，阿晟自己也沒必要知道。

洛蘭拍拍封小莞的肩膀，「那就好好努力。妳的力量越強大，阿晟越安全。」

封小莞點點頭，接受了洛蘭的安排，「我現在就去曲雲星。」

洛蘭遞給封小莞一個黑色的武器匣。

封小莞下意識地接過。

「封林很少動武，她並不擅長打架，她擅長的是救人。但有一次，她為了我，啟動武器匣，想要和棕離生死搏鬥。」洛蘭微瞇著眼睛回想，「封林的武器很特別，一片片如同白色羽毛的晶體，浮動在半空中，感覺像是周圍突然飄起鵝毛大雪。我見過的最美麗的一場雪。」

封小莞按了下武器匣啟動它，周圍氣溫驟降，浮動著一片片晶瑩剔透的白羽，將洛蘭和封小莞籠罩其間。

封小莞伸出一根手指，輕輕碰了下白羽，指頭上已經是一道血口。

洛蘭說：「這個武器匣不是妳媽媽用過的那個，是我另外找人設計鑄造的。妳好好練習，使用熟練了，用來防身也不錯。」

封小莞把武器匣貼身收好，拿出一把小巧精緻的手槍，遞給洛蘭，「這個很方便攜帶，送給妳防身。」

洛蘭本來想說「不用」，但看清楚是死神之槍，表情驟變，一下子完全忘了要說什麼。

封小莞說：「左丘白送我的槍，說是威力巨大，但一次只能開一槍，他留著沒用，送給我防身。」

洛蘭問：「為什麼不自己留著？」

封小莞拍拍武器匣，表示自己已經有防身武器，把槍塞給洛蘭。

洛蘭凝視著死神之槍，「妳不怕我用這把槍殺了左丘白嗎？」

封小莞沉默了一會兒，說：「我聽過一個古老的故事，主神宙斯因為一個詛咒，害怕自己的權力和地位被奪走，就把自己懷孕的妻子墨提斯吞了下去。他們的女兒戰神和智慧女神雅典娜不得不砍開父親的頭顱，破顱而生。雅典娜沒有選擇，在她出生前，已經注定要弒父而生。」

洛蘭看著封小莞。

離開前，她把左丘白看作毫無關係的陌生人；歸來後，她沒有原諒曾經發生過的一切，卻承認了左丘白是她的父親。

封小莞對洛蘭自嘲地說：「我的命運和雅典娜一樣，早在我出生前就已經注定。左丘白說我比母親心狠，這點上我大概像他，這是好事。」

洛蘭說：「他是你生命的起點，但你的生命只屬於你自己。」

封小莞抱住洛蘭，「謝謝！」

洛蘭拍拍她的背，「我不需要口頭的感謝。」

封小莞忍不住笑，「明白！我會把英仙葉玠基因研究院變成全星際最好的基因研究院之一。」

女皇陛下很市儈現實，對沒有實際利益的東西沒有絲毫興趣，要感謝請化作實際行動。

＊　＊　＊

洛蘭乘升降梯回到艙房。

紫宴沒看到封小莞，問：「妳送小莞回曲雲星了？」

洛蘭說：「基因研究院等著她開工。」

紫宴沒吭聲。

基因研究院再著急也不急著這一兩天，明明是因為不管怎麼樣，左丘白都是封小莞的父親，洛蘭不想她夾在中間做選擇。

這個世界上大部分的人都是口吐蓮花、心藏毒汁，洛蘭卻恰恰相反。

洛蘭走到工作檯前，打開封小莞之前的繫鉤研究報告仔細看起來。

做為基因病毒武器，它的威力毋庸置疑，唯一的缺點就是傳播途徑，必須透過人類體液的接觸才能傳播。

傳播途徑限制了它的攻擊範圍，楚墨只能用它來定點攻擊個體，沒辦法用它來大面積攻擊人類。

封小莞為了展示它的威力，在模擬實驗中，做了兩個假設：一、由一隻寵物的撕咬開始，啟動病毒；二、傳播方式類似感冒病毒，近距離接觸時可以借助空氣傳播。

億萬年的進化，宇宙形成了微妙又嚴苛的平衡，每個物種都有制約和束縛。比如，猛獸力量強大，在食物鏈頂端，相對應地，繁衍能力就肯定不如弱小的昆蟲。力量強大的猛獸一胎有三四隻幼崽，力量弱小的昆蟲卻一次就可產成千上萬顆卵。

病毒也是如此，殺傷力和傳播率成反比。

楚墨想要打破億萬年進化形成的制約和平衡應該不可能，但是，他可以做一點變更。

洛蘭把封小莞模擬實驗中的小寵物替換成一個人。

如果人去撕咬另一個人呢？

這不就完成了最快的體液接觸傳播嗎？

正常情況下，一個人當然不可能去撕咬另一個人，但如果在病毒暴發期，他失去了神志呢？因為身體裡兩種基因的搏鬥，導致感染者飽受痛苦的同時充滿了攻擊性。

洛蘭更改基礎參數設置，重新啟動模擬實驗——

一個繁華的大都市，在休息日時，某個大型居住區日常普通的一幕。

天空湛藍、雲朵潔白。

綠草如茵、鮮花似錦。

年輕的戀人躺在草地上竊竊私語，父母帶著孩子們奔跑戲耍，還有很多單身男女帶著各種小寵物散步休憩。

一家三口有說有笑地走過。

突然，年輕的兒子身上長出一排骨刺，他痛苦地嘶吼。

眾人聽到叫聲，圍聚過去查看發生了什麼事。

他的父母緊緊地按住他，向周圍的人求助：「有沒有醫生？有沒有醫生？」

「我是醫生！」一個男人放下懷裡的孩子，跑過去幫忙。

他想要給年輕男子注射鎮靜劑，可是，那個男子掙脫了父母的按壓，凶狠地攻擊醫生，一下就抓破了他的手臂。

醫生慌忙躲避。

年輕男子的父母急忙拽住他，想要阻止他。

他狠狠一口咬在母親的肩膀上，像瘋狗一樣再不鬆口。

母親痛苦地慘叫。

他的父親用力抓住他的手臂，想要把他拖開，他卻一個轉身就把父親壓到地上，又抓又咬。

警察趕到，想要制止他，救出他的父母。

他的父母卻出現異變，變得像他一樣充滿攻擊性，如同野獸一般開始撕咬想要幫助他們的人。

之前被抓傷的醫生也開始發瘋般地攻擊每個人，包括哭著跑向他的女兒。他狠狠一口咬在女兒的脖子上。

「爸爸……」女孩瞪著驚恐的眼睛，不可置信地看著父親。

整個社區公園變成了人間煉獄。

淒厲驚懼的尖叫聲中，人們互相攻擊。

每個人都變成了六親不認的行屍走肉，撕咬攻擊著周圍的人，甚至自己至親至愛的人。

被咬中的人感染病毒後，又開始攻擊更多的人。

異變的病毒一個感染另一個，疾病以不可遏制的速度迅速感染了所有人。

有人長出尾巴，有人長出鱗甲，有人雙腳退化變成尾鰭，有人死亡……

最後，經過病毒的催化淘汰，有人死了，有人活了下來。

活著的人恢復神志，不再互相攻擊。

他們目光茫然，呆滯地看著已經面目全非的彼此。

天空依舊湛藍、雲朵依舊潔白。

綠草依舊如茵、鮮花依舊似錦。

但他們已經不是他們，整個世界已經徹底顛覆，如同完全換了一個星球。

……

模擬實驗結束，四周鴉雀無聲。

譚孜遙和紫宴都神情凝重地盯著一個個定格的虛擬人影。

洛蘭說：「完全符合體液接觸傳播的規律。」

在神志喪失期，每個感染者既是受害者，又是迫害者，透過撕咬攻擊他人，完成病毒的傳播。

最後，等體內的基因分出勝負，進化完成，成功者恢復神志，失敗者死亡。

紫宴問：「妳擔心紫姍就是那個開啟者。」

洛蘭說：「她不是開啟者，她應該只是一個培養皿。」

紫姍的體能太弱，很可能還沒有完成進化就死亡，楚墨不可能選擇這麼弱的開啟者。

紫宴明白了洛蘭的意思，禁不住怒火澎湃。楚墨居然把紫姍做為新型絮鉤的培養皿！

他強忍著怒氣問：「如果紫姍只是培養皿，誰會是開啟者？」

洛蘭說：「左丘白！」

只要左丘白體能夠強悍，他做為開啟者，甚至有可能不會喪失神志，能清醒地確定攻擊目標，但被他攻擊的人卻會喪失神志，變成只會瘋狂撕咬的行屍走肉。

紫宴和譚孜遙悚然而驚。

英仙二號上面有四十萬戰鬥兵力，還有非戰鬥人員的後勤人員和各種工作人員，加起來總計有六十多萬人口。

如果左丘白是病毒開啟者，英仙二號又是一個封閉空間，病毒的傳播速度會非常快，可以說要不了幾天就會成功摧毀阿爾帝國一半的兵力。

到那時，左丘白可以輕而易舉地掌控英仙二號，並且把病毒帶回奧米尼斯星，摧毀整個阿爾帝國，繼而整個星際……

紫宴突然一把抓住洛蘭的手臂，急切地說：「叫戰艦更改航向，妳不能去英仙二號。」

洛蘭命令：「放開！」

紫宴說：「妳理智一點，這不是感情用事的時刻！」

譚孜遙也焦急地說：「陛下，如果剛才模擬實驗的狀況真有可能發生，您不能去英仙二號。」

洛蘭看著紫宴，目光平靜堅定，「我是英仙洛蘭，阿爾帝國的皇帝，英仙二號上面有六十多萬阿爾帝國的公民！他們是因為我的命令，才奔赴戰場的！」

紫宴在她的目光下慢慢鬆開手，沉默地讓到一邊。

眼前的女人不是駱尋，而是英仙洛蘭。

就算是駱尋，他也從沒有能力更改她的決定。

不管是一意孤行地愛千旭，還是岩林裡為千旭奮不顧身，她選擇的路，都會堅定不移地走下去。

洛蘭打開英仙二號太空母艦的設計圖，一邊研究，一邊思索。

左丘白現在身處的地方位於英仙二號的中央區域，也就是核心區、不可脫離區。

假如左丘白真的攜有基因病毒，那麼只有兩種方案。

一種方案是把左丘白封閉在可脫離區，將艙體脫離後炸毀，讓病毒在太空環境中失去寄生體自然滅亡。

如果左丘白還在港口就可以採取這種方案，但現在左丘白已經進入中央區，不可能再採取這種方案。

目前的情況下，只能採取另一種方案。

疏散所有中央區的人員，讓他們進入可離開載體，一旦確認左丘白真的攜有病毒，立即離開，避免感染。

等所有人撤退到安全區域後，炸毀中央區，封鎖星域，杜絕病毒傳染途徑，直到確認安全。

洛蘭傳送訊息給林堅。

「林堅，我知道你現在和左丘白在一起。我下面說的話，不要問為什麼，但務必照做。

「一、告訴左丘白我正在來英仙二號的路上，希望能和他當面談如何處理奧丁星域的事。二、請下達祕密指令，讓我接管英仙二號的指揮權。三、請按照流程如常和左丘白商談，絕對不能讓左丘白察覺有異樣。」

林堅簡單地回覆了一個「好」字，顯然完全理解洛蘭的話，不想引起左丘白的注意。

洛蘭不禁微微一笑，抬起頭對譚孜遙說：「連線英仙二號，從現在開始，英仙二號太空母艦由我指揮。」

Chapter 23

# 星河璀璨

也許星際中只有生存和死亡，但人類有對和錯，有高貴和卑鄙。
正因為我們人類有這些，所以，我們才不僅僅像其他物種一樣只是在星球上生存，
我們還仰望星空，追逐星光，跨越星河，創造璀璨的文明。

兩個小時後。

洛蘭的戰艦抵達英仙二號太空母艦。

身材魁梧的林森上尉已經等在港口，艙門一打開，他快步走上來，對洛蘭敬禮：「陛下。」

洛蘭問：「現在情況如何？」

林森打開所有監視器畫面給洛蘭看：「因為人員眾多，目前只疏散了三分之一。」

所有接到命令的軍人都暗中集結，悄無聲息地行動，從四面八方匯聚向停泊在港口的戰艦和飛船。

按照洛蘭的命令，戰鬥人員和非戰鬥人員以演習的名義小隊集結、安靜疏散，全部撤退到可移動載體中，做好隨時離開太空母艦的準備。

洛蘭質問：「為什麼這麼慢？」

林森解釋：「因為陛下要求不能驚動左丘白，所以不能動用警報召集、不能大規模結隊撤離、不能發出聲音驚動他人，現在的速度已經是最快的速度，不可能更快。」

洛蘭無奈，只能說：「盡力再快一點。」

「是。」林森調出一段影片，指著一個娃娃臉的文職軍人說：「左丘白的隨行人員裡的確有一個叫潘西，是左丘白的祕書。」

紫宴盯著影片看了一會兒，根據潘西的走路姿態判斷：「他不是奧丁聯邦的軍人，應該是小莞口中的『潘西教授』。」

洛蘭問：「左丘白那邊現在是什麼狀況？」

林森打開會議室的監視器畫面給洛蘭看，「因為投降的主要條件事先都已經溝通好，預定的會議時間在一個半小時左右，只是一個簽字儀式，其實沒有多少需要商談，元帥已經在盡力拖延時間。」

寬敞的會議室內。

長方形的會議桌兩側，幾十個英仙二號和北晨號的重要將領面對面地坐著，林堅和左丘白在正中間，雙方就北晨號的投降條件一一商談。

左丘白態度誠懇，語氣溫和，言辭有理有據。

身為曾經的大法官，他精通問訊，很清楚如何掌控談話節奏和對話方向，即使林堅有意拖延時間，經過兩個小時，談判依舊進展到尾聲，只差最後的簽名。

林堅磨磨蹭蹭地抓著每個細節糾纏。

左丘白一邊微笑著傾聽，一邊狀似無意地查看會議室四周。

冥冥中，他像是感覺到什麼，視線看向監視器，若有所思地停頓了幾秒才移開。

洛蘭說：「林堅再拖延，左丘白就要起疑了。」

她立即給林堅發信息：「同意簽署協議，告訴左丘白我到了，會出席慶祝宴會。」

林堅掃了眼個人終端機，若無其事地說：「我對最後一條沒有意見，諸位呢？」

沒有人出聲反對。

林堅站起來，笑著伸出手，對左丘白說：「歡迎閣下加入阿爾帝國，成為阿爾帝國的公民！」

左丘白和林堅握手。

林堅說：「陛下的戰艦已經抵達英仙二號，換套衣服就會趕過來。正好我們簽完字，陛下可以出席我們的慶祝宴會。」

左丘白滿臉笑意，溫文爾雅地說：「太好了！」

* * *

雙方的官員審核完文件，遞交給林堅和左丘白。

林堅和左丘白拿起電子筆簽名，加蓋生物簽名。

洛蘭眼睛一眨不眨地盯著他們的一舉一動。

紫宴站在她身旁，也一直看著監視器畫面。

洛蘭問：「你覺得左丘白是真投降嗎？」

紫宴說：「我五十多年沒見左丘白，不知道他現在心裡究竟在想什麼，但如果我是他，即使因為種種原因不得不投降，也不會這麼平靜坦然。就如同我現在，即使堅信自己的選擇是為了異種好，沒有錯，但每每想到奧丁聯邦，我依舊會愧疚不安，覺得自己背叛了奧丁聯邦，背叛了已經犧牲的所有戰友，無顏面對他們。」

洛蘭側頭看向紫宴。

紫宴盯著監視器畫面，臉上戴著面具，看不到他的表情。

洛蘭收回了目光，若無其事地說：「有一個人說……殷南昭說楚天清和楚墨不是叛徒，他們一切行為的動機是為了保護異種，左丘白肯定理解他們的所作所為，才會選擇站在他們那一邊。現在，他能這麼平靜坦然，沒有覺得愧對父親和弟弟，也許根本原因就是他根本不會背叛楚天清和楚墨。」

紫宴聽到「殷南昭」的名字，不動聲色地看了眼洛蘭，又看向監視器畫面。

……

雙方的官員和將領熱烈鼓掌，林堅和左丘白並肩站立，面朝鏡頭握手合照，表示北晨號的投降協議正式簽署完畢。

出席會議的全部官員大合影時，林森按照洛蘭的要求，提前安排好一個工作人員故意表現得趾高氣揚，對左丘白手下的一個將領呼來喝去，粗魯地將他推到一旁，滿臉都寫著「低賤的異種靠邊站，別來礙眼」。

那個將領軍銜不低，在奧丁聯邦也是受人尊敬的一位軍人，現在卻連一個普通的工作人員都敢對他毫不尊敬，氣得滿臉不忿，雙手直打哆嗦。

其他人很尷尬，連不知情的林堅都一臉難堪，迅速命人把那位工作人員帶走，左丘白卻泰然自若，像是什麼都沒有發生一樣。

洛蘭想起左丘白以前維護封林的樣子，每次清清淡淡、不溫不火，卻總能讓棕離和百里蒼敗下陣來。

「左丘白是一個能忍氣吞聲的人嗎？」洛蘭看向紫宴。

紫宴面色凝重：「盡全力疏散人員，能疏散多少是多少！」

＊　＊　＊

最後一絲僥倖落空，現在只能面對和解決。

洛蘭坐到椅子上，手臂斜撐著頭，盯著三D的太空母艦構造圖，皺著眉頭思索。

對左丘白而言，什麼時間發動病毒襲擊最好？

當然要阿爾帝國的重要人物在場時最好。

剛見到林堅時，不算最佳時機。

因為剛剛見面，正是戒心最重的時候。

最好的襲擊時機是談判中間，人數多、戒備低，但左丘白放棄了，因為知道她要來。元帥再重要，也不如皇帝重要。

左丘白肯定希望把皇帝和元帥一網打盡。

洛蘭用自己做誘餌，讓左丘白推遲了襲擊，但左丘白直覺敏銳、行事果決、手腕狠辣，她想再拖延時間很難。

洛蘭問：「還需要多久才能把所有人疏散完畢。」

林森說：「還有四十萬人，至少還需要四個小時。」

紫宴說：「以左丘白的性格，最多再拖延一個小時。」

洛蘭完全同意紫宴的判斷。她指指停泊著左丘白戰艦的七號港口，「除了戰艦、飛船這些可移動載體，類似的太空港是不是也可以脫離太空母艦？」

「是。」

「可以裝載人員嗎？」

「可以。但它們沒有飛行系統，只能脫離，不能在太空中飛行。」

「標記出所有可移動港口，安排所在區域的人員就近撤離到可移動港口。」

「是！」林森下達新的命令。

紫宴看完中央智腦統計的新數據後，說：「一個小時最多可以撤離二十萬人，必須放棄一半的人。」

洛蘭看向觀景窗外。

只能保住一半人的性命。

誰該生？誰該死？

誰有權力決定二十萬人的死亡？

紫宴說：「必須做決斷。如果稍有猶豫，給了左丘白機會，也許會連另外的二十萬人都保不住。」

他和左丘白一起長大，很瞭解左丘白的為人。左丘白看上去清清淡淡，一直是他們中間最沒攻擊性的一個人，但不管是陰毒的棕離，還是火暴的百里蒼，都十分忌憚他，不願與他為敵。

林森上尉越聽越覺得不對勁，忍不住問：「什麼決斷？為什麼要放棄一半的人？不是軍事演習嗎？」

沒有人回答他。

林森上尉詢問地看向譚孜遙，譚孜遙迴避了他的目光。

洛蘭打開個人終端機，把剛才的模擬實驗放給林森看。

林森看完影片，滿臉驚駭，忍不住看向洛蘭面前的太空母艦構造圖。

太空母艦的中央區用紅色重重勾勒了一圈，他剛才一進來就看到了，沒有多想，現在卻覺得觸目驚心，像是用鮮血畫成的死亡禁地。

林森忍不住說：「元帥和幾位將軍都在中央區，至少要讓他們撤離。」

「他們就在左丘白的眼皮底下，一旦離開就會驚動左丘白。」

紫宴指指會議室，再指指距離會議室最近的封閉閘門，智腦立即給出最近的逃生路線圖。即使全速奔跑，也要三四十分鐘，根本沒有足夠的時間撤離。

林森想到剛才看完的模擬實驗，不願相信地問：「影片裡的事真有可能發生嗎？」

洛蘭說：「以楚墨和左丘白的性格，病毒只會更強，不會更弱。」

林森臉色發青，雙手緊緊地握成拳頭。

為了保全另外二十萬人的性命，林堅元帥和其他二十萬人就要變成六親不認的怪物，互相撕咬嗎？最後要麼變成怪物活下來，要麼死亡？

可是，如果不這麼做，難道要讓整艘太空母艦上的人都感染病毒，變成怪物嗎？

洛蘭站起來，對林森說：「宴會已經開始，我去換衣服，爭取能再拖延一個小時，你們盡全力疏散人員，一旦接到命令，立即起飛，朝遠離太空母艦的方向飛。」

「陛下！」譚孜遙和林森異口同聲，想要阻止洛蘭去見左丘白，「太危險了！」

洛蘭無奈地攤攤手，「我知道危險，但如果我不出現，左丘白就會立即發動襲擊，我能怎麼辦？」

譚孜遙和林森看了眼中央區的監視器畫面，都不吭聲了。

一隊又一隊軍人集結在一起悄悄撤退，就像是潺潺小溪般從死亡奔向生存，就算多堅持十分鐘，也可以多拯救上千條人命。

洛蘭是皇帝，沒有人期望她深入險境。她完全可以下令現在就封鎖中央區，停止人員疏散。受降和會談是元帥決定和主導的，肯定是元帥負全責。

眼下的這種情況，不管怎麼說洛蘭都已經盡力，拯救了三分之一的人，可以向所有人交代，完全犯不著用自己的生命去冒險。

但那就不是英仙洛蘭了！

林森一直記得林樓將軍每次喝醉後就會流著淚念叨葉玠陛下救他的事，林樓將軍曾經說過只要洛蘭陛下有葉玠陛下的一半，就已經值得林家效忠。

這十多年，林森跟在林堅身邊，譚孜遙跟在洛蘭身邊，親眼看見了洛蘭的所作所為，他們都很清楚洛蘭絕不是一個面對危險會逃跑的皇帝。

譚孜遙對洛蘭敬禮，堅毅地說：「我是陛下的護衛軍軍長，我陪陛下去。」

洛蘭笑著點點頭，「好啊！」

＊　＊　＊

洛蘭換衣服前，去看了眼小朝。

清越正在讀故事給小朝聽。

洛蘭站在門口靜靜聽了一會兒，沒有打擾她們，關上艙門悄悄離開了。

她走進自己的艙房，打開衣櫥。

黑色太沉重，紅色太濃烈……最後挑了件清新柔和的海藍色長裙。

她撩起長裙，把武器帶綁在大腿上。

挑選武器時，她的視線落在死神之槍上，耳畔迴響起左丘白說過的話。

「有件事妳應該還不知道。雖然我的槍法非常好，但面對殷南昭，我依舊沒有絲毫信心。當年，來自死神的那一槍我是瞄準妳開的。我在賭，賭殷南昭能躲過射向自己的槍，卻會為了保護妳，自願被我射中。」

洛蘭面無表情地拿起死神之槍，插到武器帶上。

她放下長裙，對著鏡子整理儀容。

一切收拾妥當，要離開時，她突然又想起什麼，停住了腳步。

洛蘭打開個人終端機的通訊錄，盯著「小角」的名字。

她告訴自己辰砂不會接聽，根本沒必要浪費時間打這個音訊，可是，她又在不自覺地說服自己，找各種理由去撥打小角的聯絡號碼。

辰砂瞭解左丘白，熟悉太空母艦，擅長應對戰爭中的突發性事件，眼前的情況對她來說很難，可也許對辰砂而言不是那麼難。

洛蘭遲疑了一會兒，最終還是撥通了小角的聯絡號碼。

切。

＊　＊　＊

嘀嘀、嘀嘀。

半夜裡，辰砂正在睡覺，聽到聲音，立即睜開眼睛。

他下意識地看了眼自己的個人終端機，發現不是，聲音來自床頭的保險箱。

隔著厚重的金屬門，聲音聽起來有些沉悶，如同一個人隔著萬水千山的呼喊，帶著幾分不真切。

辰砂屏息靜氣，一動不動地躺著，一直睜著眼睛，定定地看著天花板。

嘀嘀、嘀嘀。

特殊的蜂鳴音終於停止。

辰砂無聲地吁了口氣，既像是如釋重負，又像是悵然若失。

他翻了個身，探手過去打開保險箱，拿出個人終端機。

一條系統自動傳送的訊息提示：您有一條洛洛的未接來訊。

辰砂怔怔地看著。

＊　＊　＊

洛蘭定定地看著個人終端機。

個人終端機的系統機械聲自動回覆：抱歉，您撥打的通訊號碼暫時無人接聽，請稍後再聯繫。

稍後？

洛蘭苦笑著搖搖頭，忍不住又撥打了一次。

✷ ✷ ✷

嘀嘀、嘀嘀。

辰砂手中的個人終端機驟然響起，洛洛的頭像在他面前閃爍跳動。

他嚇了一跳，差點把個人終端機扔掉。

嘀嘀、嘀嘀。

洛洛的頭像是一個側臉，低著頭在笑。

辰砂記得是小角偷拍的。

那時候還在曲雲星，小角剛剛學會玩個人終端機，如同得到一個寶貝，翻來覆去地研究，發現通訊錄可以有圖像時，跟洛蘭要照片，洛蘭忙著做實驗，一直沒有配合他拍照。

有一天，暴雨過後，洛蘭擔心地去查看幼小的吸血藤，發現小傢伙們都撐過了風雨。有一株還長高了，新生的嫩芽怯生生地攀在欄桿上，她不禁側頭而笑。滿天鉛雲低垂，可從烏雲縫隙中射下的一縷陽光恰恰映照在她身上，映得她像是一個自帶光芒的發光體。

小角悄悄拍下照片，設置成來訊顯示的頭像。

曾經，每一次這個頭像出現時，小角都很開心，總是迫不及待地接聽。

辰砂一直盯著閃爍的頭像，直到頭像變灰，蜂鳴音消失。

系統自動傳送了一條訊息：您有兩條洛洛的未接來訊。

✴ ✴ ✴

「抱歉，您撥打的通訊號碼暫時無人接聽，請稍後再聯繫。」

洛蘭無聲地長吁口氣，猶豫著要不要發一段文字訊息給辰砂。

說什麼呢？

他會看嗎？

會不會即使收到了，也壓根兒不會打開看？

……

突然，門口傳來「篤篤」的敲門聲，洛蘭抬頭看去，紫宴斜倚在門口，衣著風流，面具妖艷，一派倜儻不羈、卓爾不群。

洛蘭立即把手背到背後，「站在別人門口偷窺可不是好習慣。」

紫宴說：「我已經敲過一次門，妳沒有聽見。」

洛蘭恍然。她剛才有那麼緊張嗎？

紫宴說：「為什麼要聯絡小角？妳可以直接聯絡辰砂。」

原來已經被看得一清二楚！

洛蘭鬱悶地把手放下來，「我沒有辰砂的私人號碼，聯絡辰砂必須走官方途徑，一個請示一個，等批示、等授權，以現在阿爾帝國和奧丁聯邦的關係，至少需要一個小時才能聯絡上辰砂。」

紫宴吹了聲口哨，抬起手腕看了看時間，半開玩笑地說：「再有兩三個小時，小夕就能見到辰砂，辰砂肯定會主動聯絡妳。」

洛蘭嗤笑一聲，連自己都不知道自己是什麼意思。

洛蘭朝門外走去。

紫宴抬腿，擋住她的路，「我和妳一起去宴會廳。」

「不行。」洛蘭跨過紫宴的腿，徑直往前走。紫宴只要劇烈運動，心臟病就有可能發作，洛蘭可不想逃跑時，他卻突然抽搐昏厥，拖她後腿。

紫宴說：「我和左丘白一起長大，他看到我，情緒或多或少會受影響，能幫妳拖延時間。」

無法拒絕的理由！洛蘭停住腳步。

紫宴走到洛蘭身旁，眼含懇求地看著她，「讓我和妳一起去！」

洛蘭冷冰冰地說：「不能擅自行動，必須聽從命令。」

紫宴彎身鞠躬，溫柔地說：「一切都聽陛下的。」

洛蘭覺得紫宴以前像張揚的桃花，後來像清冷的梨花，如今卻變成了溫軟的柳枝，明明沒有稜角，十分配合，她反倒束手無策。

＊　＊　＊

洛蘭乘坐交通車趕到中央區，在譚孜遙將軍的護送下，姍姍走進宴會廳。

圓形的大廳裡，衣香鬢影、觥籌交錯。

所有人看到她，自動讓到兩側，恭敬地彎身致敬。

宴會廳盡頭，弧形的觀景窗前，左丘白和林堅正站在漫天星光下談笑。

洛蘭微笑著朝他們走去。

左丘白微笑著彎身致敬：「陛下。」

洛蘭面帶笑容，客氣地和他握手，禮貌地說：「歡迎閣下成為阿爾帝國的公民。能有您這樣的傑出人才，我們感到非常榮幸。」

左丘白風度翩翩地說：「謝謝陛下的寬宏大量、不計前嫌。」

洛蘭回想起她初到奧丁聯邦時參加的第一個宴會，當時所有人都不和她說話，左丘白一直坐在一旁袖手旁觀，絲毫不掩飾自己的冷淡漠然。

那個時候，大家還有幾分真誠，沒有現在這麼虛偽。

左丘白的目光從人群中緩緩掠過，似乎在觀察什麼。

洛蘭心中警鈴大作，恰好一個機器人滾動著輪子從他們身旁經過，洛蘭隨手端起一杯酒，轉身時不小心潑灑到林堅身上。

「抱歉！」

林堅忙說：「沒關係，換件外套就行了。」

他對左丘白欠欠身子，「失陪。」快步從側門離開了宴會廳。

左丘白一直盯著林堅，目送他離開。

洛蘭笑問：「閣下，可以跳支舞嗎？」

左丘白微微一愣，笑著說：「好。」

洛蘭主動把手遞給左丘白，左丘白握著她的手走進舞池，其他人看到他們都自動退避到一旁。音樂響起。

左丘白和洛蘭踏著音樂的節拍開始跳舞。

洛蘭說：「我記得在奧丁聯邦時，有一次舞會，我提議封林和楚墨開舞，紫宴對我比畫你，我當時完全沒想到你和封林在一起過。」

左丘白含著笑淡然地說：「當年我也沒想到妳會成為女皇。」

洛蘭盯著左丘白。

左丘白笑看著洛蘭。

洛蘭突然說：「你應該已經是２Ａ級體能了。」

她雖然只是Ａ級體能，可和超Ａ級體能的人朝夕相處過。

剛才跳舞時，她好幾次都踏錯舞步，剛開始是無意，後來卻是有意，左丘白每次都自然而然地避開了她。

「……是。」左丘白雖然有點意外，卻沒有否認，「陛下真是敏銳。」

「當年是故意藏拙？」

「不是，只是更喜歡閱讀，不喜歡動手動腳，後來當上指揮官，就花了點時間把體能提高到２Ａ級。」

洛蘭點點頭，「小莞小時候最喜歡坐在樹上看書。如果吃飯時找不到她，肯定是躲在樹上看書。」

左丘白笑笑，沒有接洛蘭的話題。

洛蘭說：「你攜帶頭足綱八腕目生物基因和刺絲胞動物門生物基因，不知道體能到２Ａ級後，會有什麼異能？」

左丘白笑笑，「抓緊了。」

左丘白的步速驟然加快，洛蘭只覺耳畔風聲呼呼，周圍的一切都成了虛影。

過一會兒，左丘白恢復正常速度。

他們已經在舞池裡跳了三四圈，可音樂只過一小節。

洛蘭明白了，「速度。」既然左丘白是速度異能，她只能放棄一槍射死他的計畫。

左丘白自嘲地說：「我也不明白我的基因怎麼會有速度異能。」

洛蘭特意要樂隊演奏一首很長的舞曲，可不管舞曲多長，都有結束時。

樂聲結束，洛蘭和左丘白同時停住舞步。

周圍的人鼓掌。

左丘白放開洛蘭的手，目光掃了四周一圈，「林元帥還沒回來？」

洛蘭招招手，一個近旁的將領急忙走過來，「陛下有事嗎？」

洛蘭吩咐：「去看看林元帥。」

左丘白目光沉靜地看著那個將領匆匆離開。

洛蘭說：「邵茄公主懷孕了，正是孕吐最厲害的時候，林堅不在身邊，她情緒波動很大，天天發脾氣，林堅只能經常和她視訊通話，盡量安撫她。」

左丘白笑起來，「要當爸爸了，待會兒要恭喜林元帥。」

洛蘭半開玩笑地說：「應該感謝你，沒有你的幫助，他不可能這麼早結婚，更不可能這麼早做父親。」

左丘白面不改色地說：「應該感謝陛下寬宏大量、玉成美事。」
洛蘭拿了杯酒，遞給左丘白。
左丘白微笑著接過，輕輕抿了一口，沒有再多飲。
洛蘭喝了幾口酒，對左丘白抱歉地說：「我去趟洗手間。」
「正好我也想去。」左丘白將酒杯放下，跟著洛蘭站起。

女士和男士的洗手間相鄰，就在宴會廳外面。
洛蘭鎖好廁所的門，立即悄悄發送訊息給林堅：「人員撤退情況？」
「再二十分鐘，一半的人就撤離了。」
「盡快，左丘白已經沒有耐心。」
「我現在回來替換陛下。」
「你不在，他還會耐著性子等，如果你回來，他應該立即就會發動攻擊。」
「我已經離開二十分鐘，再不回去，左丘白一定會起疑，我不能讓陛下置身險境。」
洛蘭眉頭緊鎖、一籌莫展。
即使費盡心機再拖延二十分鐘，也還有二十萬人沒有撤離，林堅和所有重要將領也依舊滯留在中央區。
左丘白隨時有可能發動攻擊。
如果當機立斷封鎖中央區，還能保住四十萬人，如果遲疑不決，給了左丘白機會讓病毒蔓延開，也許整艘太空母艦上的人會無一倖免，還有可能波及阿爾帝國，甚至整個人類。
究竟該怎麼辦？

洛蘭怕左丘白等得不耐煩，站起來往外走，推門時看到洗手間門上的禁火防爆標誌。她目不轉睛地盯著。

洛蘭慢慢走出洗手間，在洗手檯邊洗手時，一直回想太空母艦的設計圖。

因為過目不忘的記憶力，太空母艦上每一個區域、每一個艙室的設計圖一一在她腦海裡浮現閃過。她迅速寫了兩段訊息，發送給林堅和紫宴。

「沒時間解釋為什麼，立即執行！」

✷ ✷ ✷

洛蘭走出洗手間，左丘白已經等在外面。

洛蘭和他走到宴會廳門口，裡面音樂聲悠揚悅耳，賓客們正在翩翩起舞，林堅已經回到宴會廳，正端著杯酒，和一個異種將領說話。

左丘白看到林堅，眼中的警戒略淡。

洛蘭突然停住腳步，對左丘白說：「我想和閣下談談辰砂的事。」

左丘白展手，示意可以進去慢慢談。

洛蘭抓著左丘白的手臂，身子側傾，壓低聲音說：「我帶紫宴一起來的，他的身分還未公開，不方便拋頭露面。」

左丘白看著洛蘭。

洛蘭說：「辰砂要求我退兵，如果不退兵就死，我已經有一個辦法對付辰砂，一定能讓他俯首帖耳，放棄奧丁聯邦，但需要閣下幫忙。」

「讓辰砂俯首帖耳，放棄奧丁聯邦？」

洛蘭肯定地點點頭。

左丘白笑著搖頭，不知道是在嘲笑洛蘭的異想天開，還是在嘲笑辰砂也終於有今日，「紫宴在哪裡？」

洛蘭指指左手邊的走廊，「拐進去第一間艙房就是休息室，紫宴一直等在裡面想見你。」

左丘白迅速觀察地形，發現和宴會廳很近，不過幾十公尺距離，以他的體能幾乎轉瞬就到。

他對一直跟在他身後的兩個隨扈點了下頭，示意他們留在宴會廳門口。洛蘭也對一直跟著她的譚孜遙說：「你在這裡等著就好了。」

洛蘭和左丘白並肩走到T字路口。

洛蘭看著最裡面的艙房說：「那就是休息室。」

左丘白身為北晨號的指揮官，對星際太空母艦的構造非常熟悉，確定洛蘭沒有說謊。

那的確是休息室，一般設置在大型宴會廳附近，讓將領在宴會中途可以小憩，也可做為商議事情的地方。

左丘白回頭看了一眼，他的幾個隨扈站在宴會廳門口，時不時有軍人嬉笑著進進出出，一派歌舞昇平。

他收回目光，跟著洛蘭往前走。

因為不是主行道區，走廊變窄，兩個人之間的距離很近，能聽到彼此的呼吸聲，都十分平靜有規律。

快到休息室的艙門時，左丘白謹慎地停住腳步，沒有繼續往前走。洛蘭像是什麼都沒察覺到，徑直往前，一直走到休息室門前。

艙門自動打開。

寬敞的房間裡，一個身形修長的男人懶洋洋地坐在觀景窗前，一隻腳架在另一條腿上，手臂側支著頭，正在欣賞風景。

米色的休閒襯衣，衣袖半捲，襯得他慵懶隨意，如同一隻正在太陽下休憩的貓咪。

左丘白盯著他打量。

男人轉動了一下椅子，整個人面朝左丘白。

他愜意地仰靠在舒服的觀景椅上，衝左丘白揮揮手，滿臉燦爛的笑意，「好久不見！」

他的舉動一如當年，風流倜儻、瀟灑隨意。

可是，他臉上有兩道縱橫交錯的X形刀疤，肌肉糾結、猙獰醜陋，他架在膝頭的那條腿露出一截腳踝，不是人類的肉體，而是纖細堅硬的銀灰色金屬架，清楚地表明他已經失去一條腿。

這一切和他慵懶隨意的氣質格格不入，形成了詭異的視覺衝擊。左丘白驚訝之餘，往前走了幾步，跨過艙門，進入休息室。

他目光複雜地凝視著紫宴的臉，「你怎麼……變成了這樣？」

紫宴笑瞇瞇地說：「封林的女兒都長大了，我的樣貌自然也會改變。」

左丘白想到封小莞，目光柔和了幾分，「小莞說你教導她鍛鍊體能，謝謝！」

紫宴絲毫不給面子地說：「我是衝著封林，和你沒有絲毫關係。」

左丘白不以為忤，反而從紫宴的這句話中印證了封小莞的確是他的女兒，心頭湧起一點喜悅、一點悵然。

紫宴看著身旁的座位，展手做了個邀請的姿勢，示意左丘白坐。

左丘白抬抬手，客氣有禮地對洛蘭說：「陛下請。」

洛蘭笑了笑，走到紫宴對面的觀景椅上坐下。

左丘白等她坐下後，才坐到她和紫宴中間。

紫宴拿起桌上的酒瓶，給自己倒了一杯。

左丘白說：「我和楚墨都沒想到你會幫阿爾帝國攻打奧丁聯邦。」

紫宴笑，「還不是被你們兩兄弟逼得無路可走。」

「我以為你的信念比生命更重要。」

「我也以為你的信念比生命更重要。」紫宴衝左丘白舉舉酒杯，喝了一大口，「可我們大家在這裡相會了。」

左丘白沒有反駁，微笑著問：「你們說辰砂會投降？」

「看你這樣子像是不相信？」

左丘白對洛蘭抱歉地欠欠身，「沒有冒犯陛下的意思，但辰砂如果願意歸順阿爾帝國，又何必在最後關頭逃離阿爾帝國？不管他之前對陛下說了什麼，都不過是為了利用陛下的軍隊幫他找楚墨復仇。現在楚墨已經死了，他不用再裝模作樣，可以做回自己。」左丘白頓一頓，堅定地說：「他是辰砂！」

紫宴興致勃勃地提議：「不如我們打個賭，如果辰砂會歸順阿爾帝國，算我贏。如果辰砂不歸順，算你贏。」

「賭注是什麼？」

紫宴笑瞇瞇地說：「因為你和楚墨，我少了一顆心，失去一條腿，變成這樣。如果我贏了，我就放棄對你尋仇。」

左丘白好笑地問：「如果我贏了呢？」

「你幫我們攻打辰砂。辰砂不是砍了封林的頭嗎？現在又把楚墨殺了，你正好新帳舊帳一塊兒算。」

左丘白盯著紫宴。

紫宴滿不在乎地攤攤手，「難道我說錯了嗎？」

「你們？」左丘白看看洛蘭，再看看紫宴。

紫宴笑著眨眨眼睛，「不可以嗎？」

「我沒興趣和你們打賭。」左丘白拿起一個酒杯，給自己斟了杯酒，一口氣喝完，對洛蘭說：「好酒！」

「閣下喜歡就好。」

左丘白拿起酒瓶，看到上面寫著「一枕黃粱」，點點頭，問：「好名字！誰取的？」

「我。」

「人生可不就是黃粱一夢嗎？但就算知道夢醒後一切都是空，卻依舊會堅持在有限的生命裡拚盡全力，這才是人類能在星際中繁衍不息的原因。」左丘白直接拿起酒瓶又喝了幾口，「自從三十年前，體能晉級到3A級，我已經很多年沒嘗到有酒味的酒了。」

洛蘭全身戒備地盯著左丘白。

3A級體能？他不只有速度異能，還有聽力異能，他能聽到宴會廳裡發生的事！難怪他會突然一改謹慎的作風，開始大口喝酒。

左丘白笑著放下酒瓶，指指自己的耳朵，「我的基因來自海洋生物，聽力構造和你們不一樣，你們的遮蔽系統對我沒有用。到這一刻，我倒是真的要說一聲『敬佩』，妳居然有膽量用自己做餌，掩護其他人離開。」

「他要異變了！」洛蘭大叫。

紫宴立即抓住洛蘭往後退。

「你們一個都逃不掉！」左丘白笑著說。

他的身體開始劇烈顫抖，全身的肌肉都在不受控制地抖動，顯得臉上的笑容十分詭異。

他探身想抓住洛蘭，可因為正在異變，身體還不能自如控制，讓洛蘭和紫宴逃了。

洛蘭對著中央智腦大吼：「我是英仙洛蘭，啟動應急程式！」

尖銳嘹亮的警報聲響起，刺眼的紅色警報燈閃爍不停，英仙二號太空母艦進入最高級別的危險警戒狀態。

宴會廳裡，林堅和阿爾帝國的將領們一邊和左丘白帶來的人搏鬥，一邊緊急撤退。

譚孜遙按照洛蘭的命令，大步朝潘西教授走去，潘西教授緊張地說：「你們不能殺我！你們需要……」

譚孜遙一槍把潘西教授射殺，掩護其他人撤退。

＊　＊　＊

太空母艦的各個區域，幾十萬軍人按照命令，集結成隊，依次撤退。

休息室。

左丘白身體扭曲變形，脖子以下像是高溫下的糖漿一般迅速融化，變成了一團血肉模糊、黏稠的黑紅色血漿。

黑紅色的血漿中長出一條又一條細長的白色觸鬚，朝紫宴和洛蘭爬過來。

紫宴拉著洛蘭疾衝到艙門口，敏捷地拍了下門，命令：「開門。」

因為已經進入最高級別的危險戒備程式，智腦沒有接受指令，門沒有任何動靜。

眼看觸鬚就要接近他們，紫宴著急地砸門。

洛蘭命令「開門」，艙門應聲打開，剛剛容一人通過。

紫宴想讓洛蘭先走，洛蘭卻十分粗魯，狠狠一把就把他從門縫裡推去。

洛蘭正要過去時，十幾條觸鬚張牙舞爪地纏向她。

紫宴揮手，數十張紫色的塔羅牌飛舞轉動，排列成防衛矩陣，將一條條觸鬚擋住。

洛蘭從門裡衝過來，兩條觸鬚竟然從塔羅牌矩陣中鑽過，緊追而至，刺向洛蘭。

「關門！」

啪一聲，艙門迅速合攏，將兩條觸鬚擠斷。

險之又險，洛蘭才沒有被它們刺到。

兩截觸鬚掉到地上，像是兩條白色的小蛇，還在不停蠕動，它們流出的液體顏色發黑，居然將金屬地板腐蝕出一個個小洞。

洛蘭和紫宴都駭然。

紫宴說：「左丘白長出好多觸鬚，一眼看過去密密麻麻，數都數不清。」

「左丘白主要攜帶的是頭足綱八腕目生物基因和刺絲胞動物門生物基因，但經過病毒的刺激，不知道還會激發什麼基因。」

紫宴說：「他的體能不止3A級，就算異變前不是4A級，現在也肯定超過4A級了。」

金屬門發出咚咚的撞擊聲，就好像有千萬隻手一起猛烈地撞擊金屬門。

咚咚的撞擊聲中，金屬艙門像是一張放入油鍋的煎餅，居然鼓起一個又一個氣泡。

「這道門擋不住他！」紫宴抓住洛蘭往前跑。

前面是一道已經封閉的隔離門，洛蘭命令：「開門。」

隔離門打開。

洛蘭和紫宴通過隔離門。

洛蘭命令：「關門。」

隔離門又關閉。

經過宴會廳時，紫宴發現宴會廳的人員已經全部撤離。

地上一片狼藉，倒著幾百具屍體，有異種的，也有人類的。顯然，剛才他們和左丘白搏鬥時，這邊也在惡戰。

四周的艙門和隔離門全部關閉鎖定。

紫宴也接受過軍事特訓，大致猜到洛蘭的計畫。

中央區是太空母艦最重要的核心區域，一般很難遭受來自外部的攻擊，卻有可能因為內部故障和惡性事故導致爆炸。

為了安全，每個區域都會設計特別加固的安全區，每條通道都有防火防爆的隔離門，一旦啟動應急程式，所有隔離門都會開啟，將危險禁錮在最小範圍內，阻止危險蔓延。

洛蘭沒有時間讓二十萬人撤離中央區，只能冒險找一個折中的方法。

當警報響起時，所有人就近集結進入安全區，安全閘門落下。

緊急程式啟動，所有通道封鎖，所有隔離門封閉，整艘太空母艦只接受最高指揮官的命令，也就是洛蘭的命令。

洛蘭肯定是想把左丘白封鎖在這個區域，人為製造爆炸，殺死左丘白。

紫宴留意查看，果然看到牆壁上貼著一塊又一塊威力巨大的微型炸藥。不但牆上有炸藥，四處還散落著能量燃燒彈。一旦炸藥爆炸，燃燒彈會把這區域變成高溫火海，將病毒燒得一乾二淨。

紫宴問：「這麼猛烈的內部爆炸，已經近乎自毀，太空母艦能承受嗎？」

太空母艦的防禦力十分強悍，但那是針對外部攻擊。

沒有敵人能在核心區發動這麼猛烈的內部攻擊，除非整艘太空母艦的人都死絕了。

洛蘭笑了笑，說：「英仙二號是我哥哥在英仙號撞毀後重新設計製造的太空母艦，各方面功能都比你知道的北晨號先進。我哥哥對爆炸有心理陰影，在審核英仙二號的設計圖時，仗著有錢，不惜成本地把安全區設計得格外堅固，所有隔離門都更厚重，有可能躲過一劫。」

「多大可能？」

「六七成。」

六七成？不過，總比沒有強！紫宴拽著洛蘭跑得更快了。

個人終端機振動，洛蘭接聽。

林堅的聲音從個人終端機裡傳來，「陛下，所有軍人已經陸續進入安全區，再過十五分鐘就可以啟動炸彈，請陛下迅速撤退到安全區……」

一陣「咔咔嚓嚓」的雜音傳來，訊號突然中斷。

洛蘭拍拍個人終端機，發現不是個人終端機的問題，而是母艦的訊號系統出了問題。

她警覺地抬起頭看看四周，隱隱覺得不安，對紫宴說：「把握時間！」

兩個人急速往前跑。

在洛蘭一次次「開門、關門」的命令聲中，通過一道道艙門和隔離門。

不知不覺中，紫宴鬆開洛蘭的手。他的喘息越來越急促，臉色漸漸發青，突然，腳下一滯，整個人直挺挺地摔倒在地上。

洛蘭聽到動靜，急忙跑回去。

紫宴掙扎著說：「時間有限，不要管我！」

「閉嘴！」

洛蘭乾脆俐落地把紫宴的機械腿卸下，半開玩笑地說：「能輕一點是一點。」

她背起紫宴，跑了幾步，覺得不對勁，又一腳踢掉自己的高跟鞋，赤腳沿著通道往前跑。

紫宴伏在她背上，聽著她急促的喘息聲。

雖然洛蘭的體能不錯，但背著一個大男人奔跑，無論如何都不是一件輕鬆的事。

她的喘息聲如雷鳴，一聲聲敲打在紫宴的心房上。

紫宴想起他曾經看過的一段影片：駱尋被綁架到阿麗卡塔生命研究院時，獨自一人面對兩個歹徒的堅定和果決。

她們明明是同一個人，他卻眼瞎心盲，只願意承認光明面，不肯直視陰暗面。

如果大樹不紮根於黑暗汙濁的泥土中，怎麼可能朝藍天朝陽張開枝椏？如果沒有漆黑的天空，繁星怎麼可能有璀璨的光芒？

黑暗並不美麗，卻往往是光明的力量源泉。

突然，洛蘭停下腳步。

紫宴強撐著抬起頭，看到一滴黑紅色的液體從半空中滴落。

通道頂上有一個洞，一條白色的觸鬚從裡面鑽出來，破洞被腐蝕得越來越大，一條又一條觸鬚像是蛇一般爭先恐後地往外鑽。

洛蘭立即轉身，朝另一條通道跑去。

白色的觸鬚翻湧蠕動，像是無數條蛇追趕在她身後。

「開門！」

「關門！」

洛蘭背著紫宴堪堪從金屬隔離門中通過，白色的觸鬚被擋在隔離門外。

紫宴駭然：「左丘白的觸鬚怎麼會這麼長？」

洛蘭想到一種刺絲胞動物門的生物，「水螅體組成的僧帽水母，身軀不到三十公分，觸鬚卻有二十二公尺長，而且觸鬚上有刺細胞，能分泌酸性毒液。」

紫宴喃喃說：「觸鬚這麼細、這麼長，又有腐蝕性，簡直一點縫隙就可以鑽進去。」

洛蘭突然意識到什麼，猛地停住腳步。

紫宴問：「怎麼了？」

洛蘭對中央智腦命令：「檢查中央區的空調系統。」

幾塊虛擬螢幕浮現在身周。

無數白色的觸鬚正沿著四通八達的空調系統朝四面八方延伸，即使遇到阻礙，也靠著具腐蝕性的分泌液強行通過。

中央智腦提醒：「異物侵入，已開啟隔離板。」

「能封鎖空調系統嗎？」

「不行。」

虛擬螢幕上出現了集中在安全區的人，大家密密麻麻擠站在一起，滿臉緊張焦慮。如果徹底封鎖空調系統，肯定會把人活活憋死。

紫宴說：「只能盡快啟動炸彈。」

洛蘭一言不發，背著他快速往前跑。

紫宴不知道僧帽水母的觸鬚有多麼特殊，就算是被砍斷，已經脫離母體，含有毒液的觸鬚依舊能保持數小時生物活性，依舊能毒死人。

只要有一條觸鬚遺漏了，只要有一個人感染病毒，數十萬人就不會有一人倖免。

中央智腦的聲音傳來：「隔離板只能延緩觸鬚的前進速度，沒辦法遏制觸鬚，請盡快處理。」

警報的聲音越來越尖銳急促。

洛蘭一聲不吭，盡力快跑。

通過一道隔離金屬門後，她停住腳步。

紫宴問：「妳要做什麼？」

洛蘭沒說話，把紫宴放到地上，轉身就往回走。

紫宴一把抓住洛蘭的手腕，「妳要去哪裡？」

「我去殺了左丘白。」

紫宴掙扎著要起來，「我去。」

「你還是老實待著吧！」洛蘭輕輕一推，紫宴就跌回地上，「聽我說！紫姍很有可能還活著。只要左丘白死了，北晨號上的軍人肯定會回阿麗卡塔找辰砂，你帶紫姍去找封小莞。封小莞很瞭解絮鉤病毒，一定能救紫姍。」

洛蘭想抽手離開。

紫宴緊緊抓著洛蘭的手臂，不肯放開，眼中滿是哀求。

洛蘭說：「放手！」

「不放！」

「你想讓大家都死嗎？」

「不管！我只知道我不想讓妳死！」

「你不放手，你和我都會死！」

「不管！反正不許妳回去！」

洛蘭氣結：「你是紫宴，能像孩子一樣任性地說『不管』嗎？」

「我不管！」

紫宴抓著她的手，無論如何就是固執地不肯鬆手。

洛蘭用力拽了幾次，都沒有拽開。

紫宴的全身都在顫抖，只有抓著她的手堅如磐石，像是不管發生什麼事都絕不會鬆手。

中央智腦的警報聲不停地響著，機械聲一遍又一遍說：「異物侵入，危險！異物侵入，危險……」

紫宴依舊緊緊地抓著洛蘭的手，無論洛蘭如何用力，都掙不脫。

洛蘭眼中驟然有了淚光，「紫宴，放開我！」

紫宴眼中淚光閃爍，咬著牙搖頭。他已經把全部的力氣、全部的生命都凝聚在五指之中，不顧一切地想要和命運對抗。

洛蘭突然展顏而笑，笑靨如花。

「關門！」

金屬隔離門驟然關閉。

電光石火間，鮮血飛濺，噴灑了紫宴一臉。

洛蘭的手臂從中間被截斷，紫宴手裡只剩下一截斷臂。

紫宴全身劇烈抽搐，握著半截斷臂，淒聲慘號。

他掙扎著爬起來，又是用手，又是用頭，用力砸著金屬門，一聲接一聲吼叫，剛開始還能聽清楚是「洛蘭」，後面漸漸變成了不明意義的悲鳴，一聲更比一聲悲痛絕望。

✷ ✷ ✷

艙門另一邊。

洛蘭臉色煞白，跌跌撞撞地從地上爬起，半邊身子都是血。

她聽到紫宴撕心裂肺的哭號聲，卻沒有絲毫停頓，反倒更加堅定地向前跑去。

她一邊跑，一邊大叫。

「左丘白！你在哪裡？

「明明你的計畫已經成功了，卻因為我功敗垂成，你不想殺了我嗎？

「左丘白，我救了異變的辰砂，卻沒有救封林，你不恨我嗎？」

……

洛蘭跌跌撞撞地跑回宴會廳。

她仰頭看向監視器，滿臉血汙，狼狽不堪。

「林堅元帥，記錄這個屋子裡發生的一切，我有話要告訴全星際的人類。」

站在監控螢幕前的林堅明知洛蘭看不到，也聽不到，卻雙腿併攏，含著淚敬禮：「是！」

洛蘭下意識地用僅剩的一隻手整理了一下頭髮，卻發現手上全是血，把自己弄得更狼狽了。

她站在幾百具屍體中間，一隻手沒了，穿著鮮血浸透的裙子，頭髮蓬亂，臉上滿是血痕，形容狼狽不堪，可是，她背脊筆挺，就好像不管多大的風雨，都無法令她低頭彎腰。

「我是阿爾帝國的皇帝英仙洛蘭，很抱歉讓你們看到這麼血腥殘酷的畫面，但之所以有今天，是因為你們每個人、我們每個人的錯誤。長久以來，正常基因的人類把攜帶異種基因的人類視為低人一等的異種生物，歧視他們、壓榨他們、奴役他們，沒有人會接受這樣的命運，所以，有了一次又一次戰爭，有了今天最極端的反抗。這一次，我會制止慘劇的發生，但只要現狀一天不改變，反抗就一天不會結束。」

宴會廳的艙壁上傳來咚咚的撞擊聲。

洛蘭面不改色地繼續。

「請英仙二號上所有軍人見證，請全星際所有人見證，我以阿爾帝國皇帝的身分宣布我的女兒英仙辰朝是阿爾帝國皇位的第一順位繼承人，我的兒子英仙辰夕是阿爾帝國皇位的第二順位繼承人。

「身為母親，應該照顧、保護他們長大，但是，我不僅僅是他們的媽媽，還是阿爾帝國的皇帝。我希望奧米尼斯星上每個像他們一樣的孩子能健康平安地長大，我希望阿麗卡塔星上每個像他們一樣的孩子能健康平安地長大，我希望英仙二號上每個像我一樣為人父母的人能回到他們的孩子身邊，我希望北晨號上每個像我一樣為人父母的人能回到他們的孩子身邊。

「我有一個夢想世界，在那個世界，人們尊重差異、接受不同，不會用自己的標準否定他人，不會用暴力強迫他人改變，每個人都可以有尊嚴地生活，每個人都有權利追求幸福。很可惜，我沒有機會實現自己的夢想，麻煩你們，麻煩英仙二號上的每一位軍人，麻煩每一個聽到這段話的人，請你們幫我實現！」

一條又一條細長的白色觸鬚像是蠕動的蛇一般出現在寬敞的宴會廳裡，密密麻麻交織在一起，像是一張殺人的巨網。

十幾條觸鬚快如閃電，從背後飛撲過來，插入洛蘭身體，從前面探了出來。

洛蘭猛地吐出一大口血。

她卻依舊平靜地對著監視器說：「毀滅一切的雪崩是由一片片雪花、所有雪花一起造成，可巍峨美麗的雪山也是由一片片雪花、所有雪花一起造成，不論你是異種，還是人類，都請做一片凝聚成雪山的雪花，不要做造成雪崩的雪花！」

「廢話真多！」

隨著男人的譏諷聲，一個奇形怪狀的東西出現在宴會廳的天花板上。

一大團軟綿綿的息肉組織，像是堆積的棉花一樣，中間嵌著一顆人腦袋，四周伸出千萬條長短不一的觸鬚。

有的像是垂柳一般從高空垂落，有的像是藤蔓一般纏繞在吊燈上、攀附在牆壁上，還有的像是蜥蜴的舌頭一般不停地捲起彈開。

洛蘭仰頭看著左丘白，遺憾地說：「你以前長得很好看，現在變得很醜陋。」

左丘白淡定地說：「這個星際沒有好看和醜陋，只有生存和死亡。」

「也許星際中只有生存和死亡，但人類有對和錯，有高貴和卑鄙，正因為我們人類有這些，所以，我們才不僅僅像其他物種一樣只是在星球上生存，我們還仰望星空，追逐星光，跨越星河，創造璀璨的文明。」

「妳的廢話對我沒用！」左丘白譏嘲，「我知道妳安裝了炸彈，想要炸毀我，但我的觸鬚就算離開母體，也不會立即死亡，它們依舊能進入被妳封閉起來的安全區域，讓病毒傳播。」

洛蘭微笑。

左丘白又是十幾條觸鬚插進她的身體，「一個純種基因，拚盡全力也不過是A級體能，憑什麼來殺死我？」

「我不能殺死你，但可以殺死自己！」

洛蘭抬起僅剩的一隻手，毫不猶豫地朝自己開了一槍。

左丘白這才注意到洛蘭手裡握著一把槍，竟然是死神之槍。

一瞬間，左丘白氣得整張臉都變形扭曲，所有觸鬚都在憤怒地震顫。

洛蘭的身體上密密麻麻插滿左丘白的觸鬚。

兩人血肉相連，她朝自己開槍，也就是朝左丘白開槍。

左丘白暴怒，猛地抽出所有觸鬚，把洛蘭狠狠摔到地上。

左丘白從天花板上躍下，落在洛蘭身旁。

他撐著頭質問：「妳把小莞怎麼樣了？」

洛蘭沉默不語，突然狠狠一拳，砸在左丘白的臉上。

左丘白的觸鬚捲起洛蘭，用力摔出去。

洛蘭砸到牆上，沿著牆壁墜落。

點點螢光從她的身體裡飛出，四散飄舞。

左丘白的幾十條觸鬚也開始消融，變成點點螢光。

左丘白用別的觸鬚折斷那幾十條消融的觸鬚，可什麼用都沒有，他的觸鬚依舊在消融。

左丘白再折斷，觸鬚依舊在消融，什麼用都沒有。

驚慌恐懼中，左丘白終於理解了為什麼叫死神之槍——一旦中槍，沒有倖免。

洛蘭掙扎著爬起來，全身鮮血淋灕地靠坐在牆壁前。

她看到左丘白的驚懼、慌亂、痛苦、絕望，不禁脣角翹起，微微而笑。

她終於感同身受地知道了，身體消融時原來這麼痛！

削骨刮髓、剜心扒皮。

因為疼痛，左丘白的幾千條觸鬚不受控制地上下翻騰、拚命掙扎。

漫天螢光飛舞，像是有無數的螢火蟲在翩躚舞動。

洛蘭的身體已經完全虛化，她仰著頭，一串眼淚從眼角滑落，嘴唇無力地翕動幾下，似乎說了句話，可沒有人聽到她究竟說什麼。

洛蘭的身體消散，一條項鍊掉到地上，一滴眼淚墜落在項鍊上。

個人終端機啟動爆炸程式。

轟然一聲，宴會廳所在的區域炸毀。

一個爆炸緊接一個爆炸，整個中央區劇烈震顫，卻沒有一個人失聲驚呼。

所有人不管身體怎麼搖晃，都詭異地沉默著，就好像有什麼東西堵塞住了他們的嗓子。

良久後，顛簸過去。

所有監控螢幕上都是鋪天蓋地的烈火，摧枯拉朽地熊熊燃燒，一片血紅色。

是死亡之火，可也是生存之火。

他們活下來了！

死一般的寂靜中，一聲破碎的嗚咽驟然響起。

沒有人去查看誰在哭，因為每個人都淚眼模糊。

封閉的艙室裡，紫宴懷裡抱著半截斷臂，直挺挺地躺在地上，眼淚一顆接一顆從眼角滲出，沿著臉頰墜落。

熊熊烈火熄滅後，一個新的世界會從灰燼中誕生。

異種將和其他人一樣平等、自由地生活，個體差異將被尊重、被接納，那是從他懂事起就渴望和夢想的世界。

但是，那個他渴望和夢想的世界中，沒有她了！

英仙洛蘭用一己之力，建造了那個世界，但那個世界沒有她了！

Chapter 24

# 番外：朝夕

朝朝夕夕、夕夕朝朝。

幸好餘生還長，幸好還有機會彌補，幸好還有很多朝夕可以執手相對。

清晨。

執政官官邸。

辰砂一身軍裝，沿著樓梯走下樓，詢問：「阿爾帝國的飛船到了嗎？」

宿一回答：「已經到太空港，宿二和宿七去迎接使者團，會直接帶他們到議政廳。」

辰砂剛要去餐廳吃飯，門鈴聲響起。

不一會兒，宿二和宿七走進來。

宿一詫異地問：「你們沒送阿爾帝國的官員去議政廳嗎？」

宿二和宿七都面色古怪。宿七偷偷瞟了眼辰砂，含含糊糊地說：「我們覺得……帶他們直接過來比較好。」

宿一不解。

這是執政官的私宅，不是不可以接見其他國家的官員，但一般都是有私交的熟人。宿二、宿七怎麼會自作主張地帶阿爾帝國的官員來執政官的私宅？還是商議停戰這種大事。

辰砂問：「怎麼回事？」

宿二支支吾吾地說：「閣下……閣下還是私下見比較好。」

人已經到門口了，難道還要把他們趕回去？辰砂對宿一點點頭，示意他放行。

宿一揚聲吩咐隨扈：「讓他們進來。」

過一會兒。

清初走進來，目光堅定，氣質幹練，和以前小心謹慎的樣子截然不同。

但是，身為女皇辦公室負責人，女皇最為倚重的心腹，她卻只是恭敬地跟隨在一個孩子身後。

男孩子黑髮黑眼，五官精緻、氣質清冷，一身剪裁合身的正裝，白襯衣、黑褲子、黑色的外套、黑色的細領帶，全身上下紋絲不亂。

他步履從容、背脊筆直，目光直視著辰砂，徑直走過去。

即使屋內所有人的視線都盯著他，他依舊沒有一絲孩子該有的不安羞澀，表情異常冷淡鎮靜。

宿一下意識地去看辰砂。分開看時不覺得，可兩個人身處同一個屋子，對比著看時，竟然覺得一大一小十分神似。

男孩站定在辰砂面前，像個大人一樣對辰砂伸出手，「我是英仙辰夕，代表我的母親英仙洛蘭皇帝陛下來和閣下商談兩國停戰事宜。」

辰砂怔怔地看著英仙辰夕。

他見過這孩子，在啤梨多星。

為了奧丁聯邦將來能研究出治癒異變的藥劑，他私下去曲雲星盜取吸血藤。飛船返航途中，他在啤梨多星稍做停留，沒想到碰到了英仙洛蘭。

當時，除了這個男孩兒，還有一個女孩兒。艾米兒一邊摟著那個女孩兒的肩膀笑個不停，一邊和英仙洛蘭一起挑選眼鏡。

他聽聞艾米兒有一對雙胞胎兒女，應該就是這個男孩兒和那個女孩兒。

但是，這孩子剛才說什麼？

英仙辰夕一直伸著手，平靜地看著辰砂。

辰砂問：「你說你叫什麼？」

英仙辰夕清楚地回答：「英仙辰夕。英仙洛蘭的英仙，辰砂的辰，夕顏花的夕。」

辰砂看著英仙辰夕。

英仙辰夕看著辰砂。

所有人屏息靜氣，屋子裡落針可聞，安靜得詭異。

辰砂腦海裡驀然跳出一幅畫面——

深夜，洛蘭坐在椅子上，穿著淺藍色的手術服，戴著淺藍色的頭套，目光異常沉靜克制。他詫異洛蘭這麼晚還要動手術，洛蘭雲淡風輕地說「有個小手術」。他當時隱隱覺得哪裡不對，可又說不出來。現在明白了，洛蘭不是幫別人動手術，而是她自己要躺在手術檯上，接受手術。

大戰當前，懷孕生子，還是攜帶異種基因的孩子。即使強悍如英仙洛蘭，那段時間也很難熬吧？

「哦！」英仙辰夕像是突然想起什麼，平靜地說：「我的孿生姊姊叫英仙辰朝，英仙洛蘭的英仙，辰砂的辰，朝顏花的朝。」

辰砂想起那兩種飲料的名字。

朝顏夕顏。
夕顏朝顏。
他後知後覺地意識到，整個阿爾帝國沒有一個3A級體能者，更沒有4A級體能者，那兩種飲料看似向全軍供應，實際只為他一人而做，名字也只是因他而取。
辰砂心潮起伏、精神恍惚，一直呆呆地盯著英仙辰夕。
「閣下？」英仙辰夕依舊伸著手。
辰砂終於回過神來，強自鎮靜地和英仙辰夕握了握手。
英仙辰夕說：「我媽媽說您是我的父親，按道理來說我應該叫您爸爸，不過初次見面，我還是稱呼您閣下比較好。」
辰砂雖然已經明白自己和英仙辰夕的關係，但親耳聽到英仙辰夕說出來，還是覺得每個字都猶如利劍、直扎心窩。
他的孩子？
他和英仙洛蘭的孩子？
辰砂思緒紛亂，一片茫然地看著英仙辰夕。洛蘭曾經不止一次說過「我有一個巨大的驚喜或者驚嚇正等著你」。
這次，她沒有騙人！真的是巨大的驚嚇！
宿一忍不住問：「你媽媽……阿爾帝國的皇帝陛下真打算對外公布你叫英仙辰夕，你姊姊叫英仙辰朝？」

「是。」英仙辰夕言簡意賅，一個字都不肯多說。

幸虧清初明白宿一的言外之意，清晰地解釋：「陛下不但已經確定小朝殿下是第一順位繼承人，小夕殿下是第二順位繼承人，還已經得到林堅元帥和紫宴閣下的支持。」

阿爾帝國未來的皇帝是異種？

宿一、宿二、宿五、宿七如聞驚雷，都覺得自己在做夢，滿臉震驚地盯著英仙辰夕。

清初雙手捧著，將一盒密封的藥劑遞給宿五，「這是辟邪，英仙葉玠生物基因製藥公司新生產的藥劑。因為執政官閣下配合參與了研究，占股一五％，是製藥公司的第二大股東。執政官閣下已經用不上這種藥劑，但幾位應該需要。這幾份藥劑並不對外出售，是陛下的私人饋贈，具體使用方法和藥效說明書上寫得很清楚。」

宿五仔細看完，驚駭地瞪著手裡的藥劑，對辰砂結結巴巴地說：「閣下……閣下……是……是……」

「我知道。」辰砂想到自己居然悄悄去曲雲星盜取吸血藤，心中滋味異常複雜。

清初又拿了兩個禮盒遞給英仙辰夕。

英仙辰夕雙手捧著轉交給辰砂，禮貌卻冷淡地說：「我媽媽要我帶給閣下的禮物。」

辰砂腦子裡千頭萬緒、一團亂麻，下意識地問：「是什麼？」

「不知道。媽媽說閣下有任何疑問，可以隨時聯絡她。閣下知道她的個人終端機號碼。」

辰砂想起半夜未接的那兩個音訊通話。

洛蘭三番五次聯絡他，就是想說這些事嗎？

辰砂接過禮盒，注意到其中一個很眼熟，上面還有快遞標記，是他在林榭號上收到過的禮盒。

一時間辰砂竟有些情怯，沒有打開這個禮盒，打開了另外一個禮盒。三罐手工製作的玫瑰醬和一個眼鏡盒。

辰砂怔怔地拿起玫瑰醬，下意識地看了眼廚房的方向。不知不覺中，眼前的玫瑰醬和記憶中的玫瑰醬重合。

駱尋曾經做兩罐玫瑰醬給他。一罐被他一怒之下摔了，一罐還沒來得及吃，他就離開阿麗卡塔，奔赴戰場，等再回到阿麗卡塔，已經是幾十年後，人事全非，什麼都找不到了。

本以為滄海桑田，一切都被無情的時光埋葬，隨風而逝，沒想到在時光的迷宮中兜兜轉轉，有生之年，竟然還能重逢。

辰砂的手指從簽名上輕輕撫過。

大罐的玫瑰醬上面手寫著「洛蘭」。兩個小罐上面，筆跡稚嫩，一罐上面寫著「小朝」，一罐上面寫著「小夕」。

「媽媽帶著我和姊姊一起做的玫瑰醬。」英仙辰夕拿起眼鏡盒，故意說：「這是媽媽在啤梨多星買的眼鏡，她買了四副，打算一家四口一人一副。哦，閣下應該知道，因為我記得閣下當時也在啤梨多星。」

辰砂打開眼鏡盒，看到一副黑框眼鏡，和以前他送給駱尋的眼鏡一模一樣，只不過是男款，略大一點。

當年洛蘭剛收到眼鏡時的詫異反應一點一滴漸漸浮現在心頭。

辰砂忽而禁不住笑了。

時光漫長殘酷，但悠悠經年後，她記得，他也記得，何其有幸！

有生之年，竟能重逢！

雖然重逢的妳，已不是當初的妳，但改變並不都是驚嚇，還有驚喜。

辰砂抬起頭，仔細地看著小夕。

小朝、小夕。

他和洛蘭的孩子！

喜悅如同漲潮的潮水，一浪高過一浪，滿溢心間，讓他既愧疚又後怕。

朝朝夕夕、夕夕朝朝。

幸好餘生還長，幸好還有機會彌補，幸好還有很多朝夕可以執手相對。

辰砂的目光越來越溫柔，英仙辰夕越來越不自在。大人般的淡定鎮靜消失，他彆扭地迴避著辰砂的目光，「媽媽派我來談兩國停戰事宜，你們有什麼要求？」

辰砂忍不住揉了揉兒子的頭，溫和地說：「這些事情我會和你媽媽直接溝通。你先住我這兒，就住你媽媽以前住過的房間，想吃什麼、想玩什麼告訴我。」

英仙辰夕愕然。

他想起臨別前媽媽說的話，「你爸爸知道該怎麼處理，他如果有疑問，會直接聯絡我」，原來媽媽早預料到會這樣。

清初微笑著咳嗽一聲，剛要說話。

突然，辰砂的個人終端機接連不斷地響起急促的訊息提示音。

一條接一條緊急訊息。

「看新聞！」

「阿爾帝國出大事了！」

……

莫名其妙地，辰砂心驚肉跳，立即對宿一命令：「打開新聞。」

新聞剛打開。

紅鳩沿著走廊衝過來，一邊跑，一邊失態地喊：「英仙洛蘭死了！」

「你說什麼？」

一大一小兩個聲音。相似的面容，都表情凶狠，死死地盯著他。

紅鳩下意識地往後退了一大步，喃喃說：「英仙洛蘭死了。」

「不可能！」

又是一大一小兩個聲音同時響起。

紅鳩指指螢幕，讓他們自己看。

……

恢宏的宴會廳，一片狼藉。

打翻的酒瓶、摔碎的酒杯、踩得稀爛的食物。

四周依舊殘留著宴飲歡聚的氣氛，但是幾百具屍體橫七豎八地堆疊在地上，到處都是猩紅的鮮血，完全就是一個慘不忍睹的屠宰場。

洛蘭一個人孤零零站在滿地屍體中間。

她赤著雙腳、一條手臂斷了，衣裙凌亂，滿身血汙，形容狼狽不堪，一雙眼睛卻異樣清亮。

「……我希望奧米尼斯星上每個像他們一樣的孩子能健康平安地長大，我希望阿麗卡塔星上每個像他們一樣的孩子能健康平安地長大，我希望英仙二號上每個像我一樣為人父母的人能回到他們的孩子身邊，我希望北晨號上每個像我一樣為人父母的人能回到他們的孩子身邊。

「我有一個夢想世界，在那個世界，人們尊重差異、接受不同，不會用自己的標準否定他人，不會用暴力強迫他人改變，每個人都可以有尊嚴地生活，每個人都有權利追求幸福。很可惜，我沒有機會實現自己的夢想，麻煩你們，麻煩英仙二號上的每一位軍人，麻煩每一個聽到這段話的人，請你們幫我實現！

……

辰砂突然伸手，把小夕拽進懷裡，把他的頭按壓在自己胸膛上，不讓他繼續往下看。

小夕掙扎著要推開他，「放開我！放開我……」

辰砂緊摟著他，聲音嘶啞地說：「不要看！聽話，不要看……」

他自己卻眼睛一眨不眨地盯著螢幕，看著無數條白色的觸鬚刺穿洛蘭的身體，殷紅的鮮血汩汩湧出。

……

辰砂覺得自己在做夢。

一個噩夢。

以前的噩夢，總能醒來，現在的這個噩夢，卻永遠都不會醒了。

漫天螢光飛舞。

洛蘭應該很痛，卻倚著牆壁在笑。

她仰著頭，一串眼淚從眼角滑落，嘴唇無力地翕動幾下，似乎說了句話。

最後一滴眼淚落下時，她的身影消失。

轟然一聲，漫天火光。

烈火熊熊燃燒，把一切都化為灰燼。

……

小夕雖然什麼都沒看到，卻猜到發生了什麼事，撕心裂肺地哭喊：「媽媽！媽媽……」

他狠狠地又踢又打，又抓又咬，想要掙脫辰砂的懷抱。

辰砂緊緊地摟著他，無論如何都沒有鬆手。

這一刻，萬箭攢心、痛不欲生，靈魂被撕成碎片，似乎整個人都要灰飛煙滅，可冥冥中，他清楚地知道洛蘭不希望兩個孩子看到這一幕。

辰砂親眼見過父母慘死在自己面前，很清楚那意味著什麼。

這一刻，他緊摟著小夕，不僅僅是他在保護小夕，也是小夕在保護他。如果沒有懷裡這一點命運的仁慈，他不知道自己還能不能站著，更不知道自己會做什麼。

前一刻，他還在慶幸，幸好餘生還長，幸好還有機會彌補，幸好還有很多朝夕可以執手相對。

這一刻，一切都沒了。

所有的錯誤都不能再彌補，所有的錯過都成了永遠。

小夕失聲痛哭，憤怒地喊：「為什麼？為什麼你不肯見媽媽？為什麼你要轉身離開……」

辰砂站得筆挺，死死地盯著螢幕上的一片火海。

他想起半夜響起的個人終端機。

洛蘭撥打了兩遍，他沒有接。

他想起送到林榭號上的禮物。

洛蘭已經送到他面前，他看都沒看，就扔下離去。

他想起啤梨多星的偶遇。

明明近在咫尺，他都沒有上前相見，決然轉身。

是啊！為什麼？

為什麼明明很想聽到她的聲音，個人終端機響起時，他卻沒有接聽？

為什麼明明輾轉反側、朝思暮想，真遇見了她，他卻能狠心離開？

為什麼明明很想知道她送的禮物是什麼，他卻沒有打開？

為什麼……

＊　＊　＊

洛蘭死後，辰砂除了一開始的異樣，之後一直表現得很平靜，比以前更加拚命地工作，幾天幾夜、不眠不休，終於把所有棘手的事情一件件妥善解決。

——經過主動溝通，北晨號的古來谷將軍率領四十餘萬士兵返回奧丁星域。

——英仙二號遭受重創，阿爾帝國痛失女皇，奧丁聯邦卻迎回北晨號，兵力增強。在勝負的天平向奧丁傾斜時，聯邦執政官辰砂出人意料地宣布奧丁聯邦願意投降，震驚星際。

——曲雲星政府總理艾米兒公布英仙葉玠基因研究院的研究成果「辟邪」，震驚全人類。

——英仙辰朝的異種身分掀起軒然大波，但因為林堅元帥和所有軍人的堅決擁護，英仙邵茄公主和其他皇室成員的表態支持，英仙辰朝在光明堂順利登基。

——辰砂簽署奧丁聯邦的投降協議，宣誓效忠新登基的阿爾帝國女皇英仙辰朝。從今往後，星際中再沒有奧丁聯邦，只有阿爾帝國阿麗卡塔自治星。

＊ ＊ ＊

辰砂和紫宴一個在阿麗卡塔，一個在奧米尼斯，視訊通話。

辰砂欲言又止，話都到了嘴邊，竟然又顧左右而言他：「獵鷹已經把紫姍送到曲雲星。」

紫宴頷首：「我知道，小莞告訴我了。」

小莞告訴他有把握救活紫姍，但經過病毒摧殘，紫姍即使甦醒，也會忘掉大部分事情。紫宴覺得很好，他和楚墨都不值得記，紫姍能忘得一乾二淨重新開始很好。

辰砂不言不語，一直沉默。

紫宴主動說：「我不知道。」

他也很想知道洛蘭在消失前喃喃說的那句話是什麼，但無論他忍著悲痛重看多少遍影片，都無法提取出洛蘭最後的話。

他知道辰砂想幫洛蘭實現她的每個願望，甚至可以說，辰砂現在表面上還能一切如常，就是因為洛蘭的願望還沒有實現。

「哦……」辰砂若無其事地要關閉視訊。

「辰砂。」紫宴叫住他，溫和地說，「你多長時間沒有休息了？就算體能好，也不能這麼糟蹋身體。如果睡不著，去喝夕顏朝顏、南柯一夢，不要辜負洛蘭的心意。」

辰砂沉默地點點頭，關閉了視訊。

＊ ＊ ＊

辰砂並不是故意不睡覺，只是一直不覺得累。

雖然已經連著七八天沒有睡覺，但一點都不覺得累，反而因為時時刻刻能聽到洛蘭的名字，有一種莫名的安心。

她無處不在，就好像仍然活著，只不過一時不能見面而已。

但他知道紫宴說得對，他需要睡覺休息，不是為了他的身體健康，而是他還有很多事沒有做，必須好好活著。

辰砂拿出一瓶南柯一夢，一邊喝，一邊走到床邊。

兩個禮物盒就放在枕畔。

他打開了一盒，另一盒卻一直沒有打開，不是忘記，而是一直沒有勇氣。

辰砂坐在床沿，默默喝完一整瓶酒，才趁著酒意拿起未打開過的禮盒。

他小心翼翼地撕開印著玫瑰花的包裝紙，打開盒子。

一張音樂卡映入眼簾。

看上去有點粗製濫造，不像是從商店裡買的，應該是手工做的。

辰砂拿起音樂卡，屏息靜氣地打開。

裡面什麼字都沒有寫，只傳來一個女孩兒和一個男孩兒的歌聲。

是否當最後一朵玫瑰凋零
你才會停止追逐遠方
發現已經錯過最美的花期

是否當最後一片雪花消逝
你才會停止抱怨寒冷
發現已經錯過冬日的美麗
……

辰砂怔怔地聽著。

良久後，他低頭看向禮盒，發現一堆放得整整齊齊的薑餅，正中間的薑餅上寫著五個字。

洛洛

愛

小角

辰砂心口劇痛，身體都在簌簌發抖，手中的音樂卡掉到地上，兩個孩子的歌聲循環往復，依舊不停傳來。

是否只有流著淚離開後
才會想起歲月褪色的記憶
是否只有在永遠失去後
才會想起還沒有好好珍惜
……

辰砂酒意上頭，只想立即找到洛蘭，告訴她一切。

他踉踉蹌蹌地站起來，打開床頭的保險箱，拿出鎖在裡面的個人終端機。

螢幕上居然顯示一條未聽的音訊留言，留言人是洛洛，辰砂打了個激靈，連酒意都散了大半。

他如獲至寶，不敢置信地盯著看了好一會兒，才一邊沉重地喘著粗氣，一邊點擊了下螢幕。

洛蘭虛弱的聲音傳來：「辰砂，對不起！你……你要……好好地……活著。早知道這樣，就不逼你愛我了，讓你繼續做恨我的辰砂。」

爆炸聲轟然響起，湮沒了一切。

辰砂突然發了瘋一般，用力拍著個人終端機，命令它：「聯繫洛洛！」

個人終端機一遍又一遍撥打洛洛的通訊號碼。

嘀嘀的蜂鳴音後，系統的機械聲一遍又一遍回覆：抱歉，您撥打的通訊號碼暫時無人接聽，請稍後再聯絡。

稍後？

沒有關係，他可以等，十年、幾十年、一百年、兩百年……等一輩子都可以。

只要有生之年，仍能重逢！

這一生，他們有過相遇，有過別離，有過相守，有過決裂，但是還有太多事沒有做，太多話沒有說。

他想親口告訴她，他愛她！

不是小角愛洛蘭，也不是辰砂愛駱尋，是辰砂愛英仙洛蘭！

但是，沒有「稍後」了……

辰砂緊握著個人終端機，無力地躺倒在地上，綿綿無盡的悲痛化作淚水潸然而下。

Chapter 25

# 番外：我願意

曾經，這裡群星薈萃、光芒璀璨。
如今，風流雲散，星辰隕落，
只有他們留下的光芒依舊閃耀在星際，指引著人類前進的方向。

寒來暑往，幾番風雨。
斗轉星移，滄海桑田。
兩百年後。
阿麗卡塔星，斯拜達宮廣場。
人潮湧動，歡聲笑語。
正是一年一度的假面節，無數年輕人戴著自己製作的面具，從四面八方匯聚而來，爭奇鬥艷，載歌載舞。

兩個老人從廣場上經過。
棕色頭髮的老者不滿地瞥了身旁的老者一眼，面色陰沉地抱怨：「你看看，都什麼亂七八糟的，簡直是群魔亂舞！現在的年輕人一代不如一代，越來越不像話！老是跟著曲雲星學，過什麼假面節、真面節！」

另一個老者拄著拐杖，步態略顯蹣跚，看上去比身旁的老人年紀更大，卻人老心不老，也戴個面具，一邊走一邊看，笑眯眯地說：「又不是只有阿麗卡塔星學曲雲星，現在奧米尼斯的年輕人也喜歡過假面節。」

「奧米尼斯跟著學，阿麗卡塔就應該跟著學？我看你乾脆待在奧尼米斯永遠別回來了！」拄拐杖的老人慢條斯理地說：「我看你是退休後閒得慌，來奧米尼斯吧！很多警察都很崇拜你，新上任的治安部部長和女皇陛下說了好幾次，想請你去開堂授課，傳授一下辦案經驗。」

「不去！我只收攜帶異種基因的學生！」

「新上任的治安部部長攜帶異種基因。」拄拐杖的老人想了想，呵呵笑起來，「我記得阿麗卡塔治安部那個年輕的副部長是普通基因的人類，聽說是你的學生？」

「他……他是特殊情況！我……破例，惜才！」棕色頭髮的老人語塞了一會兒，冷著臉說：「反正不去！我討厭奧米尼斯！」

拄拐杖的老人笑著搖搖頭，什麼都沒再說。

一個戴著面具的小女孩突然拿一把玩具槍，一邊笑一邊叫，直衝著拄拐杖的老人跑過來，嚇得緊追在後面的父母心驚肉跳。老的老、小的小，要是撞一起摔倒了，四周人潮洶湧，肯定會出事。眼看孩子就要撞到拄拐杖的老人身上，棕色頭髮的老人居然反應異常敏捷，一把就把孩子穩穩撈住，順勢抱了起來。

小女孩也不怕，還笑嘻嘻地舉起槍四處射擊，「砰砰……打壞人！」

棕色頭髮的老人職業病發作，禁不住問：「妳扮的是警察嗎？如果是警察，應該穿警察制服，不應該穿白色的醫生服。」

小女孩指指頭上的皇冠，軟糯糯地說：「爺爺真笨！我扮的是洛蘭女皇啊！」

棕色頭髮的老人啞然失聲。

年輕父母匆匆跑上來，賠禮道歉：「對不起，對不起！是我們大意了，沒看好孩子。」

拄拐杖的老人溫和地說：「沒關係。聽孩子的口音不是阿麗卡塔人，你們是來旅遊的？」

「我們是奧米尼斯人，但孩子的爺爺奶奶是阿麗卡塔人，我們帶孩子來看爺爺奶奶。」說話的女人體貌正常，伸手去抱孩子的男人卻長著豎瞳，顯然是異種。

夫妻倆一再道歉後，抱著孩子離開，繼續去遊玩。

斯拜達宮廣場上歡聲笑語，不絕於耳。

兩個老人一直沉默不言。

棕色頭髮的老人看著四周熙熙攘攘的人群，突然說：「兩百多年前的我們想像不到斯拜達宮廣場上現在會有這些神經病一樣的年輕人發瘋，他們也想像不到我們兩百多年前經歷了什麼。」

拄拐杖的老人笑著說：「我知道你看不慣，但我們經歷的一切不就是為了讓年輕的他們能自由自在地發神經嗎？何況，他們有他們的紀念方式，也許不嚴肅，可他們並沒有遺忘。」

棕色頭髮的老人想到那個小女孩的古怪打扮，悻悻地閉嘴了。

兩個老人穿過喧鬧的人群，走到斯拜達宮前。

執勤的隨扈本來要禮貌地勸他們離開，但看清楚老人的臉後，立即抬手敬禮，尊敬地讓行。

✻　✻　✻

兩個老人進入斯拜達宮不久，一輛飛車停到他們身旁。

一個年輕斯文的男子走下飛車，恭敬地對棕色頭髮的老人說：「棕部長，不知道你們會步行過來，抱歉遲到了。」

「我早已退休，叫我棕離！」

「是，閣下。」

「什麼閣下、閣上的，棕離！」

「是……是！」年輕男子唯唯諾諾，壓根兒不敢反駁。

拄拐杖的老人不禁笑著說：「棕離這臭脾氣是欠收拾，我看你體能不弱，想打就打，他就是手癢想打架。」

年輕男子尷尬地笑，已經猜出戴著面具、拄著拐杖的老人的身分，卻不敢貿然開口。

老人非常隨和，摘下面具，露出真容。

臉上有兩道縱橫交錯的X形疤痕，讓整張臉看起來十分猙獰醜陋，左耳根下還有一個緋紅的奴字印。

年輕男子卻沒有一絲輕慢，反而滿眼敬慕，立即尊敬地問候：「紫宴閣下，您好！我是安易，很榮幸能為閣下服務，若有任何差遣，請隨時吩咐。」

棕離瞅著紫宴的臉，不滿地問：「你就不能把你的臉修好嗎？要不是你的心臟太不經打，我簡直想好好打你一頓！」

紫宴好脾氣地笑笑，沒有吭聲。

棕離心頭掠過難言的惆悵和黯然。

當年，他們從小打到大，即使一個個做了公爵後，也一言不合就能隨時隨地打起來，有時候甚至逼得殷南昭不得不出手制止。如今整個阿麗卡塔星敢和他動手的人只剩下兩個，卻一個病、一個殘，都打不起來了。

✷ ✷ ✷

安易帶著棕離和紫宴乘坐飛車，到達斯拜達宮的紀念堂。

棕離走下飛車，有些意外。不是老朋友聚會嗎？怎麼會在這裡？

他疑惑地看紫宴，紫宴卻什麼都沒解釋。

兩人並肩走進紀念堂，看到紀念堂裡精心布置過。

燈光璀璨，香花如海，輕紗飄拂，美輪美奐，猶如仙境。

可以容納上千人的座位都空著，只第一排坐著幾個人。

來自曲雲星的艾米兒、獵鷹、封小莞、刺玫。

來自奧米尼斯星的林堅、英仙邵茄、清初、清越、紅鳩、霍爾德、譚孜遙。

來自阿麗卡塔星的安娜、宿五、宿七。

棕離看紫宴，紫宴卻沒任何解釋的意思，只是帶著他走到第一排，在宿七身旁默默坐下。

一群老朋友正在低聲交談，紀念堂的側門打開，一襲禮裙的英仙辰朝走進來，所有人齊刷刷站起，「陛下。」

英仙辰朝對所有人微笑點頭，「在座諸位不是我爸爸的好友，就是我媽媽的好友，今日麻煩你們不遠千里趕來，是想請你們做個見證。」

英仙辰朝抬抬手，悠揚的音樂聲響起。

英仙辰夕推著辰砂徐徐走進紀念堂。

坐在輪椅上的男人因為長年病痛的折磨，頭髮花白，面容枯槁，只依稀可辨出幾分昔日模樣。

他穿著一襲嶄新的軍裝，上身是鑲嵌著金色肩章和綬帶的紅色軍服，下身是黑色軍褲，明顯精心裝扮過。

因為病痛，他昏昏沉沉地閉著眼睛，應該完全不知道自己置身何處。

英仙辰夕彎下身，在他耳畔柔聲叫：「爸爸！」

辰砂立即睜開眼睛，竭力打起精神，可眼神黯淡無光，顯然生命之火已經油盡燈枯，隨時都有可能熄滅。

只不過因為心中的執念，為了維持那點光明，一直在苦苦堅持。

突然，他看見了什麼，眼睛剎那間煥發神采，一眨不眨地盯著前方。

一個年輕的女子穿著一襲潔白的婚紗，手裡拿著新娘捧花，笑意盈盈，一步步朝辰砂走來。

辰砂不敢相信，聲音沙啞顫抖，「……洛蘭？」

小夕肯定地說：「爸爸沒看錯，是媽媽。」

雖然是他們姊弟倆根據檔案庫裡的資料，透過智腦模型建造的全螢幕虛擬影像，但的確是媽媽的身影。

洛蘭一步步走到辰砂面前，微笑著站在他身旁。

所有人都盯著辰砂和洛蘭。

一個已經白髮蒼蒼、垂垂老矣，一個依舊明眸皓齒、青春少艾，卻沒有人覺得有一絲違和。死亡讓洛蘭永遠停留在年輕時的模樣，即使他們已經老眼昏花，洛蘭也永遠不會老去。

紫宴想起很多年前他參加的那場婚禮。

一個冷漠英俊的男人，一個緊張美貌的女人，一場沒有受到祝福的婚禮，一段男不願女不甘的婚姻。

這應該是辰砂心中永遠的遺恨。

本來永不可能彌補，沒想到小朝和小夕會用拳拳孝心幫父親圓一個夢。

英仙辰朝站在辰砂和洛蘭面前，微笑著問：「辰砂先生，請問你願意接納你身邊的女子英仙洛蘭為妻嗎？」

辰砂眼睛一眨不眨地凝視著洛蘭，毫不遲疑地說：「我願意！」

過一會兒，他似乎想起什麼，立即扯扯嘴角，咧開嘴，特意笑著又說了一遍：「我願意！」

「辰砂先生，請宣誓。」

「我辰砂願以妳英仙洛蘭為我的合法妻子，並許諾從今以後，無論順境逆境、疾病健康，我將永遠愛慕妳、尊重妳，終生不渝。」

「英仙洛蘭女士，請問你願意接納你身邊的男士辰砂為你的丈夫嗎？」

洛蘭對辰砂笑了笑，清晰地說：「我願意。」

「英仙洛蘭女士，請宣誓。」

「我英仙洛蘭願以你辰砂為我的合法丈夫，並許諾從今以後，無論順境逆境、疾病健康，我將永遠愛慕你、尊重你，終生不渝。」

英仙辰朝說：「現在，我以阿爾帝國皇帝的身分宣布你們成為合法夫妻。」

辰砂身子動了下，似乎想要站起來，卻沒有成功。

洛蘭主動彎下身，笑著在辰砂的臉頰上吻了下。

辰砂淚濕雙眸，不禁閉上了眼睛。

英仙辰朝蹲在辰砂面前，握住辰砂的手，含著淚說：「爸爸，你放心吧！我和小夕都長大了，我們能守護媽媽的夢想。」

她登基那年才八歲。

雖然有林堅叔叔、邵茄阿姨的支持，可還有更多的人反對。

奧米尼斯星有人不滿她的異種身分，想要推翻她；阿麗卡塔星有異種仇視人類，想要再次獨立；曲雲星發生過政變，艾米兒阿姨被劫持，數萬畝尋昭藤被焚毀；泰藍星發生過暴動，對改革不滿的奴隸主想要殺死小夕，血洗整個星球……

一路雲譎波詭、殺機重重。

她和小夕經歷過無數詆毀、攻擊、刺殺、暗害，幾次都差點死掉。

面對太多的鮮血，她害怕過、哭泣過、痛苦過，甚至情緒崩潰過，夜夜做鮮血淋灕、烈火焚燒的噩夢。

絕望下，她恨過媽媽，媽媽明知有多艱難，卻早早拋棄了他們！

一直沉默寡言的爸爸冒著生命危險孤身趕到奧米尼斯星，守護在她身邊，告訴她：「妳媽媽沒有拋棄你們！她知道我會保護你們，才放心離去。她相信我，請你們也要相信我！」

爸爸保護了他們一次又一次，她和小夕漸漸解開心結，開始叫辰砂爸爸。

爸爸像一座巍峨大山，擋在他們身前，為他們開山闢路、保駕護航，無論發生多麼可怕的事，只要爸爸在，他們就能化險為夷、轉危為安。

歷經一百多年，無數人的努力，媽媽的願望一點點變成現實。

所有人都能有尊嚴地活著，無論他是攜帶異種基因的人類，還是普通基因的人類，都可以自由、平等地追求自己愛的人，做自己喜歡的事。

但是爸爸卻因為殫精竭慮、心神耗盡，又受過幾次重傷，身體一點點垮掉。

明明是4A級體能，這個星際中最強大的男人，卻因為病痛，已經纏綿病榻幾十年。

星際中頂尖的醫生為爸爸會診過，早已束手無策，判定死期，爸爸卻出人意料，一年又一年依舊頑強地活著。

剛開始，小朝和小夕十分驚喜。

後來，看到爸爸被病痛折磨得日夜難安、形銷骨立，他們慢慢意識到，當生命已經油盡燈枯，釋然地放手、平靜地離去才是最好的選擇。

可是，無論多麼痛苦，爸爸總是一次又一次從死神的手中掙扎著活過來。

小朝和小夕剛開始不明白為什麼，因為他們明明看到爸爸的眼神中滿是疲憊，對這個世界早已毫無眷戀。

後來，他們知道了，從得知媽媽死訊那天起，活著就已經成了爸爸的執念。

因為媽媽死了，所以爸爸要為媽媽好好地活下去。

他要活著保護媽媽和他的孩子，活著實現媽媽的夢想，活著守護媽媽想要的世界。

他在思念遺恨中活了兩百年。

不管多麼疲憊、多麼痛苦，他一直堅持活著。

小朝和小夕從捨不得爸爸離開，到希望爸爸能放心地離開。

可是他們沒辦法說服爸爸，不管他們如何證明自己已經足夠強大，能保護自己，能保護媽媽和爸爸一起創建的世界，爸爸依舊不放心。

他依舊努力堅持地活著，時刻保持著警醒，像是一個隨時待命的戰士。

小朝和小夕想到了唯一能說服爸爸的人。

他們請媽媽來告訴爸爸，他可以放心離開。

……

「爸爸，我和姊姊會守護好阿麗卡塔和奧米尼斯。」

辰砂睜開眼睛，看著小朝和小夕。

小朝、小夕一左一右跪在他腳畔，「爸爸，你已經幫媽媽完成所有心願，放心去找媽媽吧！」

辰砂遲疑地看向洛蘭。

洛蘭笑靨如花，向他伸出手。

辰砂釋然而笑。洛蘭心甘情願穿著婚紗的樣子，和他想像的一模一樣！

他費力地伸出手，想要握住洛蘭的手。

他的眼神漸漸渙散，過一會兒，雙眼緩緩闔上，手無力地垂落。

小朝和小夕趴在他膝頭，默默悲泣。

棕離目光哀痛地注視著辰砂。

忽然間，他耳朵動了動，察覺到什麼，側過頭看向紫宴。

紫宴無聲無息地靜坐著，雙眸緊閉，脣畔帶笑，一臉平靜怡然。

棕離探手過去，放在他頸側的動脈上。

身體依舊溫熱，心臟卻永遠停止了跳動。

棕離緩緩收回手，半仰起頭，面無表情地看向紀念堂高高的穹頂。

無數記憶在腦海裡飛掠而過，從年少飛揚到青絲染霜，那些光華璀璨的人一一離去，最後只剩下了他。

棕離盡力想要控制，可最終還是難以抑制，眼淚奪眶而出。

曾經，這裡群星薈萃、光芒璀璨。

如今，風流雲散、星辰隕落，只有他們留下的光芒依舊閃耀在星際，指引著人類前進的方向。

——散落星河的記憶：第四部【璀璨】（全系列完結）

茶蘼坊48

作　　者　桐　華

總 編 輯　張瑩瑩
副總編輯　蔡麗真
責任編輯　蔡麗真
協力編輯　黃怡瑗
美術設計　洪素貞 (suzan1009@gmail.com)
封面設計　周家瑤
行銷企畫　林麗紅
印　　務　黃禮賢、李孟儒

社　　長　郭重興
發行人兼出版總監　曾大福
出　　版　野人文化股份有限公司
發　　行　遠足文化事業股份有限公司
地址：231 新北市新店區民權路 108-2 號 9 樓
電話：（02）2218-1417　傳真：（02）8667-1065
電子信箱：service@bookrep.com.tw
網址：www.bookrep.com.tw
郵撥帳號：19504465 遠足文化事業股份有限公司
客服專線：0800-221-029
法律顧問　華洋法律事務所　蘇文生律師
印　　製　成陽印刷股份有限公司
初　　版　2018 年 6 月

散落星河的記憶 第四部 璀璨 下



國家圖書館出版品預行編目 (CIP) 資料

散落星河的記憶 . 第四部 : 璀璨 / 桐華著 . -- 初版 . -- 新北市 : 野人文化出版 : 遠足文化發行 , 2018.06
冊 ;　公分 . -- ( 茶蘼坊 ; 47-48)
ISBN 978-986-384-286-6( 全套 : 平裝 )

857.7　　107008230



散落星河的記憶
第四部【璀璨】
線上讀者回函專用 QR CODE，您的寶貴意見，將是我們進步的最大動力。